MR. HUNT

JANE ARTHUR

Jane Arthur

Booklover Autorenservice

Nadine Kapp, Am Alten Bahnhof 3, 50354 Hürth

Cover: Shutterstock

Lektorat: Martina König

Korrektorat: Nicole Bauer

Umschlaggestaltung: Booklover Coverdesign

Kontakt: info@booklover-verlag.de

PROLOG

Mein Name ist Eric Hunt. Ich bin dreiunddreißig Jahre alt, groß, dunkelhaarig, gut aussehend, Millionär, Inhaber einer großen Firma und somit CEO. Aber genau an diesem Punkt hören die Klischees auch schon auf – das darf allerdings niemand wissen …

Ich bin glücklich mit dem Leben, das ich führe, auch wenn ich es mir immer anders vorgestellt habe. Aber ich mache das Beste daraus.

Vor vier Jahren habe ich mich dazu entschieden, mein Leben auf einem wackeligen Konstrukt aus Geheimnissen und Lügen weiterzuführen, auch wenn das bedeutet, dass ich niemals eine Frau an mich heranlassen werde – oder gar einen anderen Menschen.

Meine Welt ist nicht mehr besonders einladend,

und ich bin es auch nicht mehr. Gerade auf dem Höhepunkt meiner Karriere, ist dem Schicksal etwas Besseres für mich eingefallen. Wahrscheinlich gerade zur richtigen Zeit, denn sonst wäre ich heute nicht da, wo ich jetzt bin.

Ich habe es angenommen, etwas anderes blieb mir auch nicht übrig, und nun lebe ich damit, so gut ich kann. Schließlich bin ich Eric Hunt, der Chef über achttausend Angestellte, über den niemand etwas weiß – und dabei soll es auch bleiben. So lange, wie ich es geheim halten kann, und meinetwegen für immer!

MEREDITH

Fische. Ich war nun stolze Besitzerin zweier Fische, die planlos umherschwammen. Ich zog meine Augenbrauen zusammen, als ich auf das kleine Aquarium starrte, das ich vor ungefähr zwei Stunden gekauft hatte. Ich war dafür bekannt, dass ich gern verrückte Sachen tat, und ich würde lügen, würde ich behaupten, dass diese kleinen Fische mich nicht von der ersten Sekunde an verzaubert hatten. Doch wer hätte ihnen schon widerstehen können?

Eigentlich hatte ich den Laden nur betreten, da mich diese kleinen süßen Welpen so magisch angezogen hatten. Doch nachdem einer von ihnen meine Valentinos bepinkelt hatte, für die ich beinahe mein halbes Leben lang gespart hatte, hatte ich das Geschäft verlassen wollen, als … ich die beiden sah. Ich konnte nicht sagen, dass ich jemals darüber nachgedacht hätte, mir Fische zuzulegen. Ich meine … Fische?

»Was … Was zum Teufel, Mer?«

Ich seufzte, als ich Andis Stimme hinter mir hörte. Sie war meine beste Freundin, meine Seelenverwandte, mein Lieblingsmensch. All das in einer einzigen Person, und ich hätte mein Herz gespendet, wenn sie es benötigen würde. Wir waren wie Pech und Schwefel, weshalb ich auch vor drei Monaten nicht einen Moment gezögert hatte, als es darum gegangen war, Michigan nach der Trennung von Hank den Rücken zu kehren und nach New York zu ziehen. Es war mir egal gewesen, dass ich dafür meinen Job hatte aufgeben müssen, denn ich hatte gewusst, dass ein Tapetenwechsel genau das Richtige für mich sein würde. Andi und ich waren ein Team, daher war es selbstverständlich gewesen, dass ich bei ihr einzog. Und tatsächlich: Es funktionierte. Wir hatten uns bisher noch nicht ein einziges Mal gestritten und ich hoffte, dass dies auch so bleiben würde.

»Was meinst du?« Ich beugte mich noch näher zu dem Aquarium und beobachtete Adonis und Zeus fasziniert, deren Alltag daraus bestand, von

Glück erfüllt den ganzen Tag ohne Sinn und Zweck durchs Wasser zu schwimmen.

Andi beugte sich ebenfalls zu dem Glasbehältnis, in dem sich meine Fische befanden, und ich sah im Augenwinkel, wie sie den Kopf schüttelte. »Ich wusste, dass es früher oder später dazu kommen würde, dass du den Verstand verlierst.«

»Wie kommst du denn darauf?«

Andi stellte sich wieder gerade hin und ich sah zu ihr auf. »Fragst du mich das gerade wirklich?«

Ich zuckte mit den Schultern. »Natürlich.«

»Du hast dir Fische gekauft.«

Ich schnaubte und legte meinen Kopf schief. »Es sind nicht einfach nur Fische. Die beiden heißen Adonis und Zeus.«

Andi prustete los und lachte so laut, dass ich die Befürchtung hatte, dass meine neuen Lieblinge im Wasser einen Herzinfarkt erleiden könnten. »Adonis und Zeus? Oh Mann, es ist schlimmer, als ich dachte.«

»Nun komm schon«, meinte ich lächelnd. »Die beiden sind doch herzerwärmend. Ich glaube, ich werde von nun an jeden Tag vor dem Aquarium sitzen, um die Glückseligkeit dieser beiden Geschöpfe zu betrachten.«

»Okaaaaay.« Andi machte einen Schritt auf

mich zu und ich spürte ihre Hand auf meiner Stirn. »Ich hatte gehofft, dass du Fieber hast, aber anscheinend bist du bloß durchgeknallt. Hat es etwas mit Hank zu tun? Sollen wir darüber sprechen?«

Irritiert blickte ich zu ihr, bevor ich mir den Schreibtischstuhl heranzog und mich daraufsetzte. »Wie kommst du denn jetzt auf Hank? Dieser Mann ist Geschichte, und glaub mir, ich weine ihm keine Träne nach.«

»Aber … Fische?«

Ich seufzte. »Du glaubst doch nicht, dass ich mir Fische zugelegt habe, weil Hank mir fehlt. Was wäre denn das für ein Ersatz?«

»Ach Meredith.«

Ich hasste es, wenn sie meinen vollen Namen aussprach. Spätestens dann wusste ich, dass ich etwas getan hatte, das ihr missfiel.

»Vielleicht solltest du dir doch professionelle Hilfe suchen.« Sie grinste, während sie das sagte, und ich verdrehte die Augen.

»Die einzige Person, die wirklich Hilfe braucht, ist Hank. Ich meine … hallo? Sie heißt Trudy. Das ist der Name für eine zweiundsiebzigjährige Frau. Ich will überhaupt nicht wissen, wie alt sie wirklich ist.«

Es schüttelte mich bei dem Gedanken, dass er mich für eine alte Frau verlassen haben könnte. Das Einzige, was ich in Erfahrung hatte bringen können, war ihr Name. Hank hatte mich von heute auf morgen verlassen, ohne mir einen anständigen Grund zu nennen. Natürlich hatte ich es nicht auf sich beruhen lassen, immerhin waren wir fünf Jahre ein Paar gewesen. Nachdem ich dann jedoch erfahren hatte, wie sie hieß, hatte ich lachend meine Koffer gepackt und war nach New York gereist. Es gab mir zu denken, dass es mich nicht traurig machte, dass es vorbei war. Vielleicht hatte ich insgeheim schon seit einer sehr langen Zeit geahnt, dass es keine funktionierende Beziehung mehr war. Wir hatten aneinander vorbeigelebt und selbst im Bett war es nicht mehr gelaufen. Die Tage, an denen wir Sex gehabt hatten, konnte ich an zwei Händen abzählen, und es hatte mich frustriert. Natürlich … Und doch hatte ich nie den Schritt gewagt, einen Schlussstrich unter das Ganze zu ziehen. Die Macht der Gewohnheit?

»Und du denkst doch wieder an ihn«, stellte Andi fest und riss mich so aus meinen Gedanken.

»Das verstehst du völlig falsch. Ich denke nur daran, wie dumm ich war.«

Das war ich wirklich gewesen, denn scheinbar

hatte Hank schon seit einiger Zeit ein Doppelleben geführt, wenn ich den Bildern auf seiner Facebookseite Glauben schenken konnte. Doch vorbei war vorbei und ich fühlte mich befreiter und glücklicher denn je. Seither bewohnte ich ein kleines Zimmer in Andis Wohnung, das zuvor als Hobbyraum gedient hatte. Andi verdiente nicht schlecht, denn sie arbeitete als Grafikdesignerin bei *Hunt Cooperates*. So konnte sie sich eine große Wohnung in New York leisten, was wahrscheinlich an ein Wunder grenzte, wenn man die hohen Mietpreise bedachte. Sie hatte mir dabei geholfen, in einem Gebrauchtmöbelhaus ein anständiges Bett zu finden, und ich nutzte den Schrank, in dem vorher ihre Utensilien gelegen hatten, als Kleiderschrank. Nachdem ich mir Gardinen besorgt und die Wände neu gestrichen hatte, fühlte ich mich wie zu Hause. Noch ein wenig Deko, und es war perfekt gewesen. Bis eben hatte ich nicht gewusst, dass doch noch etwas gefehlt hatte, aber Adonis und Zeus bewiesen mir, dass sie das Tüpfelchen auf dem i waren.

»Was hältst du davon, wenn wir heute Abend auf eine Party gehen? Ich habe eben per E-Mail eine Einladung von Jeff bekommen. Wenn ich glauben kann, was er geschrieben hat, wird es eine echt tolle Feier.«

Seit ich in New York lebte, liebte ich es, feiern zu gehen. Natürlich war mein Budget begrenzt und momentan lebte ich noch von dem Geld, das ich in den letzten Jahren für Notfälle beiseitegelegt hatte, trotzdem wollte ich mein Leben genießen und dazu zählte eben auch, dass man sich betrank und wilde Sachen tat, die einem in ein paar Jahren vielleicht peinlich sein würden.

»Das klingt gut. Wie ist denn der Dresscode?«

Sie zuckte ahnungslos mit den Schultern. »Ich würde sagen, wir ziehen einfach ein knappes Kleid an und dann passt es.«

Andi war in dieser Beziehung genauso wie ich. Mir war es egal, was andere von mir dachten, und wenn wir im Doppelpack unterwegs waren, war es nur noch amüsanter. Doch dann …

»Glaubst du, ich kann die beiden allein lassen?«

Ich deutete zum Aquarium und Andi presste ihre Faust vor den Mund, um einen Schrei zu unterdrücken. Sie lief rückwärts aus dem Zimmer und schüttelte wie eine Wahnsinnige den Kopf. Als sie bereits im Flur war, hörte ich sie sagen: »Lieber Gott, bitte lass meine beste Freundin wieder normal sein, ansonsten muss ich sie einweisen lassen.«

Ich lächelte bei ihren Worten, als mein Handy

klingelte. Ich nahm es von der Kommode neben dem Bett. »Ja?«

»Hallo, Schätzchen, wie geht es dir?«, hörte ich die Stimme meiner Mom und sofort machte sich ein wohliges Gefühl in meinem Bauch breit. Ich hatte ein sehr enges Verhältnis zu meinen Eltern und daher telefonierten wir täglich. Meine Mom machte sich Sorgen um mich, seitdem ich nach New York gezogen war, und es brach mir manchmal beinahe das Herz, dass ich nun nicht mehr in ihrer Nähe wohnte.

»Alles bestens, Mom. Und bei euch? Wie war Dads Arzttermin?«

Sie seufzte. »Die Ärztin meinte, dass er auf seinen Blutdruck achten soll. Ich habe ihm ja immer gesagt, dass er das ganze fettige Zeug nicht essen und das Rauchen endlich aufgeben soll. Aber er hört ja nicht auf mich.«

Mein Dad hatte in letzter Zeit mit Müdigkeit und Erschöpfung zu kämpfen, weshalb meine Mutter ihn dazu gedrängt hatte, endlich einen Arzt aufzusuchen.

»Er ist eben stur. Was glaubst du, woher ich diese Eigenschaft habe?«, meinte ich lachend, auch wenn ich besorgt um meinen Vater war. Ich versuchte, meiner Mom ein gutes Gefühl zu vermitteln und ihre eigene Sorge um ihn etwas zu mildern.

Nun lachte auch sie. »Da hast du nicht unrecht. Was macht denn die Jobsuche? Hast du schon etwas gefunden, was zu dir passt? Ich denke, es wird langsam Zeit, dass du dir Arbeit besorgst. Wenn ich daran denke, dass du schon seit drei Monaten nichts zu tun hast …«

»Bisher habe ich noch nichts gefunden. Immer wenn mir etwas zusagt, wird mir mitgeteilt, dass die Stelle schon vergeben ist. Hier in New York scheinen Jobs Mangelware zu sein und ich möchte nicht wieder kellnern.«

Bevor ich in Michigan meinen ersten ernst zu nehmenden Job angenommen hatte, hatte ich einige Wochen lang in einem Café gekellnert und es war die reinste Katastrophe gewesen. Wahrscheinlich lag es mir einfach nicht im Blut, denn ich war entlassen worden, als ich zum gefühlt zwanzigsten Mal das Tablett mit den Getränken hatte fallen lassen.

»Hier in Michigan wäre das ja ganz anders …«

»Mom!«, meinte ich seufzend. »Das Thema hatten wir doch schon einige Male. Mir gefällt es hier und ich bin froh, dass ich etwas Abstand von Michigan gewinnen kann. Andi gibt sich große

Mühe, damit es mir hier gefällt, und ich bin froh, sie wieder so oft um mich zu haben.«

Mom blieb für einige Momente still, bis sie schließlich erwiderte: »Das weiß ich doch, Liebes. Ich finde es nur schade, dass wir uns nicht mehr so oft sehen können. Wenn ich an früher denke … Du warst beinahe täglich bei uns.«

»Ich weiß«, meinte ich. »Aber ich werde euch bald besuchen kommen, darauf kannst du dich verlassen.«

Wir beendeten das Telefonat und ich blickte zu meinen neuen Freunden hinüber, die immer noch in ihren vier Wänden durch das Wasser schwammen. Es war ein verrückter Gedanke, aber wie gern wäre ich ein Fisch. Keine Probleme, ein stets geregelter Tagesablauf …

»Mer?« Andi hatte wieder mein Zimmer betreten und sich in ein heißes rotes Kleid geschmissen, das ihre Kurven wunderbar zur Geltung brachte. »Was meinst du? Kann ich das nachher tragen? Ich bin unsicher, weil ich irgendwie so fett darin aussehe.«

Ich rollte mit den Augen. »Du bist nicht fett! Du bist ebenso wenig wie ich eine dürre Bohnenstange, aber darauf steht sowieso kein Kerl. Das Kleid ist wahnsinnig heiß, du solltest es tragen«, stellte ich fest und sie nickte zufrieden.

»Du hast recht. Hast du dir schon Gedanken darüber gemacht, was du tragen willst?«

Ich schüttelte den Kopf, während ich zu meinem Kleiderschrank ging. »Das kleine Schwarze?«

Sie grinste. »Zieh es an.«

Ich zog mein einziges kostbares Stück hervor. Es hatte mich fünfhundert Dollar gekostet und genauso wie bei den Schuhen hatte ich ewig darauf hin gespart. Ich zog es an und strich über meine Hüften, da sich der Stoff eng darum schmiegte.

»Es ist perfekt«, meinte Andi nickend. »Du wirst alle Augen auf dich ziehen. Und jetzt schmink dich, damit wir gleich loskönnen. Ich sterbe vor Hunger.«

»Du hast ständig Hunger«, bemerkte ich und sie lachte leise, bevor sie mein Zimmer wieder verließ.

Nachdem ich mich noch einige Sekunden im Spiegel gemustert hatte, ging ich ins Bad und legte etwas Make-up auf. Ich war nicht der Typ, der sich stark schminkte. Im Gegenteil. Meine Augen betonte ich mit einem dezenten Lidschatten, dazu tuschte ich mir die Wimpern. Schließlich entschied ich mich doch noch für den knallroten Lippenstift, um meinen Look etwas zu intensivieren.

Als ich aus dem Bad trat, pfiff Andi. »Na sieh mal einer an. Vom grauen Mäuschen zur Sexmaschine.«

Ich lachte so sehr, dass sich ein gewaltiger Hustenanfall daraus entwickelte. »Du bist völlig verrückt.«

Andi rief uns ein Taxi, das uns zu der Party bringen sollte. Ich liebte mein neues Leben, es war so vollkommen anders als mein vorheriges. Damals hatte ich die meisten Abende allein zu Hause verbracht, während Hank beruflich zu tun gehabt hatte. Zumindest hatte ich das gedacht. An den Wochenenden hatten wir selten etwas unternommen, umso mehr hatte ich nun das Gefühl, dass ich etwas verpasst hatte. Ich wollte etwas erleben, die Welt sehen, meine eigenen Erfahrungen machen.

»Du träumst schon wieder«, machte sich Andi bemerkbar und ich zuckte zusammen.

»Ja, ich weiß. Lass uns Spaß haben.«

Wir hatten gerade das riesige Haus erreicht, das man schon beinahe eine Villa nennen konnte, Andi bezahlte den Taxifahrer und wir stiegen aus.

»Wow, du hast mir nicht gesagt, dass dein

Freund ein steinreicher Kerl ist«, meinte ich atemlos und sie lachte.

»Er ist nicht mein Freund, sondern *ein* Freund. Jeff und ich kennen uns durch die Firma, und glaub mir, ich wusste ebenso wenig wie du, dass wir in einer solchen Protzvilla feiern.«

Sie hakte sich bei mir unter und wir liefen in Richtung Eingangstür, von wo man bereits die laute, dröhnende Musik im Inneren hören konnte. Die Tür war nicht verschlossen, weshalb wir hineingehen konnten.

Für einen kurzen Moment erstarrte ich, als ich auf die nackten Körper blickte, die mir sofort ins Auge fielen, als wir in den Flur traten. »Was zum Teufel?«, murmelte ich und stupste Andi in die Seite. Als sie jedoch nicht reagierte, blickte ich zu ihr und erkannte, dass sie genauso schockiert war wie ich.

»Er hat mit keiner Silbe erwähnt, dass alle Frauen hier praktisch nackt sind«, schrie sie mir ins Ohr und ich konnte nicht anders, als in Gelächter auszubrechen.

Als ich mich wieder etwas beruhigt hatte, sah ich mich um. Die Männer trugen alle Anzüge, keiner von ihnen hatte auch nur sein Jackett abgelęgt. Sie alle hatten nur Augen für die Frauen, die hemmungslos halb nackt tanzten.

»Hey, Ladys!«

Plötzlich legte sich eine Hand auf meine Schulter und als ich neben mich blickte, sah ich einen groß gewachsenen dunkelhaarigen Mann neben uns stehen. Seinen anderen Arm hatte er um Andi gelegt und ich erkannte, dass sie nicht begeistert war.

»Jeff«, hörte ich sie gegen die Musik anschreien, »als ich dich gefragt habe, wie der Dresscode ist, und du meintest, es gäbe keinen, habe ich nicht gedacht, dass wir nackt erscheinen sollen.«

Jeff lachte ein erfrischendes Lachen und schüttelte den Kopf. »Es sind einige Frauen in der Küche, die ebenso wie ihr angezogen gekommen sind.« Er musterte mich von oben bis unten und nickte dann. »Du siehst gut aus, wie war noch gleich dein Name?«

Bevor ich hätte antworten können, stemmte Andi die Hände in die Hüften. »Das ist Mer. Ich bin gerade wirklich unentschlossen, ob wir nicht gleich wieder gehen sollen.«

»Ach komm schon. Es wird eine super Party.«

Ich schaute mir Jeff genauer an und musste zugeben, dass er ein wirklich hübscher Kerl war.

Seine dunklen Haare standen in alle Richtungen ab, sodass man sofort das Bedürfnis verspürte, seine eigenen Hände darin versinken zu lassen. Sein Gesicht wirkte wie aus Stein gemeißelt und seine blauen Augen stachen nur so hervor.

Plötzlich stand Andi neben mir. »Ich sehe genau, wie du ihn anstarrst«, raunte sie mir zu. »Ich hole uns mal etwas zu trinken.«

Und weg war sie.

Ertappt zuckte ich zusammen und drehte mich dann wieder zu Jeff, der immer noch seinen Blick auf mir ruhen ließ. Er beugte sich ein Stück zu mir, sodass ich seinen Atem in meinem Nacken spüren konnte. »Du bist wunderschön. Das Kleid wirkt so, als wäre es nur für deinen Körper gemacht worden.«

»Äh, danke«, stammelte ich und mir wurde wieder einmal bewusst, dass ich seit Hank mit keinem Mann zusammen gewesen war.

Jeff griff sanft nach meiner Hand und zog mich in eine etwas ruhigere Ecke. »Hier können wir uns besser unterhalten. Wie kommt es, dass ich dich noch nie hier gesehen habe?«

Ich zuckte mit den Schultern. »Bis vor drei Monaten habe ich noch in Michigan gelebt. Seither wohne ich mit Andi zusammen.«

Er nickte. »Dann sind dir solche Partys hier wahrscheinlich nicht geläufig.«

Ich schüttelte lachend den Kopf. »Nein, das sind sie wirklich nicht. Ist das dein Haus?«

Jeff lächelte und ich sah mich Hilfe suchend nach Andi um, die ich jedoch nirgends entdecken konnte. »Ja, es ist das Haus meiner Eltern. Sie verreisen oft und wenn sie nicht da sind, wohne ich hier.«

Er streckte seine Hand aus und umschloss eine meiner Haarsträhnen mit seinen Fingern. Das Herz schlug mir bis zum Hals und ich wusste nicht, ob das hier das Richtige war.

»Ich sollte mich mal auf die Suche nach Andi machen«, murmelte ich, doch Jeff umgriff sanft meinen Unterarm.

»Sie wird sich hier schon nicht verlaufen und gleich wieder zu uns stoßen. Ich möchte mehr über dich erfahren.«

Ich zog eine Grimasse, doch das störte Jeff nicht im Geringsten.

»Ich sehe, dass du nicht sehr begeistert davon bist.«

»Hör zu«, seufzte ich, »es hat nichts mit dir zu tun. Aber irgendwie habe ich das Gefühl, dass ich noch nicht bereit für so etwas bin. Du bist ein toller

Kerl und eigentlich wärst du genau der Typ Mann, auf den ich stehe, aber …«

»Du hast gerade eine Beziehung hinter dir? Glaub mir, ich bin der Letzte, der so etwas nicht nachempfinden kann.«

Erleichtert atmete ich auf. »So ist es. Also versteh mich nicht falsch, aber ich möchte momentan mein Leben genießen und dazu gehört nicht zwangsläufig ein Mann, wenn es auch nichts Festes ist.«

»Verstehe«, meinte Jeff und deutete in Richtung Küche. »Du findest Andi wahrscheinlich dort.«

»Es tut mir wirklich leid«, sagte ich, bevor ich mich auf den Weg zu Andi machte. Tatsächlich stand sie etwas abseits an die Wandgelehnt.

»Oh!« Sie machte ein enttäuschtes Gesicht, als ich auf sie zukam. »Ich dachte, ihr könntet euch gut verstehen.«

»Ich bin noch nicht so weit.«

»Mer …« Sie seufzte. »Du versuchst es ja nicht einmal. Jeff ist wirklich toll.«

Ich griff nach dem Drink, den sie in den Händen hielt, und trank einen Schluck. »Das mag sein, ich bin trotzdem nicht interessiert. Es ist noch zu früh.«

Schon nach einer Stunde brachen wir auf, um nach Hause zu fahren. Es war nicht die Definition von Party, die wir uns vorgestellt hatten, denn je später der Abend wurde, umso schlampiger wurden auch die Frauen.

Ich ging in mein Zimmer und zog mir eine bequeme Jogginghose und ein lockeres Top an. Als ich ins Wohnzimmer kam, lag Andi bereits auf der Couch, eingewickelt in eine Wolldecke.

»Bereit?«

Ich nickte lächelnd.

Seit ich bei ihr wohnte, hatten wir ein festes Ritual. Keine von uns würde ins Bett gehen, bevor wir nicht gemeinsam eine Folge unserer Lieblingsserie gesehen hatten. Man hätte schon beinahe behaupten können, dass wir süchtig danach waren.

In der Serie waren Intrigen an der Tagesordnung und das ständige Hin und Her der Hauptdarsteller versetzte einem selbst ein Schleudertrauma. Doch ganz nach Klischee hoffte ich tief in mir drin, dass die beiden irgendwann zueinanderfinden würden. Wenn das reale Leben schon so unfair sein konnte, wünschte ich mir zumindest dort ein Happy End.

»Als du dich umgezogen hast, habe ich übrigens über deine Jobsituation nachgedacht. Es ist verrückt, dass ich nicht sofort darauf gekommen bin. Ich könnte mich morgen mal umhören, aber sicherlich gibt es bei *Hunt Cooperates* irgendeine freie Stelle, die nur auf dich wartet. Was meinst du?«

Ich dachte an all die Absagen, die ich in den letzten Monaten erhalten hatte. Es war frustrierend, wie umkämpft der Markt in New York war. Auf ein einziges Stellenangebot gab es meistens Tausende Bewerber.

Ich kuschelte mich ebenfalls unter die Decke. »Das wäre toll. Ich meine, ein bisschen Freizeit ist ja schön und gut, aber langsam wird es langweilig.«

»Ich kläre das morgen! Und jetzt volle Konzentration«, meinte sie, als sie auf Play drückte.

Der nächste Tag zog nur so an mir vorbei. Während Andi arbeitete, konzentrierte ich mich wieder auf meine Bewerbungen, da ich mir nicht sicher sein konnte, dass sie wirklich ihre Verbindungen spielen lassen konnte und mir ein Vorstellungsgespräch besorgte.

Wenn es so weiterging, sah ich mich sogar gezwungen, einen Kellnerjob anzunehmen, denn bis auf tausend Dollar waren meine Ersparnisse aufgebraucht. Ich zahlte die Hälfte der Miete und somit würde ich meinen Alltag bereits im nächsten Monat ohne Geld bestreiten müssen.

Als es draußen dämmerte, kochte ich Andis Lieblingsessen – Lasagne –, was kein großer Aufwand war. Ich holte das Essen aus dem Backofen und genau in diesem Moment hörte ich, wie Andi die Wohnungstür aufschloss.

Sie hängte ihre Jacke an die Garderobe und baute sich dann vor mir auf. Sie grinste bis über beide Ohren. »Bin ich deine beste Freundin oder bin ich deine beste Freundin?«

Ich füllte gerade unsere Teller und zog eine Augenbraue hoch. »Ist das eine Fangfrage?« Ich duckte mich, als sie nach mir schlug, und schüttelte lächelnd den Kopf. »Setz dich, wir essen.«

»Ja, Mama. Aber willst du denn gar nicht wissen, was ich zu sagen habe?«

Wir setzten uns an den Tisch und ich biss mir auf die Unterlippe. »Konntest du etwas erreichen?«

Sie nickte. »Das konnte ich. Und du wirst nicht glauben, für was du morgen früh ein Vorstellungsgespräch hast. Der große Mister Hunt sucht eine persönliche Assistentin!«

Ich riss erschrocken die Augen auf und ließ die Gabel sinken, mit der ich gerade ein Stück Lasagne aufgespießt hatte. »Du machst Witze.«

»Nein, mit so etwas würde ich nicht scherzen.«

»Wow«, meinte ich erstaunt. »Das ist der absolute Wahnsinn.«

Andi kaute gerade und brachte daher nur ein Nicken zustande. »Das ist es wirklich. Wenn du den Job bekommst, sind deine Geldsorgen erst einmal passé. Wie ich gehört habe, könntest du dir von dem Gehalt sogar sehr viele Valentinos kaufen.«

Ich sprang von meinem Stuhl auf und legte meine Arme um Andi. »Ich glaube zwar nicht, dass ich den Job bekomme, aber allein dass du mir das ermöglicht hast, ist großartig. Du bist wirklich die Allerbeste!«

Glücklich aßen wir gemeinsam und wählten im Anschluss ein Kleid aus, das ich morgen tragen würde. Ich hatte schon viel über das Unternehmen gehört, in dem Andi seit einigen Jahren arbeitete, doch niemals hätte ich mir erträumt, dort je eine Chance zu bekommen.

»Oh. Mein. Gott«, stöhnte ich. »Ich glaube, ich hyperventiliere.«

Ich hatte bereits geduscht, mich geschminkt und das schwarze Kleid mit dem dezenten weißen Muster angezogen.

Andi packte mich an den Schultern. »Sieh mich an, Mer. Du schaffst das! Hau ihn von den Socken, das ist doch dein Spezialgebiet!«

Ich zog eine Grimasse. »Natürlich, deswegen ist mir Hank ja auch davongelaufen.«

Sie verdrehte die Augen und ließ mich dann los. »Ich will heute nichts von Hank hören. Straff deine Schultern und verzaubere Mister Hunt. Und jetzt los, sonst kommst du zu spät.«

Wir fuhren gemeinsam zur Firma und ich hatte Mühe, ruhig zu atmen. Das hier war meine Chance und ich hoffte, dass ich es nicht vermasselte.

Als wir vor dem Unternehmen hielten, schluckte ich. Verdammt, das hier wirkte wie ein Palast.

Andi verabschiedete sich von mir und drückte mich noch einmal fest, um mir viel Glück zu wünschen. Dann war sie verschwunden und ließ mich in dieser imposanten Eingangshalle zurück. Mittlerweile wusste ich nicht einmal, ob ich überhaupt hier arbeiten wollte, denn das war nicht meine Welt. Ich hielt nichts von versnobten Dingen, die hier an der Tagesordnung zu sein schienen.

Ich kündigte mich am Empfang an und wurde mit dem Aufzug in die höchste Etage gefahren. Ja, selbst hier gab es Personal, was mich beeindruckte und zugleich abschreckte.

»Mister Hunt erwartet Sie in seinem Büro«, empfing mich eine Frau und lief mit mir zu einer riesigen Tür. Meine Nervosität hatte ihren Höhepunkt erreicht und ich sprach mir innerlich selbst Mut zu, denn ich hatte das Gefühl, auf Watte zu laufen.

Lass ihn bitte kein Arschloch sein, lass ihn bitte kein Arschloch sein, sagte ich mir in Gedanken.

Die Frau öffnete die Tür und ich betrat den Raum. Mister Hunt saß hinter seinem Schreibtisch und … *Gott hilf mir …*

Vor mir saß der wohl hübscheste Mann, den ich je gesehen hatte. Und selbst das schien noch untertrieben zu sein, denn noch nie hatte es jemand geschafft, mir vollkommen die Sprache zu verschlagen. Ich sah in dieses wundervolle, ebenmäßige Gesicht, das wirkte, als wäre es gemalt … doch zugleich so kantig und rau.

Verfluchte Scheiße, wieso hatte Andi mich nicht vorgewarnt? Und wieso zum Teufel war ich zuvor nicht auf die Idee gekommen, mehr über diesen Mann in Erfahrung zu bringen? Ich hatte wirklich mit einem älteren Griesgram gerechnet. Verdammt.

»Miss Armstrong?«

Ich schluckte. Seine Stimme war so dunkel, dass es mir eine Gänsehaut auf den Körper trieb. Er lächelte nicht, nein. Nicht einmal der Ansatz eines Lächelns war auf seinem Gesicht zu sehen. Doch das stieß mich nicht ab. Im Gegenteil.

»Ja?« Ich wollte mir selbst dafür applaudieren, dass ich es geschafft hatte, ein einziges Wort hervorzubringen.

»Wollen wir uns über den Job unterhalten oder haben Sie vor, noch weitere Minuten dort zu stehen und mich anzustarren?«

Erst jetzt bemerkte ich, dass mein Mund offen stand, und so schloss ich ihn und setzte mich auf den Stuhl ihm gegenüber. Nur der verdammte Schreibtisch trennte uns noch, was eine Schande war.

»Gut. Dann können wir beginnen. Ich suche eine persönliche Assistentin, die zu absoluter Verschwiegenheit und größtmöglicher Diskretion neigt. Zudem sollten Sie ein hohes Engagement an den Tag legen. Trauen Sie sich das zu?«

Er musterte mich ungeniert und zog seine Augenbrauen zusammen.

»Ja, das tue ich. In Michigan hatte ich bereits einen ähnlichen Job.«

Nun lachte er abwertend, doch dieses Lachen

erreichte seine Augen nicht. »Ach, hatten Sie das? Sie glauben doch wohl nicht, dass Sie einen Job wie diesen mit einem in …« Mister Hunt verzog das Gesicht. »… Michigan vergleichen können.«

»Entschuldigen Sie, Mister Hunt, wenn ich Sie beleidigt haben sollte, aber auch hier werde ich keine Bomben entschärfen müssen, oder habe ich da etwas falsch verstanden?«

Ja genau, Meredith. Du hattest eine einzige Chance, ihn von dir zu überzeugen, und du wirst vorlaut, dachte ich und hätte am liebsten meinen Kopf auf die Tischplatte gehauen.

Zu meinem Erstaunen lächelte er verstohlen und mein Herz machte einen Sprung. Ich wollte mehr davon. Mehr von diesem Lächeln, das sich bis in mein Innerstes schlich.

»Gut, dann wären wir hier fertig.«

Meine Traumblase zerplatzte im nächsten Moment. »Scho… Schon?«, stammelte ich und er nickte hart.

»Falls Sie infrage kommen sollten, werden wir uns bei Ihnen melden.« Schon wandte er seinen Blick von mir ab und widmete sich den Unterlagen, die vor ihm lagen.

Ich hatte es ordentlich vergeigt, doch wie hätte ich auch mit einem solchen Mann arbeiten sollen, ohne ihn den ganzen Tag anzustarren? Vielleicht war es wirklich besser so.

»Dann vielen Dank für Ihre Zeit«, erwiderte ich und stand auf, um den Raum zu verlassen.

Mein Kopf war voller Gedanken, als ich mich auf den Weg nach Hause machte, wo ich mir etwas zu Essen zubereitete und dann den Fernseher einschaltete. Als Andi am Abend das Wohnzimmer betrat, griff ich nach dem Sofakissen und warf es ihr entgegen.

»Wie konntest du mir verschweigen, dass er SO aussieht? Verflucht, Andi. Mister Hunt wird der Traum meiner schlaflosen Nächte sein. Allein bei seinem Anblick wird mein Höschen feucht.«

Andi brach in schallendes Gelächter aus und warf das Sofakissen zurück auf die Couch. »Ich wollte, dass es eine Überraschung wird. Wie ist es denn gelaufen? In meiner Abteilung habe ich nichts mit ihm zu tun, ich habe nur gehört, dass er ein richtiges Arschloch sein soll. Der Begriff Arroganz soll nur für ihn erfunden worden sein.«

Ich zuckte mit den Schultern. »Ich habe es wahrscheinlich vermasselt. Ich erinnere mich nicht mehr an meine genauen Worte, aber es hatte etwas mit Bomben zu tun.«

Andi schüttelte lachend den Kopf. »So etwas kannst nur du bringen. Gott, wie gern ich dabei gewesen wäre«, meinte sie und ich zog eine Schnute.

»Es war richtig peinlich. Als ich sein Büro betreten habe, habe ich ihn ungefähr drei Minuten lang nur angestarrt, ohne einen Ton zu sagen. Er denkt sicherlich, ich sei eine vollkommene Irre. Aber was soll's? Ab morgen schreibe ich eben doppelt so viele Bewerbungen und ich bin guter Dinge, dass ich irgendwann einen Job finden werde.«

Zwei Wochen später

Mom! Ich kann euch nicht einfach besuchen kommen. Du weißt, dass ich mein Geld zusammenhalten muss, bis ich einen Job gefunden habe. Ich vermisse euch ja auch, das weißt du doch.«

»Schätzchen …« Sie wirkte traurig und das brach mir beinahe das Herz. »Ich weiß doch.

Trotzdem wäre es schön, dich wiederzusehen. Ich rede mit deinem Vater, vielleicht schaffen wir es ja, nach New York zu kommen.«

Ich riss erstaunt die Augen auf. »Hast du nicht immer gesagt, dass New York die Stadt der Zombies ist und du niemals einen Fuß hineinsetzen willst?«

Sie schnaubte. »Das mag vielleicht richtig sein, aber da hat meine einzige Tochter ja auch noch nicht dort gewohnt. Wir finden schon einen Weg. Jetzt muss ich aber weiter kochen, dein Vater verhungert mir sonst.«

Ich lachte leise. »In Ordnung. Wir reden morgen. Hab euch lieb!«

»Wir dich auch, Liebes.«

Damit beendeten wir unser Telefonat und ich wollte gerade ins Wohnzimmer gehen, als mein Handy erneut klingelte. Ich runzelte die Stirn, denn außer meiner Mom konnte es niemand sein.

»Ja hallo?«

»Miss Armstrong?«

Ich erkannte seine Stimme sofort. Und augenblicklich bewirkte sie, dass meine Knie weich wurden und ich mich erst mal auf mein Bett setzen musste, um nicht den Boden unter den Füßen zu verlieren.

»Ja?«

»Wann können Sie anfangen?«

Ich glaubte, mich verhört zu haben. »Bitte?«

»Ich fragte …« Mister Hunt betonte nun jedes einzelne Wort. »… Wann. Sie. Anfangen. Können.«

Wow. WOW!

»Also … sofort?«

Ich hörte ihn leise lachen, was einen Schauer über meinen Rücken laufen ließ. »Das nenne ich Einsatzbereitschaft. Sie können froh sein, dass die anderen Vorstellungsgespräche noch katastrophaler gelaufen sind als Ihres.«

War das ein Scherz? Hatte Mister Hunt, der Mann, der wirkte, als wollte er jemanden töten, gerade wirklich gescherzt?

Als ich nichts sagte, räusperte er sich. »Gut, ich erwarte Sie Montagmorgen um Punkt 7.30 Uhr in meinem Büro. Seien Sie pünktlich.«

Bevor ich etwas hätte erwidern können, hatte er das Gespräch beendet und ich starrte fassungslos ins Leere. Hatte er mir gerade wirklich gesagt, dass ich den Job hatte? Dass ich die neue persönliche Assistentin von Mister Hunt persönlich war?

Andi kam in mein Zimmer und hielt eine Zeitschrift in ihren Händen. »Du glaubst es nicht, Mer. Hast du gewusst, dass …« Sie blieb abrupt stehen, als sie mich auf meinem Bett sitzen sah. »Ist alles in Ordnung? Du wirkst, als hättest du einen Geist gesehen.«

Ich blickte zu ihr auf und erst jetzt drang die Erkenntnis in mein Bewusstsein, dass ich die wohl begehrteste Arbeitsstelle von ganz New York ergattert hatte.

Ich sprang vom Bett und fiel Andi um den Hals, die vor Schreck ihre Zeitschrift fallen ließ. »Ich habe den Job! Ich habe den verfluchten Job!« Ich schrie meine Freude so laut heraus, dass Andi zusammenzuckte.

»Nein, du verarschst mich doch!?«

Ich schüttelte den Kopf und zeigte auf mein Handy. »Mister Hunt hat mich gerade angerufen und mir selbst verkündet, dass ich den Job habe!«

»Oh. Mein. Gott! Das ist ja der absolute Wahnsinn.«

Wie zwei Verrückte hielten wir uns an den Händen und sprangen in meinem Zimmer umher. Es war ein verdammt gutes Gefühl, endlich eine positive Nachricht zu hören. Ich war glücklich.

»Weißt du, was das bedeutet?«, fragte sie und ich schüttelte den Kopf. »Wir werden shoppen gehen müssen!«

Ich dachte an das wenige Geld, das ich noch besaß, doch sie lächelte breit.

»Keine Sorge. Ich leihe dir das Geld. Bald wirst du wahrscheinlich viermal so viel Geld wie ich besitzen. Mach dir keine Gedanken.«

Wir fuhren in die Stadt und kauften mir so viele Kleider, dass mir schwindelig wurde. Als wir schließlich wieder zu Hause waren, besaß ich sechs neue Kleider, vier Paar Schuhe mit Absätzen, bei denen einem ganz anders wurde, und passende Handtaschen. Ich wollte gar nicht wissen, wie viel Geld ich Andi nun schuldete, doch mir war bewusst, dass es ein Vermögen sein musste.

Für den Abend beschlossen wir, auf meinen neuen Job anzustoßen, und so fanden wir uns wenige Stunden später in einer gut gefüllten Bar wieder.

Ich hatte bereits fünf Cocktails getrunken und schwankte bedrohlich über die Tanzfläche. Zumindest glaubte ich, dass die Bar eine Tanzfläche besaß. Ich drehte mich glücklich im Kreis, bis Andi neben mir auftauchte und mir einen weiteren Drink in die Hand drückte.

»Trink!«

Ich schnaubte. »Ich weiß nicht, ob das eine so gute Idee ist.« Ich hatte Mühe, die Wörter deutlich auszusprechen. »Wenn wir so weitermachen, habe ich so einen Kater, dass ich am Montag wie einer dieser Zombies aussehe, von denen meine Mom immer spricht.«

Andi lachte. »Nun übertreib nicht. Wir haben schon länger nicht mehr so viel getrunken. Es wird Zeit!«

Sie zog mich von der Tanzfläche und wir setzten uns an unseren Tisch. Ich musterte sie und verzog meinen Mund. »Was ist eigentlich mit dir?«

Andi hob eine Augenbraue. »Was meinst du damit?«

»Na, seit ich hier bin, hast du nie von einem Mann erzählt. Es wirkt manchmal sogar so, als würdest du überhaupt kein Interesse daran haben.«

Sie zuckte mit den Schultern. »Bei meinen Arbeitszeiten ist es schwer, jemanden zu finden, der es lange mit mir aushält. Erinnerst du dich noch an Ben?« Ich nickte und sie sprach weiter. »Der hat das Weite gesucht, bevor es hätte ernst werden können. Ich bin scheinbar nicht für Beziehungen gemacht und sinnloses Rumvögeln ist auch nicht meins.«

»Aber wir beide schaffen es doch auch, etwas zu unternehmen.«

Nun lächelte sie. »Ja, und wenn ich dann einen Freund habe? Wann können dann wir beide Zeit gemeinsam verbringen? Wahrscheinlich gar nicht mehr, und das ist der springende Punkt. Bisher habe ich noch niemanden gefunden, der es wert wäre, mit dir zu konkurrieren.«

»Manchmal kannst du echt süß sein«, stellte ich fest und küsste sie auf die Wange. »Du weißt, ich liebe dich, aber wenn du so weitermachst, vertrocknest du noch.« Ich deutete zwischen ihre Beine und sie lachte laut.

»Scheiße, ich sollte dir wirklich nichts mehr zu trinken geben.«

»Weißt du eigentlich, was du mir bedeutest?«

Andi und ich schwankten gemeinsam nach Hause und keiner von uns kam auf die Idee, ein Taxi zu rufen. Zum Glück befand sich die Bar nicht allzu weit von unserer Wohnung entfernt.

»Du wirst immer so sentimental, wenn du getrunken hast, Mer.«

Ich schmollte. »Hey! Da möchte ich dir meine Gefühle offenbaren und du machst dich darüber lustig. Du bist die aaaaallerbeste Freundin, die es auf dieser Welt gibt. Dank dir habe ich den wunderschönsten Mann getroffen, den ich je gesehen habe. Weißt du, dass ich letzte Nacht von ihm geträumt habe? Gott, diese Augen. Wie kann ein Mensch solche Augen haben? Glaubst du, er hat den lieben Gott bestochen?«

»Wenn du noch einmal ›Gott‹ sagst, muss ich dich leider erschießen.«

Ich prustete. »Versuch es doch!« Ich rannte los und hielt mir nur wenige Momente später den Kopf, der gerade Bekanntschaft mit einer Straßenlaterne gemacht hatte. »Autsch.«

Ich wusste nicht, wie, aber wir schafften es, sicher nach Hause zu kommen, und ich schlief augenblicklich ein, als mein Gesicht das Kissen berührte.

Der nächste Tag verging so schnell, dass ich kaum Zeit hatte, nervös zu sein. Erst als ich am Montagmorgen um 7.25 Uhr vor Mister Hunts Büro stand und mein Kleid glatt strich, spürte ich, wie mein Herz raste.

Das hier war meine Chance und ich hoffte, dass die Gerüchte über sein Verhalten bloß Gerüchte waren …

ERIC

Ich hatte schlecht geschlafen. Okay, nein, das traf es nicht einmal ansatzweise. Ich hatte wirklich so richtig beschissen geschlafen, was meine Laune nicht gerade durch die Decke gehen ließ, als ich in meinem Büro eintraf.

Ein Blick auf meinen Terminkalender signalisierte mir, dass heute die Neue ihren ersten Tag hatte, und noch immer war ich mir nicht sicher, ob sie wirklich die richtige Wahl für diesen Job war. Ich verlangte von meiner persönlichen Assistentin absolute Verschwiegenheit, größtmögliche Diskretion und ein hohes Engagement. Ihre Referenzen sprachen für Miss Armstrong und doch war es mir schwergefallen, sie auszuwählen. Selbst wenn sie mit Abstand die Beste war, ihre Attraktivität hatte mich abgeschreckt.

»Guten Morgen, Mister Hunt«, erklang ihre Stimme, nachdem sie angeklopft und auf mein *Herein* gewartet hatte.

Sie trug ein schwarzes Kostüm mit pinker Bluse und einem farblich passenden Halstuch und sah in diesem biederen Outfit einfach nur granatenscharf aus. Fuck! Es war ein Fehler gewesen. Ein Fehler, den ich mit Sicherheit bereuen würde.

»Miss Armstrong. Herzlich willkommen an Ihrem neuen Arbeitsplatz.«

»Vielen Dank, Sir.«

Sie lächelte, was das kleine Grübchen in ihrem Kinn entblößte, zu dem mein Blick wanderte. Besser, als ihren perfekt gebauten Körper oder ihre großen Brüste noch länger anzustarren.

»Miss Prudence wird Sie ab heute einarbeiten. Vorab werden wir allerdings einige Dinge klären. Nehmen Sie doch bitte Platz und schreiben Sie mit. Ich möchte nicht, dass meine Abläufe auch nur im Geringsten verändert werden.«

Ich deutete auf den Stuhl vor meinem Schreibtisch, auf den sie sich sinken ließ. Ich hatte ihre langen Beine in den Killer-High-Heels vorher auch noch nicht genug gewürdigt.

»Ich beginne jeden Morgen um sieben Uhr mit meiner Arbeit. Ich will, dass Sie um Punkt 7.30 Uhr hier sind. Ich hasse Verzögerungen in meinem Tagesablauf. Dafür habe ich einfach zu viel zu tun. Ich möchte, dass Sie jeden Morgen um 7.45 Uhr mit einer Tasse Kaffee mein Büro betreten. Ich trinke ihn schwarz und stark. Um 8.30 Uhr kommen Sie erneut in mein Büro und bringen mir eine Zusammenfassung der wichtigsten E-Mails, außerdem eine Übersicht über die Termine des Tages. Ab 9.30 Uhr dürfen Sie Termine für Besprechungen legen. Am besten morgens die Besprechungen in meinem Büro und nachmittags Telefonkonferenzen. So mag ich es lieber. Zwischen 12.00 Uhr und 13.00 Uhr will ich meine Ruhe. Sie werden jeden Mittag um 11.30 Uhr das Büro verlassen und mir etwas zu essen holen. Ab 13.00 Uhr können weitere Termine gelegt werden. Natürlich auch persönliche Besprechungen, wenn Sie am Morgen keinen Platz gefunden haben oder mehr Zeit in Anspruch nehmen. Um 16.00 Uhr bringen Sie mir erneut eine Tasse Kaffee mit einer Kleinigkeit dabei. Kekse, ein Stück Kuchen, Obst – lassen Sie sich etwas einfallen. Sie werden bis 18.00 Uhr arbeiten, und das täglich. Dafür erhalten Sie eine entsprechende Entlohnung. An den Wochenenden haben Sie den Sonntag stets zu Ihrer eigenen Verfügung, an den Samstagen stehen Sie für mich auf Abruf. Verstanden?«

Sie nickte, während sie kräftig auf ihren Block kritzelte.

»Auch außerhalb Ihrer Arbeitszeiten werden Sie für mich über Ihr Diensthandy erreichbar sein, falls ich Rückfragen habe. Ich verlange von Ihnen, dass Sie über die Dinge, die wir hier bearbeiten, stets auf dem Laufenden sind, falls ich Rückfragen habe.«

»Verstanden, Sir.«

»Nun zu den Dingen, die ich nicht dulde.«

Sie sah mich mit ihren großen Augen verdutzt an, senkte ihren Blick dann allerdings wieder auf das Blatt Papier.

»Das hier ist ein Büro, kein Laufsteg und keine Singlebörse. Ihr Outfit am heutigen Tag ist angemessen. Behalten Sie das bei. Ich will nicht, dass Sie Ihre Brüste zur Schau stellen oder Ihren Arsch oder Gott weiß welche anderen Vorzüge.«

Ich sah, wie sie bei meinen klaren Worten rot wurde.

»Gleiches gilt für Ihr Verhalten. Romanzen am Arbeitsplatz sind ein No-Go. Sie schaden dem Unternehmen, der Aufmerksamkeit und der Arbeitsmoral, also Finger weg von all den männlichen Kollegen dort draußen, sollten Sie Single sein. Ich verabscheue es, wenn in meinem Unternehmen getuschelt und getratscht wird. Sollte ich das mitbekommen, werde ich Sie entlassen. Sollten Sie Fragen haben, dann fragen Sie mich, und zwar sofort. Egal, worauf sich die Frage bezieht. So kann man so manche Unannehmlichkeit vermeiden. Ich möchte, dass Sie mich mit ›Mister Hunt‹ und ›Sir‹ ansprechen. Ich werde Sie Meredith nennen. In Ordnung?«

Sie nickte nur noch, was ich ihr nicht verübeln konnte.

»Und noch etwas: Kommen Sie niemals, und ich meine absolut niemals, ohne meine Erlaubnis in mein Büro.«

»Das würde ich nicht, Sir.«

»Sehr gut, dann sind wir uns ja einig. Wie sie vielleicht wissen, war Mary viele Jahre lang meine persönliche Assistentin. Sie wird Ihnen alles erklären und Ihnen einen ausreichenden Einblick in all unsere täglichen Abläufe geben können. Vertrauen Sie auf die Dinge, die sie Ihnen sagt, und befolgen Sie diese, dann kann eigentlich nichts schiefgehen.«

»Danke, Sir.«

Ich nickte und blickte auf ihren perfekten

Arsch, als sie mein Büro verließ. Er wackelte beim Gehen leicht hin und her …

Sie war zu perfekt. Ihre Attraktivität würde mich in eine Katastrophe manövrieren – das spürte ich schon jetzt.

Seufzend blickte ich auf die geschlossene Tür. Wenn nur alles anders wäre, vielleicht wäre sie dann die perfekte Frau für mich …

Ich musste diese Gedanken gehen lassen. Es gab keine Miss Perfect für mich, nicht mehr. Nicht mit dem Geheimnis, das ich hütete. Nicht mit dem Leben, das ich führte …

Es klopfte erneut an meiner Tür und ich zog die Stirn in Falten. »Ja bitte«, sagte ich und sah dann in Merediths große Augen.

»Sir, Sie sagten, dass Sie um 7.45 Uhr eine Tasse starken schwarzen Kaffee haben möchten. Soll ich damit sofort beginnen?«

Mein Blick fiel auf die Uhr, es war genau 07.45 Uhr. Als ich nickte, schob sie die Tür weiter auf und balancierte die Kaffeetasse herein, die sie direkt vor mir auf dem Schreibtisch platzierte.

»Das mit dem Servieren müssen Sie aber noch üben«, sagte ich und blickte in ihre erschrockenen Augen.

»Soll ich Ihnen einen neuen Kaffee bringen?«

»Nein danke, aber morgen möchte ich bitte eine weiße Untertasse, ohne Kaffee darauf.«

»Ja, Sir.«

Sie schloss die Tür hinter sich und ich zeitgleich meine Augen. Sie hatte wirklich erschrocken gewirkt, und wenn diese Art sie schon verschreckte …

»Mister Hunt, Mister Geoffrey auf der 3«, kündigte Mary mir mit ihrer so vertrauten Stimme an.

Ich musste weiterarbeiten. Ein Imperium wie das meine führte sich nicht von allein.

Es hätte alles so viel einfacher sein können, würde Mary nicht dieses Kind erwarten. Sie als persönliche Assistentin gehen lassen zu müssen, war für mich ein schwerer Schritt. Mary hatte über die Jahre stets wunderbare und absolut diskrete Arbeit geleistet. Sie wusste, wer ich wirklich war. Meredith hingegen hatte nicht den leisesten Hauch einer Ahnung, und dabei würde ich es auch belassen. Zumindest vorerst. So lange, bis ich es nicht mehr geheim halten konnte, denn schon jetzt wusste ich, dass dieser Tag kommen würde. Früher oder später würde sie mein wahres Gesicht erkennen und es gab nichts, was ich dagegen tun konnte.

MEREDITH

Ich vermisste meine Fische. *Ja, wirklich.*

›Aber morgen möchte ich bitte eine weiße Untertasse, ohne Kaffee darauf.‹

Kälter hätte er es nicht ausdrücken können und zum ersten Mal fragte ich mich, worauf ich mich hier eingelassen hatte. Es war mein erster Arbeitstag und schon jetzt schien es eine Katastrophe zu sein.

Natürlich hatte ich geahnt, dass dieser Job kein leichter werden würde, doch dass Mister Hunt so spezielle Vorlieben hatte, musste ich erst einmal verarbeiten. Wobei … Dafür blieb mir keine Zeit.

»Ich möchte Sie darauf hinweisen, dass Sie Mister Hunt auf gar keinen Fall in seinem Büro stören dürfen. Noch wichtiger ist es sogar, dass Sie erst auf Anweisung sein Büro betreten, haben Sie das verstanden?«

Ich nickte, auch wenn ich schrecklich neugierig war, wieso das so war. Hatte mein neuer Chef irgendetwas zu verheimlichen?

Erst wenige Minuten zuvor hatte Mary mir erklärt, dass Mister Hunt nie seinen Schreibtisch verließ und selbst seine Meetings dort abhielt. Sein Büro würde er nie verlassen, da er viel arbeitete. Irgendetwas stimmte nicht und da ich von Natur aus ein neugieriger Mensch war, ließ mich die Frage, was da vor sich ging, den ganzen Tag nicht los. Bald hätte ich sicherlich genug Möglichkeiten, noch dahinterzukommen.

Ich war unglaublich froh, als ich diesen ersten Tag hinter mich gebracht hatte und Andi in der Eingangshalle auf mich wartete.

Sie zwinkerte mir zu und hakte sich dann bei mir ein. »Und? Ist er ein Arschloch oder einfach nur geil?«

Ich schnaubte. »Ehrlich gesagt bin ich mir da noch nicht ganz sicher. Ich habe keine Ahnung, wie ich diesen Mann einschätzen soll. Er scheint irgendetwas zu verbergen.«

Andi lachte laut auf und schüttelte dann den Kopf. »Aber ich habe so das ungute Gefühl, dass du es noch früh genug herausfinden wirst. Ich kenne dich doch. Neugier ist dein zweiter Vorname.«

Ich zog eine Grimasse, als wir das Gebäude verließen und uns ein Taxi riefen, um in eine nahe gelegene Bar zu fahren. Ich hatte mich von Andi überreden lassen, dass wir uns noch einen Drink genehmigten, um meinen ersten Arbeitstag zu feiern. Obwohl ich mich nach meinem Bett sehnte und es kaum erwarten konnte, endlich schlafen zu können, wollte ich meine beste Freundin nicht vor den Kopf stoßen und hatte daher eingewilligt.

Ich ließ mich seufzend auf den Stuhl sinken und wählte eine Pina Colada, was Andi dazu veranlasste, die Augenbrauen zu heben. »Was?«

»Ich sagte, ich will mit dir einen trinken gehen, damit wir feiern können.«

Fragend blickte ich sie an. »Ja und?«

»Du hast ein Weibergetränk bestellt. Das wird jetzt nicht unbedingt dazu beitragen, dass wir uns gleich betrunken in den Armen liegen.« Sie sah so bestürzt aus, dass ich lachen musste.

»Du vergisst, dass ich morgen schon meinen zweiten Arbeitstag habe und fit sein muss. Ansonsten wird mich mein äußerst freundlicher Chef vermutlich wieder auf die Straße setzen.«

»Ist er wirklich so schlimm?«, wollte sie wissen und ich zuckte mit den Schultern. Ich wusste selbst nicht, ob sein Verhalten nur eine Fassade war, um die Menschen um ihn herum nicht sein wahres Ich sehen zu lassen.

»Ich habe keine Ahnung, was ich denken soll. Ich habe versucht, einiges über ihn in Erfahrung zu bringen, doch Fehlanzeige. Weißt du irgendetwas Privates von ihm?«

Sie schüttelte den Kopf und ich seufzte.

»Siehst du. Er ist total geheimnisvoll und das wirft Fragen auf. Mister Hunt scheint ein äußerst mysteriöses Arschloch zu sein.«

Wir beide lachten, doch es ließ mir keine Ruhe, dass ich diesen Mann nicht einschätzen konnte.

Als wir bereits bei unserem dritten Cocktail waren, musterte ich Andi. Irgendetwas schien heute anders an ihr zu sein, doch ich konnte nicht benennen, was es war.

»Du machst mir Angst, wenn du mich so anstarrst«, meinte sie lächelnd und ich legte den Kopf schief.

»Okay, was ist los?«

Sie spielte die Ahnungslose. »Wovon sprichst du? Was soll denn sein?«

Ich deutete mit dem Finger auf ihr Gesicht. »Irgendetwas geht in dir vor und ich werde dich nicht in Ruhe lassen, bevor du nicht mit der Sprache herausgerückt bist.«

»Ach Mer …«

»Andi, nun los!«

Sie biss auf ihrer Unterlippe herum und spielte verlegen mir ihrem Glas. »Na ja. Erinnerst du dich noch an Jeff?«

Ich nickte, was sie dazu veranlasste, weiterzusprechen.

»Seit der Party weicht er auch auf der Arbeit nicht mehr von meiner Seite. Es ist einfach seltsam, weil ich eigentlich dachte, dass er auf dich steht. Er hat nicht den Ruf, ein Weiberheld zu sein, und ich kann mir sein plötzliches Interesse nicht erklären, verstehst du?«

»Magst du ihn denn?«

»Verdammt, Meredith, stell nicht immer so viele Fragen.«

»Also ja«, riet ich, als ihre Wangen einen tiefen Rotton annahmen. Selten hatte ich meine engste Vertraute so verwirrt und peinlich berührt gesehen.

»Ein wenig vielleicht. Aber das hat nichts zu bedeuten. Er sieht eben gut aus und ist ganz nett, aber das war es auch schon. Du weißt, wie ich zu Beziehungen stehe, besonders wenn es um Männer an meinem Arbeitsplatz geht.«

Ich seufzte. »Du wirst es nie wissen, wenn du es nicht versuchst. Sieh mich an. Seit Hank lebe ich wie eine Nonne. Nur weil eine Beziehung scheitert, bedeutet das nicht, dass alle Männer so sind.«

Das war eine Lüge. Momentan war ich genau vom Gegenteil überzeugt. Seit Hank hatte ich das Vertrauen in wohl jeden Mann verloren und es fiel mir schwer, etwas Positives in alldem zu sehen.

»Ob Jeff der Richtige ist, wirst du erst sehen, wenn du dich darauf einlässt. Verabrede dich mit ihm und sieh, was passiert. Du hast doch nichts zu verlieren.«

Später am Abend lag ich schlaflos in meinem Bett, denn das Gespräch mit Andi hatte mich aufgewühlt. Es ließ sich nicht verhindern, dass meine Gedanken ständig zu meinem Boss schweiften. Ich dachte daran, wie ein Mann so gut aussehen und dabei gleichzeitig so kantig und männlich wirken konnte. Hunt war wie ein Bad Boy, den man in Hemd und Krawatte gequetscht hatte. Seine Augen waren vollkommen unergründlich und ich wollte dahinter blicken. Wissen, was wirklich in ihm vorging.

ERIC

Ich blieb für einige Minuten an meinem Schreibtisch sitzen und lauschte der Stille. Ich wollte vollkommen sichergehen, dass niemand mehr hier war, denn es sollte niemand sehen …

Erst als ich wirklich gar nichts mehr hörte, stieß ich meinen Schreibtischstuhl ein kleines Stück von meinem Tisch weg und beugte mich hinunter, um meine Beine aus den Halterungen zu befreien, die während des Tages dafür sorgten, mein perfektes Schauspiel aufrechtzuerhalten. Gleich würden die Spastiken wieder einsetzen, doch daran war ich mittlerweile gewöhnt.

Ich stieß mich mit dem Schreibtischstuhl weiter ab und zog mich dann an der Wand entlang, bis zu dem kleinen Raum neben dem Aufzug, der gerade einmal groß genug war, um meinen Rollstuhl darin verstecken zu können. Wie jeden Abend empfand ich es fast als eine Wohltat, nach so vielen Stunden der vollkommenen Bewegungslosigkeit in den Rollstuhl zu wechseln. Er gab mir wenigstens etwas Freiraum wieder.

Mühsam stellte ich den Bürostuhl zurück an seinen Platz und fuhr dann in den Aufzug, der mich von meinem Büro in die Tiefgarage brachte, wo mein behindertengerechter Van auf mich wartete. Kein Sportwagen, keine Luxuskarosse, sondern ein Auto, das ich ohne viel Mühe selbst fahren konnte.

Vor fast genau vier Jahren, nach meinem Unfall, war ich durch Zufall auf dieses perfekt konstruierte Gebäude gestoßen, denn schon damals war ich mir sicher gewesen, dass niemand, aber auch wirklich niemand, etwas von meinem Zustand erfahren sollte. Schnell hatte ich erkennen müssen, dass es neben meiner Familie Leute gab, die ich einweihen musste. Sei es mein Securitychef, meine Haushälterin oder meine persönliche Assistentin, die nun nicht mehr für mich arbeitete. Jeder weitere Mensch, der von meinem Geheimnis erfuhr, war eine Gefahr. Für mich, für das Unternehmen, für meine Art, wie ich dieses Leben trotz meines Handicaps führen wollte.

Die Firma war zum damaligen Zeitpunkt so

signifikant gewachsen, dass wir aus der kleinen Lagerhalle in ein weitaus prestigeträchtigeres Gebäude hatten wechseln müssen. Und dann war dieses Hochhaus gebaut worden. Mit privatem Tiefgaragenstellplatz und direkter Verbindung zum Büro. Ich hatte mein Glück kaum fassen können und selbst wenn ich mich damals finanziell komplett übernommen hatte, war ich dieses Risiko eingegangen. Heute, 385 Millionen Dollar später, wusste ich, dass ich genau die richtige Entscheidung getroffen hatte. Wenn meine beschissenen Beine auch nicht mehr funktionierten, mein Kopf, mein Geschäftssinn, mein Gespür für die großen Deals – das alles war nach wie vor ganz hervorragend in Takt.

Ich öffnete den Van mit der Fernbedienung und sah dabei zu, wie sich die Rampe ausfuhr, über die ich ins Wageninnere gelangen konnte. Dort hievte ich mich, fernab von allen Blicken, auf den Fahrersitz, den ich automatisch wieder nach vorn fuhr, und brauste davon. Zurück in mein Penthouse mit Blick auf den wundervollen Central Park, den ich wahrscheinlich nie wieder betreten würde. Ich hatte mir ein Gefängnis erschaffen und alles, was mir blieb, war der Blick aus dem Fenster. Ich konnte mich nicht auf New Yorks Straßen sehen lassen. Das zumindest redete ich mir selbst ein.

Immer war die Angst da, dass mich jemand erkennen würde, dass dieses gut gestrickte Lügenkonstrukt irgendwann aufflog. Der pure Gedanke daran ließ mich all die Opfer verkraften.

Ich hasste mein Spiegelbild, ich hasste diesen Rollstuhl, ich hasste dieses Leben. Der Gedanke, dass mich Millionen Menschen so sahen, auf irgendeinem Zeitungscover, ließ mich erschaudern. Niemals würde ich mich der Welt so präsentieren.

Ich parkte meinen Wagen auf meinem Stellplatz und wiederholte das Prozedere in umgekehrter Reihenfolge. Auch bei meinem Apartment hatte ich das Glück, dass man in diesem Komplex sehr viel Wert auf Privatsphäre und Diskretion legte. Der Aufzug fuhr direkt in mein Penthouse, wo mich die übliche Stille erwartete.

Seit dem Unfall gab es in meinem Leben nur noch die wenigen Angestellten, die über meinen Zustand Bescheid wussten, und meine Familie. Mom und Dad lebten draußen in den Hamptons, wo ich ebenfalls ein Ferienhaus besaß, das ich so oft wie möglich besuchte, denn an diesem Ort fühlte ich mich frei. Fernab von der Stadt, von meiner Firma und den vielen Menschen.

Ich wusste um das Risiko, einen Geschäftspartner in den Hamptons zu treffen, und doch ging ich es ein, denn dieser Ort war alles, was mir noch von meinem alten Leben geblieben war. Selbst wenn ich das Haus neu hatte bauen lassen müssen, damit es meinen Anforderungen entsprach.

Mein Bruder John besuchte mich regelmäßig, da er auch in New York lebte und arbeitete. Im Gegensatz zu mir allerdings als Angestellter in einem Investmentbüro, wo er allerdings ebenfalls gutes Geld verdiente. Nicht, dass unsere Familie noch darauf angewiesen wäre. Ich war bereits in ein privilegiertes Leben hineingeboren worden und hatte noch weitaus mehr daraus gemacht.

Heute Abend würde ich wieder einmal allein hier sein, was normal für mich war. Ich rollte zum Kühlschrank und schob das Essen in die Mikrowelle, das Juli-Ann, meine Haushälterin, wie an jedem Tag für mich hinterlassen hatte. Das gesamte Penthouse war komplett auf meine Bedürfnisse eingerichtet, weshalb ich hier keinerlei Probleme hatte, allein zurechtzukommen.

Ich schaltete den Fernseher ein und fuhr mit meinem Rollstuhl unter den Esszimmertisch, so dass ich bequem essen konnte. Mein Rücken signalisierte mir bereits wieder, dass er dringend eine Pause brauchte, weshalb ich mich nach dem Essen ins Bett legte.

Wie so oft kehrte ich in meinen Gedanken in meine alte Wohnung zurück. Auf meinen eigenen zwei Beinen. Ich war nicht ein Mal mehr dort gewesen.

Morgens hatte ich sie ganz normal verlassen, in der festen Annahme, dass ich abends wieder an meinem Lieblingsplatz auf der Dachterrasse sitzen würde, doch ich kehrte nie mehr dorthin zurück. Mein Bruder hatte eine Firma beauftragt, alles auszuräumen, und als ich endlich aus der Reha gekommen war, war ich hierhin zurückgekehrt. In eine Wohnung, die mit meinen Sachen gefüllt war und die mir doch komplett fremd erschien.

Ich mochte es hier, keine Frage. Wer konnte auch ein Penthouse mit Blick auf den Central Park nicht mögen. Doch ich vermisste die kleine verwinkelte Dreizimmerwohnung in Queens. Allem voran die Dachterrasse, die gerade groß genug gewesen war für zwei Stühle und einen winzig kleinen Tisch.

Mit dem Gedanken an die alte Wohnung schlief ich ein, doch wie immer war dieser Schlaf nicht von langer Dauer. Zwei Stunden später versuchte ich, mich mit Fernsehen von den grauenvollen Bildern in meinem Traum abzulenken. Bilder, die mich jede Nacht heimsuchten. Bilder, die mich niemals wieder gehen lassen würden, die sich in mein Gedächtnis gebrannt hatten, mich verfolgten und jede Nacht ein bisschen mehr zerstörten, obwohl kaum noch was von dem Eric Hunt übrig war, den ich einst verkörpert hatte. Strahlend auf den Titelseiten der großen Magazine, gefeiert als einer der erfolgreichsten Geschäftsmänner in den USA, als der erfolgreichste Geschäftsmann in New York. Erst gestern war wieder ein Lobartikel über mich in der *Forbes* erschienen. Natürlich thronte ich auf dem Cover hinter meinem Schreibtisch. Eine Spezialanfertigung. Mein Schutzschild. Ich wirkte normal wie immer, auch wenn scheiße noch mal nichts mehr normal war.

Ich beendete meine Nacht um vier Uhr, wie an jedem Tag, und nahm eine ausgiebige Dusche, bevor Wade, mein Physiotherapeut, kam. Auch wenn es an meinem Zustand nichts mehr zu verbessern gab, half er mir mit den Dehnübungen und Massagen dabei, dass ich die Tage im Büro überstand.

Seit meiner Lähmung litt ich unter schlimmen Spastiken, wobei es meine Art, zu leben, mit den vielen, vielen Stunden, die ich ruhig am Schreibtisch saß, nur noch verschlimmerte. Wir hatten bereits alle Medikamente ausprobiert, selbst eine Pumpe war mir verabreicht worden, doch es wollte sich nicht bessern. Deshalb waren meine Beine unter meinem Schreibtisch stets fixiert, und im Rollstuhl natürlich ebenso. Ich konnte nie wissen, wann es wieder losging, und schon so manches Mal war ich unsanft auf dem Boden aufgeschlagen, weil sie mich wieder überrascht hatten. Durch die Medikamente fühlte ich mich oft kraftlos, da sie die Muskeln entspannten und mir somit oft auch jegliche Kraft in den Armen nahmen, was es natürlich deutlich erschwerte, von A nach B zu kommen oder einen Transfer, beispielsweise von meinem Rollstuhl ins Bett, unfallfrei zu gestalten.

Ich konnte das Zucken meiner Beine nicht kontrollieren, ich konnte es nur einschätzen. Bei Stress oder wenn ich mich verausgabte, waren die Zuckungen besonders schlimm. Das größte Problem lag allerdings darin, dass mir die Spastiken Schmerzen verursachten, die mich in Kombination mit meinen starken Rückenschmerzen manchmal in die Knie zwangen.

Es gab Tage, an denen brauchte mein Körper eine Pause, was er mir dann deutlich signalisierte. An diesen Tagen konnte ich nicht aufstehen und alles wurde zu einer Qual, allem voran die Art und Weise, wie ich mein Leben nun führen musste …

Ich wollte heute nicht darüber nachdenken,

denn heute ging es mir gut. Einigermaßen zumindest.

»Guten Morgen, Mister Hunt«, sagte Wade, als ich ihn hereinließ und wir in mein eigens eingerichtetes Physiotherapiezimmer gingen, wo ich mich mit seiner Hilfe auf die Liege legte und ihn seine Massagen durchführen ließ. »Hat der Stress wieder zugenommen?«, fragte er, da meine Beine schon jetzt am Morgen vollkommen verkrampft waren.

»Scheinbar«, antwortete ich.

Durch die Einarbeitung der Neuen war vieles nach hinten verschoben worden. Es gab Druck von einigen Geschäftspartnern, ich hatte heute einen verdammt vollen Terminkalender. Also ja, wahrscheinlich hatte Wade recht.

»Morgen werde ich etwas früher kommen, damit wir Sie noch ein bisschen hinstellen können.«

Ich nickte, auch wenn ich am liebsten laut geseufzt hätte. Seit ein paar Wochen besaß ich einen Rollstuhl, den man auch im Stehen bedienen konnte, doch mein Körper weigerte sich, es zuzulassen. Mein Kreislauf spielte nicht mit und meine Spastiken erst recht nicht, obwohl Wade sich sicher war, dass sich die Zuckungen beruhigen würden, wenn ich eine Weile lang stand. Am Wochenende würden wir es wieder ausgiebiger probieren, da wir dann immer weitaus längere Termine hatten als am Morgen. In der Woche ließ mein Terminplan allerdings nichts anderes zu, selbst wenn es wahrscheinlich extrem verwerflich war, seinen Körper so zu behandeln, wie ich es tat. Wade kritisierte oft, dass ich den Spastiken durch mein stundenlanges Sitzen Nährboden liefern würde, weshalb er gern auch in mein Büro kommen würde, um zwischendurch einige Übungen durchzuführen. Bis jetzt fehlte mir dazu allerdings die Zeit. Und jetzt, wo Meredith neu war, war es sowieso keine Option mehr.

Nach fünfundvierzig Minuten beendeten wir unsere Stunde und Wade half mir wie an jedem Morgen dabei, mich anzuziehen. Selbst wenn ich das allein konnte, hatte ich mit der Zeit akzeptiert, dass es mit seiner Hilfe einfach schneller ging.

Er befestigte die drei breiten schwarzen Klettverschlüsse, die sich an meinen Knöcheln, meinen Knien und meinen Oberschenkeln befanden, so dass mich meine Spastiken nicht aus dem Rollstuhl warfen, und fuhr mich dann ins Esszimmer, wo Juli-Ann das Frühstück vorbereitet und die Tageszeitung bereitgelegt hatte. Ab diesem Moment kehrte Stille in meinen Morgen ein, die erst mit dem »Guten Morgen« von Meredith in meinem Büro enden würde.

Ich war gespannt darauf, wie sie den ersten Tag verkraftet hatte und ob sie nach meiner deutlichen Ansprache überhaupt noch einmal wiederkam. Doch ich schätzte sie nicht wie jemanden ein, der kampflos unterging.

Und ich sollte Recht behalten.

MEREDITH

Oh verflucht! Erschrocken blickte ich auf meinen Wecker, der mir eine Uhrzeit anzeigte, die ganz und gar nicht in Ordnung war. Nachdem ich in der letzten Nacht so lange wach gelegen hatte, schien ich das Klingeln meines Weckers überhört zu haben und wahrscheinlich würde ich nun an meinem zweiten Arbeitstag zu spät kommen. So wie ich Mister Hunt kennengelernt hatte, würde er nicht zögern und mich sofort entlassen.

Nein, nein, nein – das durfte nicht passieren.

Ich duschte so schnell wie wohl noch nie in meinem bisherigen Leben, zog mich an und legte dann in einem rasenden Tempo ein dezentes Make-up auf, bevor ich wie eine Wahnsinnige an Andis Zimmertür klopfte und sie im nächsten Moment aufriss. Während ich mich zurechtgemacht hatte, hatte ich sie völlig vergessen. Wie erwartet lag sie noch schlafend in ihrem Bett, schreckte jedoch hoch, als ich an ihrem Arm rüttelte.

»Wir haben verschlafen!«, schrie ich aufgebracht und sie schaute schlaftrunken zur Uhr.

»Oh verdammt!« Sie sprang aus dem Bett und lief ohne einen weiteren Kommentar ins Bad.

Ich verzichtete auf mein Frühstück, was jedoch nichts an der Tatsache änderte, dass es bereits Viertel nach sieben war. Mir blieben noch genau fünfzehn Minuten, um pünktlich im Büro zu sein, was angesichts des Verkehrsaufkommens unmöglich war. Mit einem Taxi hätte ich wahrscheinlich nur im Stau gestanden und mit der Bahn wäre ich nicht vor acht Uhr im Büro. Aus diesem Grund lief ich in meinen viel zu hohen Schuhen die Straße entlang und war völlig außer Atem, als ich fast vor dem Gebäude ankam.

Plötzlich fuhr ein Auto neben mir durch eine riesige Pfütze. Ich stieß einen lauten Schrei aus, als ich zum zweiten Mal an diesem Tag eine Dusche nahm, wenn auch ungewollt. Entsetzt blickte ich an mir hinunter. Dunkle Flecken hatten sich auf meiner weißen Bluse breitgemacht und ich wollte überhaupt nicht wissen, wie der Rest meines

Körpers aussah. Wenn ich jedoch meinen Job behalten wollte, blieb mir nichts anderes übrig, als in diesem Zustand nach oben zu fahren und das Beste aus der Sache zu machen.

Scheinbar sah ich noch schlimmer aus als erwartet, denn Mary riss entsetzt die Augen auf, als sie mich sah. Sie wollte etwas sagen, doch ich schüttelte den Kopf. Ich lief in die kleine Küche, bereitete den Kaffee für Mister Hunt zu und klopfte dann an die Tür seines Büros.

»Herein«, hörte ich ihn sagen und bevor ich das Büro betrat, atmete ich noch einmal tief durch.

Er war in seine Unterlagen vertieft und ich hatte die Hoffnung, dass er nicht aufsehen würde, bis ich die Tasse abgestellt und sein Büro wieder verlassen hatte, doch natürlich tat er mir diesen Gefallen nicht.

Er hob seinen Kopf und musterte mich, so dass ich mich unwohl fühlte. »Was haben Sie da an?«

»Sir, es gab vor dem Gebäude einen kleinen Zwischenfall«, bemühte ich mich, zu erklären, doch er unterbrach mich barsch.

»Sehen Sie zu, dass Sie nach Hause fahren und sich umziehen. In einem solchen Aufzug können Sie hier nicht arbeiten. Was sollen denn die Mitarbeiter von meiner Assistentin denken, wenn Sie so herumlaufen?«

Wow, er war ein verdammtes Arschloch und am liebsten hätte ich ihm diese Worte auch an den Kopf geschmissen. Stattdessen biss ich mir auf die Unterlippe und brachte gerade so ein Nicken zustande. »Sicher, Sir.«

»Und beeilen Sie sich. Wie Sie wissen, ist mein Tag streng durchgeplant. Ich erwarte, dass Sie ihn nicht durcheinanderbringen.«

Wieder nickte ich und biss die Zähne aufeinander.

Hätte er das nicht freundlicher formulieren können? Musste er sich verhalten, als wäre er der größte Scheißkerl auf Erden?

Mir blieb nichts anderes übrig, als sein Büro zu verlassen und Mary mitzuteilen, dass ich mich auf den Weg nach Hause machen würde, um mich schnell umzuziehen. Gedanklich nahm ich mir vor, von nun an immer Kleidung zum Wechseln in der Firma zu deponieren, damit mir so etwas nicht mehr passieren konnte.

Nach ungefähr einer Stunde war ich zurück im Büro, doch meine Wut war noch immer nicht verraucht. Ich konnte nicht verstehen, wie ein Mann so gefühlskalt sein konnte. In meinem Leben hatte ich schon einige Männer erlebt und jeder von ihnen war anders gewesen. Doch auch wenn sich der eine oder andere nicht gerade nett verhalten hatte, lagen immer noch Welten zwischen deren und Mister Hunts Verhalten.

»Hast du Lust, mit uns zu kommen? Zu meinem Abschied wollen wir die letzte Mittagspause gemeinsam verbringen. So kann ich dir die anderen Kollegen vorstellen«, fragte Mary mich, als ich gerade dabei war, Mister Hunts Termine durchzugehen.

»Das klingt gut«, erwiderte ich lächelnd, denn ich war dankbar, dass sie mich nicht außen vor ließ. Es würde wahrscheinlich nicht schaden, wenn ich jemanden kannte, da sie schon bald nicht mehr hier arbeiten würde. Sie war nur noch hier, um mich anzulernen, und danach würde ich auf mich allein gestellt sein.

Mary musste noch kurz etwas erledigen, und so kam mir eine verrückte Idee. Vielleicht war sie sogar zu verrückt. Bevor ich jedoch länger darüber nachdenken konnte, klopfte ich an die Tür meines Bosses und wartete darauf, dass er mich hineinbat.

»Herein.«

»Mister Hunt«, meinte ich, als ich die Tür öffnete. »Wir gehen etwas zu Mittag essen und ich habe mich gefragt …«

Gott, ja. Was? Jetzt, wo ich es beinahe aussprach, war es sogar noch lächerlicher. Als hätte er nicht andere Dinge zu tun, als die Mittagspause mit uns zu verbringen. Ich hatte aber die Hoffnung, dass er vielleicht eine andere Seite an sich zeigte, die er im Moment versteckte.

Mister Hunt sah mich abwartend an, also sprach ich weiter. »Ich habe mich gefragt, ob Sie vielleicht mit uns zu Mittag essen wollen.«

Er zog seine Augenbrauen so hoch, dass ich schon glaubte, er würde einen Krampf bekommen. Dann schüttelte er den Kopf. »Ich ziehe meine Privatsphäre vor. Dennoch will ich, dass Sie mir gleich mein Mittagessen bringen.«

Ah ja. Das war eine Antwort, mit der ich so nicht gerechnet hatte.

»In Ordnung, Sir.«

Ich schloss die Tür wieder hinter mir und blickte in Marys verständnisloses Gesicht.

»Hast du ihn gerade wirklich gefragt, ob er mit uns kommen will?«

Ihr Mund stand offen und ich wusste nicht, ob ich darüber lachen oder mir Sorgen machen sollte.

»Ja, wieso?«

Sie wirkte, als hätte ich ihm gerade eine Niere abverlangt, ließ meine Frage jedoch unbeantwortet.

Mary setzte sich wieder an den Schreibtisch und ich sagte ihr, dass ich mich um Mister Hunts Mittagessen kümmern würde. Pünktlich um 11.30 Uhr stellte ich ihm dieses auf den Tisch, bevor ich mich mit Mary auf den Weg machte. Wir trafen uns mit den Kollegen in einem kleinen Restaurant, das nur wenige Meter vom Bürogebäude entfernt lag.

Ashley, eine Frau aus der Personalabteilung, hatte gerade ihre Nudeln mit der Gabel und dem Löffel aufgerollt, als sie sehnsüchtig die Augen verdrehte. »Gott, was würde ich dafür geben, Hunts persönliche Assistentin zu sein. Ich beneide dich, Meredith. Ja, wirklich. Dieser Mann ist so unglaublich heiß. Wenn ich ihm nur begegne, wird schon mein Höschen feucht.«

Ich hatte gerade einen Schluck von meinem Wasser genommen und verschluckte mich fast. Wow, sie nahm wirklich kein Blatt vor den Mund, was sie auf der anderen Seite sympathisch machte.

Mary schwieg, doch eine andere Frau – Sally, wenn ich mich nicht irrte – ergriff das Wort. »Du hast recht. Ich finde, dass diese mysteriöse und verschwiegene Art ihn nur noch heißer macht. Gott weiß, was ich tun würde, wenn ich irgendwann die Chance hätte, ihn zu daten.«

»Was ist denn mit Jasper?«, fragte Mary, doch Sally zuckte mit den Schultern.

»Er war es nicht wert.«

Während sich meine Kollegen weiter über Mister Hunt unterhielten, stocherte ich in meiner Lasagne herum und dachte über ihre Worte nach. Irgendetwas schien in ihm vorzugehen und ich hasste es, dass ich so unbedingt wissen wollte, was es war.

ERIC

Ich rieb mit meinen Händen über meine Beine, die vollkommen angespannt in den Halterungen fixiert waren und dabei ununterbrochen zuckten. So schlimm waren die Schmerzen seit längerer Zeit nicht gewesen. Verdammte Scheiße, wie konnte etwas, mit dem man nichts mehr anfangen konnte, nur so wehtun?

»Mister Hunt?«

Es war Merediths Stimme, die über die Sprechanlage erklang.

Nicht jetzt. Ich konnte vor lauter Schmerzen in meinen Beinen und meinem Rücken kaum sprechen. Wenn ich nicht antwortete, wäre es allerdings weitaus seltsamer.

»Meredith!«

»Hey, Großer. Kannst du dieser netten Dame,

die nur ihren Job macht, bitte bestätigen, dass ich reindarf?«, erklang die Stimme meines Bruders John über die Sprechanlage.

Ich täuschte ein Lachen vor, denn das wurde in einer solchen Situation von mir verlangt. »Meredith, meinen Bruder können Sie jederzeit reinlassen! Bitte keine Störungen, egal welcher Art, in Ordnung?«, bat ich sie, was sie bejahte.

»Na, Boss, alles super?«, fragte mein Bruder, doch das Lächeln auf seinem Gesicht verschwand, als er mich ansah. Schnell schloss er die Tür hinter sich, während ich bereits die Halterungen an meinen Beinen löste. »Schlimm?«, fragte er.

»Du kommst auf jeden Fall genau zur richtigen Zeit!«

John hatte oft genug bei der Physiotherapie zugeschaut und sich alles erklären lassen, so dass er wusste, wie er mir in solchen Momenten helfen konnte. Er schob mich mit meinem Bürostuhl zur Couch und hob mich darauf, bevor er begann, meine Beine auszustrecken, was mir ein leises Stöhnen entlockte.

»Ich weiß. Ich mache das nicht gern, aber es wird dir helfen«, sagte er, während ich mit dem Unterarm meine Augen verdeckte. Er musste den Schmerz in meinem Gesicht nicht sehen, denn ich wusste, dass es ihm Probleme bereitete, mir weitere Schmerzen zuzufügen. Mein Bruder war meine engste Bezugsperson und einfach ein toller Kerl. Schon vor dem Unfall hatten wir viel Zeit miteinander verbracht, doch erst seitdem waren wir unzertrennlich.

»Scheiße, Mann, es tut mir so leid«, sagte er, als er meine angewinkelten Beine in Richtung meines Kopfes drückte und ich erneut laut aufstöhnen musste.

John wiederholte das Prozedere noch einmal und ich bemerkte erst, dass er meine Beine wieder losgelassen hatte, als er sich auf die Couch neben mir fallen ließ.

»Besser?«, fragte er, was ich mit einem leichten Nicken beantwortete. »Vielleicht sollten wir mal wieder darüber reden, dass du kürzertreten solltest.«

»Vielleicht sollten wir das auch einfach lassen«, erwiderte ich und blickte ihn wieder an.

»Übrigens: Scheiße, Mann, was hast du dir denn da bitte für eine Assistentin angelacht? Die ist ja rattenscharf.«

»Ihr Name ist Meredith. Tu dir also keinen Zwang an. Soviel ich weiß, ist sie Single. Ihr wärt ein sehr hübsches Paar!«

»Jetzt sag mir nicht, dass du sie nicht scharf findest!«

»Was denkst du denn? Ich bin auch nur ein Kerl, aber ich bitte dich. Sie hat einen Mann verdient und nicht so ein halb funktionsfähiges Überbleibsel wie mich!«

»Eric, du musst aufhören, so zu denken, und das weißt du auch! Du bist ein toller Kerl, ganz egal, ob du laufen kannst oder nicht. Du willst doch wohl nicht ernsthaft dein ganzes Leben lang allein bleiben? Glaubst du nicht, dass es auch Frauen gibt, die mit einem Mann in einem Rollstuhl umgehen können?«

»Ich werde niemandem zur Last fallen. Ende des Gesprächs.«

»Womit zur Last fallen? Du machst doch alles allein. Wobei brauchst du denn bitte Hilfe? Du bist noch immer aktiv, du …«

»Lass gut sein!«

Mein Bruder seufzte laut, was mir ein Lächeln entlockte. Mindestens einmal in jedem Gespräch kamen wir an diesen Punkt. Es gehörte schon quasi zum guten Ton.

»Ich finde trotzdem, dass du dich vergräbst, seitdem das passiert ist. Anfangs konnte ich es verstehen, aber mittlerweile … Es sind fast vier

Jahre vergangen und du musst doch mal wieder anfangen, dein Leben normaler zu leben. Du kannst dich doch nicht immer hier oder zu Hause verschanzen. Lass uns mal wieder zusammen in die Hamptons fahren. Du weißt, dass Stress dazu beiträgt, dass es dir schlechter geht. Und wenn ich das mal so sagen darf: Dir geht es gerade verdammt beschissen.«

»Wirklich? Hätte ich gar nicht gemerkt.«

»Was machst du am Wochenende? Und jetzt sag nicht, dass du arbeiten musst, denn dann werde ich dir in deinen gefühllosen Arsch treten, das verspreche ich dir!«

Ich lachte und deutete auf meinen Terminkalender, der auf dem Schreibtisch lag. »Sieh selbst nach. Wenn keine Termine für Samstag notiert sind, können wir meinetwegen mal wieder fahren.«

John erhob sich und ich sah dabei zu, wie er zu meinem Schreibtisch ging, um den Terminkalender zu überprüfen. Wir waren uns einmal so ähnlich gewesen, mit den dichten schwarzen Haaren, den herausstechenden Augen, den maßgeschneiderten Anzügen und diesem sicheren, erhabenen Gang.

»Keine Termine. Check, Bro! Dann geht es endlich mal wieder in die Hamptons! Und jetzt mach Feierabend und dann packen wir dir ein paar Sachen zusammen und fahren.«

»Jetzt?«

»Warum denn nicht? Es ist Freitag, ob wir morgen früh fahren oder jetzt, ist völlig egal.«

»Es ist nicht mal Mittag! Ich habe zu arbeiten und …«

»Cancel deine verdammten Termine, oder besser gesagt lass sie von Miss Perfect canceln. Komm schon! Wann haben wir das letzte Mal zusammen so richtig einen draufgemacht? Außerdem: Sieh dich doch an. Ich glaube, du bist heute eh in keiner Verfassung, um produktiv etwas zu verrichten.«

»Danke, dass du mich immer wieder auf Dinge hinweist, die ich selbst gar nicht erkannt hätte. Setz mich in den verdammten Bürostuhl, damit ich mit Meredith sprechen kann.«

John kam wieder auf mich zu und fasste mich unter den Armen. Für ihn schien es ein Leichtes zu sein, mich von A nach B zu wuchten.

Er schob mich zurück an meinen Platz und ich sicherte meine Beine zumindest notdürftig, bevor ich Meredith hereinbat. John hatte auf dem Stuhl vor meinem Schreibtisch Platz genommen, ganz so, als hätten wir die ganze Zeit über hier gesessen.

»Sir, Sie wollten mich sprechen?«

John warf mir einen vielsagenden Blick zu, was zweifelsohne der Tatsache geschuldet war, dass ich mich von ihr mit ›Sir‹ ansprechen ließ. Ich war schließlich ihr Boss und das sollte sie auch genau so empfinden.

»Sagen Sie meine verbleibenden Termine für heute ab. Das Wochenende über haben Sie frei. Meinetwegen gehen Sie jetzt ebenfalls nach Hause.«

»Wir fahren in die Hamptons, um mal wieder ordentlich einen draufzumachen!«, fügte John vollkommen unnötigerweise hinzu, doch Meredith lächelte.

»Wie wunderbar. Ich liebe die Hamptons. Ich war zwar erst einmal dort, als ich noch sehr jung war, aber ich habe sie in wunderbarer Erinnerung behalten.«

»Mister Oberreich hier besitzt dort ein eigenes Ferienhaus, wissen Sie?«

Mahnend blickte ich John an. Ich wusste, was er hier tat, und ich hasste ihn dafür.

»Wirklich? Dann steht Ihrem gemeinsamen Ausflug ja nichts mehr im Weg. Ich wünsche Ihnen beiden ein schönes Wochenende.«

»Ebenso, Meredith. Bis Montag. Und vergessen Sie nicht, die Termine abzusagen.«

»Werde ich nicht. Bis Montag, Sir.«

»Sir?«, fragte John und schüttelte ungläubig den Kopf, nachdem Meredith die Tür hinter sich geschlossen hatte.

»Ja natürlich, wie denn sonst? Eric? Ich leite dieses Unternehmen hier, falls dir das noch nicht aufgefallen ist.«

»Hat dich Mary jemals mit ›Sir‹ angesprochen?«

»Das war etwas vollkommen anderes.«

»Weil du nicht so krampfhaft versucht hast, sie auf Abstand zu halten, aus Angst, dass sich da etwas zwischen euch entwickeln könnte?«

John hatte den Nagel auf den Kopf getroffen, doch diesen Triumph wollte ich ihm nicht gönnen.

»Na los, jetzt hast du mich derartig überfallen, dann lass uns auch aufbrechen«, sagte ich und befreite meine Beine wieder. John half mir in den Rollstuhl, selbst wenn er wusste, dass ich das perfekt allein konnte. Bei ihm wehrte ich mich nicht gegen die Hilfe, denn er war die einzige Person, bei der es mir nicht unangenehm war.

Gemeinsam packten wir zu Hause ein paar Sachen zusammen und ich rief Wade an, dass er am Wochenende nicht vorbeikommen musste. Die Übungen, die unerlässlich waren, würde John wie immer mit mir durchführen.

Keine zwei Stunden später fuhren wir in Richtung Hamptons, wobei wir natürlich nicht den Van genommen hatten, sondern den Lamborghini. Ich beschleunigte per Handsteuerung und presste John damit noch weiter in seinen Sitz.

»Nur weil du keine Beine mehr zu verlieren hast …«

»Ach halt die Klappe, John!«

Nach meinem Unfall war ich ewig kein Auto gefahren, doch seitdem sich diese »Alles egal«-Einstellung in meinem Leben immer mehr manifestierte, konnte es nicht rasant genug sein. Hier fühlte ich mich wenigstens frei und so, als würde ich alles unter Kontrolle haben.

Ich parkte den Wagen vor meinem Haus, das direkt am Meer lag. Selbstverständlich mit einem privaten Strandabschnitt. Hier war ich vor neugierigen Augen abgeschirmt, da alles eingezäunt war, und trotz dieser Zäune fühlte ich mich hier freier, als ich es in New York je sein würde.

Während ich auf John wartete, der die Koffer ins Haus trug, blickte ich auf den wilden Ozean, der sich mit schäumenden Wellen aufbäumte. Es war windig, wie so oft.

John kehrte zum Auto zurück und brachte dabei meinen Rollstuhl mit. Ich hatte meinen in New York gelassen, denn in einem Lamborghini gab es dafür keinerlei Platz.

»Dann wollen wir dich mal da rausholen, was?«, fragte John und hob mich aus dem Auto, das ich niemals allein würde verlassen können.

Er schob mich ins Haus, wo bereits einige Angestellte auf uns warteten. Ich hatte sie von unterwegs angerufen und sie über unsere baldige Ankunft informiert. Eine Köchin, ein Butler und eine Hausdame waren innerhalb des Hauses beschäftigt und kümmerten sich hier um unser Wohlergehen. Natürlich durfte auch mein Securitychef Boris nicht fehlen, der mich in einem Extrawagen begleitet hatte. Ganz im Gegensatz zu New York verzichtete ich hier nicht auf das Personal, denn ich wollte hier Urlaub machen.

Sie begrüßten uns herzlich und wir sprachen kurz, bevor ich mit dem Aufzug in mein Schlafzimmer fuhr. In diesem Haus herrschte komplette Barrierefreiheit, was noch angenehmer war als in New York, denn sie schloss auch die Außenanlagen ein. Selbst bis runter zum Wasser konnte ich mit meinem Rollstuhl problemlos über einen Steg fahren. Für Ausflüge ins Meer stand mir ein spezieller Rollstuhl zur Verfügung, den ich allerdings nur mit Johns Hilfe nutzen konnte.

»Bruderherz, was ist los? Ich dachte, wir betrinken uns jetzt noch richtig!«, sagte John, als er mein Zimmer betrat, doch schon bei meinem Anblick musste ihm klar sein, dass ich heute nichts anderes mehr tun würde, als in meinem Bett zu liegen. Die Fahrt im Lamborghini hatte mir den Rest gegeben.

Ohne zu fragen oder auf meine Antwort zu warten, schnappte John sich einige Kissen und positionierte mich so, wie Wade es ihm gezeigt hatte und wie es mir guttat. »Besser?«, fragte er, was ich mit einem Nicken beantwortete.

»Viel besser.«

»Eric, ich weiß, dass du davon nichts hören willst, aber wenn du schon so viel arbeitest und immer so hart zu dir selbst bist, dann sieh wenigstens zu, dass du am Wochenende ein wenig Erholung bekommst. Du brauchst sie, das siehst du doch selbst!«

»Ich weiß, dass du recht hast. Manchmal ist es halt nicht so einfach und mit der Neuen wollte ich mir keine Schwäche erlauben.«

»Du erlaubst es dir nie, schwach zu sein! Das ist dein größtes Problem«, sagte John und zog die Vorhänge zu. »Ich bin in Rufweite. Du weißt, dass ich sofort da bin, wenn etwas sein sollte, okay?«

»Danke«, erwiderte ich und schloss erschöpft die Augen. Ich hatte wieder viele Medikamente genommen, die mich schläfrig machten.

Am nächsten Morgen sah die Welt dagegen schon wieder komplett anders aus. Ich fühlte mich gut, wenn nicht sogar sehr gut, und auch nachdem John die Übungen mit mir gemacht hatte, ging es mir gut.

»Also, was unternehmen wir heute?«, fragte ich und sah zu meinem Bruder.

»Wir werden wohl oder übel Mom und Dad besuchen müssen.«

Ich lachte, denn eigentlich hatten wir beide ein wirklich gutes Verhältnis zu unseren Eltern. Mom übertrieb nur leider unglaublich mit ihrer Fürsorge, bei allen Belangen, die mich betrafen, weshalb es durchaus schon mal anstrengend werden konnte.

»Mom und Dad habe ich für heute Abend auf dem Plan. Aber ich meine jetzt. Wie wäre es mit Fahrrad fahren? Die Sonne scheint.«

»Fühlst du dich fit genug dazu?«, fragte John skeptisch.

»Ich fühle mich sehr fit und es ist eine angenehme körperliche Betätigung für mich. Nichts Schlechtes. Außerdem: Wofür habe ich dieses spezielle Bike sonst, wenn ich es nie fahre?«

»Wo du recht hast … Dann los. Aber wenn du nicht mehr kannst …«

»Dann werde ich es dir sagen und wir fahren sofort zurück nach Hause. Komm schon, John, Mom wird wieder genug von dieser Art von Vorträgen halten. Erspar du es mir doch bitte, ja?«

»Jaja, schon gut. Ich wollte nur dein Gewissen sein!«

»Wie immer.«

Ich genoss es unmenschlich, mit meinem speziellen Handbike durch die Natur zu fahren, über Stock und Stein, Bodenwellen und Unebenheiten. Überall dahin, wo ich mit meinem normalen Rollstuhl nicht hinkommen würde.

Es hatte eine Weile gedauert, bis ich dieses Fahrrad richtig beherrscht hatte, doch mittlerweile war ich in der Lage, eine wirklich gute Geschwindigkeit zu fahren.

Wir machten auf einer kleinen Lichtung Rast und ich ließ mich von John aus dem Fahrrad heben. Wir aßen und tranken eine Kleinigkeit, bevor wir weiterfuhren. Erst nach Stunden spürte ich die Erschöpfung, aber es war eine gute Erschöpfung. Ich konnte mich nicht mehr daran erinnern, wann ich das letzte Mal so viel Zeit in der freien Natur verbracht hatte.

Bevor ich mich meinen Eltern stellte, schlief ich eine Runde und ruhte mich aus, da ich gerade vor meinen Eltern niemals zeigen durfte, wenn es mir einmal schlecht ging. Mom würde sonst durchdrehen und das wollte ich ihr nicht antun. Es fiel ihr so schon schwer genug, mit der gesamten Situation zurechtzukommen. Noch immer sah ich den Schmerz in ihren Augen, wenn sie mich ansah. Es zerriss mir jedes Mal aufs Neue das Herz.

Und auch heute, als sie sich zu mir herunterbeugte, um mich in ihre Arme zu schließen, sah ich ihren Blick wieder.

»Mein Junge, es ist so schön, dass wir dich hier endlich mal wieder zu Gesicht bekommen!«, sagte sie mit leichtem Vorwurf und auch mein Dad begrüßte mich herzlich.

Wir gingen durch ins Esszimmer, wo die Köchin

ein echtes Festessen gezaubert hatte. Wie immer, wenn John und ich zu Besuch kamen.

»Du siehst blass und mager aus, Eric! Schonst du dich denn auch genug?«, fragte meine Mutter nach kurzem Geplänkel.

Da waren wir wieder.

»Alles bestens, Mom. Du kannst John fragen, es geht mir hervorragend«, sagte ich und bemerkte das Nicken meines Bruders. Natürlich sagte er jetzt nicht die Wahrheit, denn das wollte hier niemand.

Wir sprachen über Gott und die Welt und natürlich stellte meine Mutter wieder einmal klar, wie schade sie es fand, dass weder John noch ich eine feste Freundin hatten. Mom wollte nämlich gern Großmutter werden, und das nicht erst in ein paar Jahren. Seit meinem Unfall lagen ihre Hoffnungen vor allem in John, der von festen Beziehungen allerdings genauso viel hielt wie ich von Spazierfahrten im Rollstuhl durch den Central Park.

Früher hatte ich jede seiner Liebschaften kennengelernt, die in Rekordgeschwindigkeit wechselten. Heute stellte er sie mir zu meinem eigenen Schutz nicht mehr vor. Wahrscheinlich hatte er schon halb New York im Bett gehabt, doch das war nicht meine Angelegenheit. Ich war vor meinem

Unfall nicht viel besser gewesen. Von meinem heutigen Standpunkt aus hätte ich besser mit mehr Frauen schlafen sollen.

Am Abend war ich froh, als ich endlich in meinem Zimmer angekommen war und die Ruhe genießen konnte. Den ganzen Abend hatte ich mir Gedanken darüber gemacht, dass ich hoffentlich vor meinen Eltern nicht zu viele Spastiken haben würde, was sie natürlich heraufbeschwor. Entweder hatten sie sie nicht bemerkt oder ausnahmsweise einmal darüber hinweggesehen.

Ich nahm ein heißes Bad, da die Wanne hier auf meine Bedürfnisse umgebaut worden war, und legte mich dann in mein Bett, wo ich erneut nicht viel Schlaf bekam.

Mitten in der Nacht fuhr ich runter zum Meer, starrte in das schwarze, undurchdringliche Nichts und hörte dem Rauschen der Wellen zu. Ich saß gern hier unten und beobachtete den Sonnenaufgang. So auch heute. Ich fuhr erst wieder zurück zum Haus, als die Sonne bereits am Himmel stand.

Spätestens heute Abend mussten wir wieder aufbrechen und nach New York zurückkehren. Ich war viel zu lange nicht hier gewesen, so viel hatte mir dieses Wochenende bewiesen. Hier war ich wenigstens noch ein bisschen frei und konnte mich normaler fühlen, als mir dies in New York jemals möglich sein würde.

Meine Gedanken schweiften ab zu Meredith und ich fragte mich, wie sie das Wochenende verbracht hatte, wobei ich an meine eigenen Wochenenden dachte, damals, als noch alles normal gewesen war.

Ich hatte nächtelang durchgefeiert, war ein gern gesehener Gast in Clubs gewesen und hatte dort auch die eine oder andere kurze Frauenbekanntschaft geschlossen. Ein Leben, das für mich nun undenkbar war. Hoffentlich führte Meredith es genau so und lebte ihr Leben. Es konnte viel zu schnell vorbei sein. Das wusste ich mittlerweile aus eigener Erfahrung. Hätte ich es nur damals schon gewusst …

MEREDITH

»Trink!«

Mir war bereits schummrig und ich hatte Mühe, mich auf den Beinen zu halten. Ich konnte mich ehrlich gesagt nicht daran erinnern, wie viel ich bereits getrunken hatte.

»Andi, es ist unheimlich, was wir hier tun. Wenn wir so weitermachen, werden wir noch Alkoholiker«, meinte ich und hörte selbst, dass meine Aussprache undeutlicher war als zu Beginn des Abends.

»Es ist Wochenende und es wird ja wohl nicht verboten sein, etwas Spaß zu haben«, meinte sie und verdrehte die Augen, als ich am Ende des Clubs einen Mann entdeckte, der sofort meine Aufmerksamkeit auf sich zog. Er hatte all das, was ich beim männlichen Geschlecht anziehend fand.

Er war groß, hatte tiefe, dunkle Augen, soweit mein betrunkenes Hirn das erkennen konnte, und zudem spannte sich sein T-Shirt bedrohlich um die Muskeln an seinen Oberarmen. Ich leckte mir genüsslich über die Lippen und hatte nicht einmal gemerkt, dass Andi neben mich getreten war und meinem Blick folgte.

»Na los, mach ihn dir klar!«

»Du glaubst doch wohl nicht wirklich, dass ich jetzt einfach zu ihm gehe? Was soll ich denn sagen? ›Heeeey, ich finde dich unglaublich heiß‹?«

Andi nippte an ihrem Drink und warf mir einen verheißungsvollen Blick zu. Das konnte sie nicht ernst meinen.

»Nein, das werde ich nicht tun.«

Schmollend verschränkte ich meine Arme vor der Brust, als sie plötzlich übers ganze Gesicht grinste.

»Ich glaube, das musst du nicht einmal tun. Er kommt nämlich zu uns.«

Erschrocken sah ich nach links und taumelte ein Stück nach hinten, als ich sah, dass er tatsächlich genau auf uns zusteuerte. Mir rutschte das Herz in die Hose, denn verdammt … ich hatte überhaupt keine Ahnung von One-Night-Stands.

»Hi, ich bin Josh«, meinte er und lächelte ein

höschenverrutschendes Lächeln. Er reichte mir seine Hand, die ich ergriff. Ich schluckte.

»Ich bin Meredith, aber meine Freunde nennen mich Mer.«

Josh hielt meine Hand immer noch in seiner und machte keine Anstalten, sie loszulassen. »Darf ich denn dein Freund sein?«

Oje, der war schlecht … wirklich schlecht. Trotzdem änderte es nichts an der Tatsache, dass ich mich auch einfach mal fallen lassen und Sex haben wollte.

»Das kommt darauf an.«

Er sagte nichts mehr, stattdessen zog er mich eng an sich, als der nächste Song gespielt wurde. Ich hätte nicht damit gerechnet, aber er tanzte wirklich gut. Wenn es eines gab, das einen Mann unglaublich sexy machte, dann war es, wenn er sich bewegen konnte … wenn er etwas davon verstand, sich zur Musik zu bewegen.

Auch wenn ich meist meckerte, wenn Andi mich in einen Club schleppte, liebte ich es trotz allem. Wenn ich tanzte, fühlte ich mich frei. Ganz so, als würden all die Sorgen von mir abfallen.

Josh hob mein Kinn an und sah mir tief in die Augen, was ein Kribbeln in meinem Bauch verursachte. Bevor ich mich versah, hatte er seine Lippen auf meine gepresst und ich war erstaunt, was dies in mir anrichtete. Er war ein guter Küsser, und verdammt, ich wollte ihn.

»Du bist wunderschön«, raunte er mir ins Ohr, was eine Gänsehaut über meinen Körper trieb.

»Du musst mir nicht schmeicheln«, erwiderte ich keck und er schüttelte lachend den Kopf.

»Das ist die Wahrheit. Du bist mir sofort aufgefallen.«

Ich verschloss seine Lippen mit einem weiteren Kuss, damit er endlich aufhörte, zu reden. Sie waren weich und als seine Zunge meine massierte, gab ich mich dem hin, was wir beide wollten. Ich ließ mich von ihm in Richtung Toiletten ziehen und gab einen erstickten Laut von mir, als er mich auf der Damentoilette gegen die Wand drückte. Ohne unseren Kuss zu unterbrechen, liefen wir in eine der Kabinen und er schloss hinter uns ab.

Joshs Hand wanderte meinen Oberschenkel hinauf und als er meine intimste Stelle berührte, stöhnte ich leise. Ich war so feucht, wie ich es lange nicht mehr gewesen war, und als er seine Erektion gegen meine Mitte drückte, erkannte ich, wie sehr auch er mich wollte.

Zum Glück hatte ich am heutigen Abend auf eine Strumpfhose verzichtet, denn so war es Josh möglich, mir den Slip bis auf die Knöchel herunterzuziehen und einen Finger in meiner feuchten Mitte zu versenken.

»Scheiße, du bist schon so bereit für mich«, raunte er mir zu und massierte mit seinem Handballen meinen Kitzler, was mich beinahe Sterne sehen ließ …

»Und dann?«

Ich zuckte mit den Schultern. »Ich habe danach so viel getrunken, dass ich mich kaum noch an etwas erinnern kann. Ich weiß, dass wir Sex hatten. Davon bin ich überzeugt.«

Andi lachte neben mir. »Ich hätte nicht gedacht, dass du so verrucht sein kannst.«

»Findest du?« Ich schüttelte den Kopf. »Ich wusste bis gestern nicht, dass ich so etwas jemals in Erwägung ziehen könnte. Sex auf der Toilette eines Clubs.« Ich zog eine Grimasse, denn es war in der Tat so etwas wie eine Premiere gewesen. Nicht nur, dass ich Männer eigentlich nicht sofort bei unserer ersten Begegnung küsste, sondern dass wir auch noch weitergegangen waren, war für mich etwas Neues.

Ich saß mit Andi im Schlafanzug auf der Couch

und obwohl wir einen Film angemacht hatten, konnten wir uns nicht darauf konzentrieren. Jede von uns hielt ein Stück Salami-Pizza in der Hand und nachdem ich noch ein Stück abgebissen und heruntergeschluckt hatte, sah ich sie an.

»Trotzdem glaube ich nicht, dass ich so etwas wiederholen möchte. Ich meine, er war heiß und es war gut, zumindest der Teil, an den ich mich noch erinnern kann. Aber dennoch …«

»Ich bin zumindest froh, dass du nach Hank endlich wieder jemanden an dich herangelassen hast. Ich hatte schon befürchtet, dass du noch Jahre auf Sex verzichtest, nur weil dieser Volltrottel dich so mies behandelt hat.«

Ich aß den Rest meines Pizzastückes auf und dachte über ihre Worte nach. Kurz nach der Trennung von Hank hatte ich allen Männern abschwören wollen. Doch je mehr Zeit vergangen war, umso mehr hatte ich mich nach Zärtlichkeiten gesehnt. Natürlich hatte Josh mir nichts davon geben können. Doch es war ein Schritt in die richtige Richtung.

»Gott, hast du auch so schreckliche Kopfschmerzen wie ich?«, fragte Andi und ich war auf eine Art erleichtert, dass wir das Thema fallen ließen.

»Daher ja das Katerfrühstück«, erwiderte ich und deutete lachend auf den Pizzakarton. »Was hältst du davon, wenn wir uns heute nicht mehr hier wegbewegen?«

Andi riss die Augen auf. »Hast du wirklich geglaubt, dass ich diese Couch heute verlassen würde?«

Wir lachten beide laut.

ERIC

Ich sah auf meine Uhr und freute mich bereits darauf, dass Meredith gleich mit meinem Kaffee hereinkommen würde. Ich wurde nicht enttäuscht. Pünktlich um 7.45 Uhr betrat sie den Raum und lächelte mich freundlich an. Sie trug ein eng anliegendes blaues Kleid, das nicht zu viel preisgab, aber die Fantasie eindeutig anregte. Ganz dem Dresscode entsprechend, den ich ihr direkt zu Anfang vorgegeben hatte.

»Guten Morgen, Mister Hunt. Ich hoffe, Sie hatten ein wundervolles Wochenende in den Hamptons«, sagte sie freundlich.

»Das hatte ich. Wie war ihr Wochenende?«

Meredith schien über diese Frage erstaunt zu sein. Wahrscheinlich weil ich morgens normalerweise maximal ihr »Guten Morgen« erwiderte.

Wenn überhaupt. Doch heute fühlte ich mich gut. Das Wochenende hatte wahre Wunder bewirkt. Nicht nur was meine Stimmung betraf, sondern auch was meine Spastiken anging. So ruhig und entspannt wie am heutigen Morgen waren meine Beine lange nicht gewesen. Das hatte auch Wade heute bereits bestätigt. Entspannung und eine Auszeit schienen also wirklich das A und O zu sein.

»Ich hatte ebenfalls ein schönes Wochenende«, sagte sie, wobei ich es bewenden ließ. Schließlich wollte ich ihr keine falschen oder missverständlichen Signale geben.

Am Mittag allerdings, als ich sah, dass Meredith mit zwei Gerichten in ihrer Tasche zurückkehrte, sprang ich endlich über meinen Schatten und warf diese verdammten Vorsätze über Bord. Wenn wir einmal zusammen aßen und dabei ein bisschen quatschten, bedeutete das noch lange nicht, dass wir nie wieder voneinander loskommen würden.

»Meredith, setzen Sie sich doch zu mir«, sagte ich und deutete auf das zweite Gericht in ihrem Beutel.

»Oh, ich … Wäre Ihnen das denn recht?«, fragte sie, was ich mit einem Nicken beantwortete. »Hier oder an Ihrem Besprechungstisch?«

Für einen kurzen Moment hielt ich inne. Wahrscheinlich wäre es normal, sich woanders hinzusetzen, doch das war leider nicht möglich.

»Hier, bitte«, sagte ich also und öffnete die Aluschale, in der sich das von mir bestellte Essen aus der Kantine befand. Meredith hatte sich für das gleiche Menü entschieden, wie ich sehen konnte. »Wie gefällt Ihnen die neue Stelle? Sind Sie zufrieden mit Ihrer Arbeit hier?«, fragte ich, was Meredith mit einem aufrichtigen Nicken beantwortete. Was sollte sie vor mir auch anderes sagen?

»Ich bin hier wirklich sehr gut aufgenommen worden. Alle Menschen, mit denen ich bis jetzt zu tun hatte, sind sehr freundlich und qualifiziert. Sie leiten wirklich eine tolle Firma, Mister Hunt.«

»Vielen Dank. Das freut mich sehr, zu hören.«

»Darf ich Sie etwas fragen?«

Ich nickte und blickte sie freundlich an.

»Ist es in den Hamptons immer noch so, dass man das Gefühl hat, in einem kleinen Fischerdörfchen zu sein, mit diesem ganz speziellen Geruch nach Gewürzen und Fisch?«

Ich nickte lachend. »Oh ja, das ist noch immer ganz genau so«, bestätigte ich ihr.

»Wo in den Hamptons steht ihr Haus?«

»Es liegt etwas außerhalb. In der Nähe von Sag Harbor.«

»Können Sie das Meer von dort sehen?«

»Ich kann es nicht nur sehen, ich habe einen privaten Strand.«

»Wow!« Sie lachte und schüttelte dabei den Kopf.

»Was ist?«

»Na ja, Sie wissen auf jeden Fall, wie Sie eine Frau beeindrucken können. Nicht, dass Sie das nötig hätten.«

Sie wurde rot und ich riss kurz die Augen auf. Dass sie auf mich stand, war kein Geheimnis. Ihre Blicke, die Art und Weise, wie sie mich jeden Morgen begrüßte, wie sie mich ansah, wenn sie den Kaffee brachte – das alles verriet sie. Zu sagen, ich war es gewohnt, klang vielleicht vermessen, aber viele Frauen fielen auf das perfekte Schauspiel herein. Ein hübsches Gesicht auf starken, millionenschweren Schultern …

»Das war dumm von mir. Ich hätte das nicht so sagen sollen.«

»Ach Meredith, jetzt legen Sie doch nicht alles so sehr auf die Goldwaage. Es ist alles bestens. Erzählen Sie mir etwas von sich. Leben Sie hier in der Stadt?«

»Das tue ich tatsächlich. Gemeinsam mit meiner besten Freundin Andi. Andrea Silverman.

Sie sind ihr noch nie begegnet, aber Sie arbeitet ebenfalls hier.«

»In der Designabteilung, wenn mich nicht alles täuscht. Ich kann mir nicht alles merken, aber wenigstens die leitenden Funktionen versuche ich, abzuspeichern.«

»Wahnsinn. Das dürften ja bei Weitem schon genug Namen sein.«

»Wissen Sie, ich habe mir geschworen, dass ich stets alle meine Mitarbeiter kennen will. Dass ich nicht dieser anonyme Boss sein will, der in seinem Büro thront und von nichts eine Ahnung hat.«

»Das hat ja gut funktioniert!«

Augenscheinlich waren Meredith diese Worte herausgerutscht. Mit vor Schreck geweiteten Augen starrte sie mich an, während ich in schallendes Lachen ausbrach.

»Ja, unheimlich gut. Wirklich«, erwiderte ich und sah, wie sie sich entspannte. »Also eine Mädels-WG in New York. Klingt wie der Traum einer jeden jungen Frau.«

»Das ist es! Ich war jahrelang in einer festen Beziehung, doch als diese zerbrach, bin ich mit Andi zusammengezogen und seitdem genießen wir das Leben.«

»Sehr schön! So muss das sein. Genießen Sie

jeden einzelnen Tag, Meredith. Es kann alles so schnell vorbei sein!« Ich sah, wie sich ihre Stirn fragend in Falten legte. »Wie verbringen Sie die Wochenenden?«, fragte ich also schnell. Ich war viel zu tiefgründig geworden.

»Wir feiern gern und viel, aber die Sonntage sind heilig. Auf der Couch, bei einer guten Serie und ungesundem Essen.«

Lachend nickte ich, denn ich konnte es mir bildlich vorstellen.

»Und bei Ihnen? Wie sehen Ihre Wochenenden aus, wenn Sie diese nicht gerade am schönsten Ort der Welt in den Hamptons verbringen?«

»Dann arbeite ich.«

»Erfüllt sie das? Diese ganze Arbeit? Wenn ich so indiskret fragen darf. Falls nicht, ignorieren Sie die Frage bitte oder falls ich anderweitig etwas Dummes frage. Ich bin es nicht gewohnt, mich beim Lunch mit meinem Boss zu unterhalten.«

»Diese Firma ist mein Lebenswerk. Sie ist alles, was ich habe. Irgendwann muss man eine Entscheidung treffen. Für oder gegen ein Leben voller Arbeit und Hingabe für seine Firma. Ich habe mich dafür entschieden und so wird es bleiben. Der Erfolg kommt nicht von allein. Die Ideen für immer weitere Steigerungsmöglichkeiten ebenfalls nicht.

Also muss ich arbeiten und nach Neuem streben. Es liegt mir nicht, mich auf dem auszuruhen, was ich bis jetzt erreicht habe. Ich will diese Firma zu etwas Großem, etwas Unsterblichem machen, und das werde ich schaffen!«

»Das glaube ich auch. Sie haben diese Art an sich, diese Führungspersönlichkeit, und gleichzeitig strahlen Sie unglaublich viel Vertrauen aus. Hat Ihnen das schon einmal jemand gesagt?«

Nun war ich es, der die Stirn in Falten legte. »Nein, daran würde ich mich erinnern.«

»Wenn ich eine Antwort auf etwas bräuchte, würde ich mich an Sie wenden, weil ich darauf bauen könnte, dass Sie die Antwort kennen oder so lange nachforschen, bis Sie sie kennen. Das beeindruckt mich. Ich hatte bis jetzt nicht viele Fragen, aber Sie haben sie alle so unglaublich souverän beantwortet.«

»Es waren Fragen zu meiner Firma, es wäre schlimm, wenn ich sie nicht souverän beantworten könnte.«

»Ja, aber es waren auch Entscheidungen dabei, die Sie mit einer Leichtigkeit und Zielstrebigkeit getroffen haben, dass es mir sehr imponiert hat. Sie können wirklich einschüchternd wirken, aber das zu Recht.«

Hätte ich vorher gewusst, über welches offene Wesen diese Frau verfügte, hätte ich sie niemals zum Lunch eingeladen. Diese Gespräche gingen tiefer, als es mir lieb war. Doch jetzt konnte ich sie nicht einfach bitten, zu gehen. Wir waren mitten beim Essen.

»Ich nehme diese Dinge gern als Kompliment«, sagte ich, was Meredith mit einem Nicken untermauerte.

»Das sollten Sie auch, Mister Hunt. Darf ich Sie noch etwas fragen?«

»Ich werde Sie wohl kaum aufhalten können«, scherzte ich und beobachtete, wie sich ihre Mundwinkel zu einem Lächeln nach oben schoben.

»Ich habe in einem Artikel gelesen, dass Sie leidenschaftlich gern Fallschirm springen. Stimmt das?«

Ich nickte. Diese Frage beantwortete ich ihr nur allzu gern. »Allerdings. Ich breche mindestens einmal im Monat zu einem Sprung auf.«

»Es ist einer meiner größten Träume, doch gleichzeitig habe ich so viel Angst davor, dass ich mich das wahrscheinlich niemals trauen würde!«

»Haben Sie keine Angst, Meredith, sondern probieren Sie es aus! Dieser Moment, wenn Sie fallen … Man hat das Gefühl, zu schweben und aus all den Zwängen des Alltags ausbrechen zu können. Es löst ein unglaubliches Gefühl in einem aus, zu sehen, wie klein und bedeutungslos die Menschen sind, wenn man in rasanter Geschwindigkeit auf die Erde zurast. Es ist ein Gefühl von vollkommener Freiheit, von Ruhe und Angst. Sie sollten es dringend ausprobieren!«

»Ich werde weiterhin darüber nachdenken.«

Wäre ich noch der normale Eric Hunt, hätte ich spätestens genau jetzt meine Chance ergriffen und sie zu einem Fallschirmsprung eingeladen. Sie schien darauf zu hoffen, ja vielleicht sogar zu warten, doch ich schwieg. Es war offensichtlich, dass sie mit mir flirtete, mit dem Mann, der ich gerade vorgab, zu sein.

»Also entweder arbeiten Sie, fahren in Ihr Haus in den Hamptons oder springen aus irgendwelchen Flugzeugen … Gibt es sonst noch verrückte Hobbys? Sind Sie ein Adrenalinjunkie? So würde ich Sie einschätzen.«

»Jeder braucht einen Ausgleich zu diesem Bürojob. Ich fahre gern Fahrrad in den Hamptons. Stundenlang. Die Natur dort ist einfach wunderschön. Nicht zu vergleichen mit den engen Betonschluchten von New York. Wie sieht es mit Ihnen aus? Was ist Ihr Ausgleich zu dieser Welt hier?«

»Ich gehe gern aus, unternehme etwas mit Freunden oder ich liege einfach nur mit Andi auf der Couch und sehe mir eine gute Serie an. Meist mache ich das genau in der Reihenfolge.«

Wir lachten beide und ich sah auf meinen leeren Teller. Es war selten genug, dass ich alles aufaß, da ich meistens keinen Hunger hatte, doch im Gespräch mit Meredith …

Wir unterhielten uns weiter, vollkommen unbeschwert. Wie zwei ganz normale junge Leute. Wir redeten über Urlaubsreisen, wobei ich im Gegensatz zu ihr nicht viel vorzuweisen hatte.

Ein Klopfen an der Tür ließ mich irritiert aufsehen, wobei mein Blick die Uhr streifte. Es war bereits vierzehn Uhr. Wo zum Teufel war die Zeit geblieben? Hatten wir wirklich zwei volle Stunden hier zusammengesessen, gegessen und gelacht?

»Oh verdammt! Entschuldigen Sie, Mister Hunt!«, entfuhr es Meredith, als sie wie auch ich die Uhrzeit zur Kenntnis nahm.

»Gar kein Problem. Ich bin genauso schuldig.«

Normalerweise wäre ich in einer solchen Situation aus der Haut gefahren, da nun mein ganzer Tagesablauf durcheinanderkam, doch das war es mir allemal wert gewesen.

»Morgen, selbe Zeit, selber Ort?«, entfuhr es mir.

Meredith, die hektisch die Sachen von meinem Schreibtisch räumte, hielt in ihrer Bewegung inne und errötete etwas. »Sehr gern«, erwiderte sie und räumte dann weiter auf, damit wir den Termin hereinbitten konnten.

Sie war nicht nur unglaublich gut aussehend, sondern auch noch klug und nett. Verdammt, ich hätte sie niemals einstellen dürfen …

Am Abend wartete Wade bereits in meiner Wohnung, als ich nach Hause kam. Ich hatte mich verspätet, doch das war mir bereits nach der viel zu ausgedehnten Mittagspause bewusst gewesen.

»Es tut mir leid, dass Sie warten mussten«, sagte ich, doch Wade zuckte lediglich mit den Schultern.

»Ihre Gesundheit, nicht meine«, antwortete er.

Neben ihm stand bereits der elektrische Standrollstuhl. Ein Ziel, das ich unbedingt erreichen wollte. Wenn ich mich wenigstens für einige Minuten am Tag stehend fortbewegen könnte, würde ich mich vielleicht mal wieder wie ein vollständiger Mensch fühlen.

Auch heute versuchten wir es wieder schrittweise und wie immer endete es damit, dass ich mich übergab, da mein Kreislauf, meine Spastiken und die Schmerzen in meinem Rücken einfach nicht mitspielten …

Noch nicht einmal das schaffte ich. Wieso machte ich mir in meinem Leben auch immer wieder etwas vor?

MEREDITH

Ich konnte es kaum erwarten, endlich zu Hause anzukommen, um Andi von meinem Tag zu berichten. Die Mittagspause hatte jede Meinung, die ich mir zuvor über Mister Hunt gebildet hatte, verändert. Ich war euphorisch und musste einfach mit jemandem darüber sprechen.

»Schatz, ich bin zu Hause!«, scherzte ich, als ich die Tür aufschloss und unsere Wohnung betrat. Es roch nach Essen und ich runzelte die Stirn, da Andi eigentlich dafür bekannt war, dass sie eine Niete in der Küche war. »Oh nein, sag nicht, du hast versucht, zu kochen. Steht die Küche noch? Kann ich sie betreten?« Ich hielt mir die Hand vor die Augen und hörte nur, wie Andi schnaubte.

»Soo schlimm bin ich nun auch nicht«, erwiderte sie, was wiederum mir ein Schnauben entlockte.

Ich nahm die Hand von meinen Augen und staunte nicht schlecht, als ich Andi am Herd vorfand, auf dem in zwei Töpfen eine relativ gut aussehende Soße und Nudeln kochten.

»Jetzt mach keinen Staatsakt draus. Ich dachte mir, ich könnte heute mal für uns kochen. Ich habe mich auch nur an Spaghetti herangewagt, also dürfte eigentlich nichts schiefgehen.«

Trotz ihrer Aussage blickte sie mir hilflos entgegen und ich konnte ein Lächeln nicht unterdrücken. »Du bist so unglaublich süß, wenn du meine Hilfe brauchst.«

Ich ging zum Herd und schmeckte die Soße ab, in der noch etwas Pfeffer und eine Prise Knoblauch fehlten. Zudem gab ich noch etwas Basilikum dazu und schon war ich zufrieden. Ich hielt Andi den Löffel hin. »Probier jetzt mal.«

»Oh, das ist gut!«, meinte sie. »Darauf wäre ich nicht gekommen. Gewürze!«

Wir lachten beide und nur wenige Minuten später war das Essen fertig und wir verteilten die Nudeln mit der Soße auf unseren Tellern.

Während wir aßen, schoss Mister Hunt wieder

in meine Gedanken und ich konnte es nicht länger für mich behalten.

»Ich habe heute die Mittagspause mit meinem Boss verbracht.«

Andi wollte sich gerade die Gabel in den Mund stecken, hielt aber auf halber Strecke inne. »Was?«

Ich nickte. »Ja, du hast mich richtig verstanden. Wir haben in seinem Büro gegessen. Die Zeit verging so schnell, dass wir nicht einmal mitbekamen, dass bereits zwei Stunden vergangen waren.« Als ich Andis Gesichtsausdruck sah, grinste ich. »Alles in Ordnung? Schockiert dich das so sehr?«

»Um ehrlich zu sein, ja. Wenn stimmt, was ich über ihn gehört habe, wird keine deiner Vorgängerinnen oder überhaupt irgendein Mitarbeiter je mit ihm gegessen haben, geschweige denn in seinem Büro …« Sie betonte das Wort. »… Zeit mit ihm verbracht haben. Wie hast du denn das geschafft?«

Ich zuckte mit den Schultern. »Ehrlich gesagt weiß ich das überhaupt nicht so genau. Es hat sich einfach ergeben, aber du glaubst nicht, wie nett man sich mit ihm unterhalten kann. Vielleicht ist dieser perfekt aussehende Mann doch nicht so ein Arschloch, wie wir alle dachten.«

Andi hob eine Augenbraue und musterte mich stumm. Ich rutschte auf meinem Stuhl herum, während ich aß, da mich so etwas total nervös machte.

»Täusche ich mich oder lächelst du, wenn du über ihn sprichst?«

Ich winkte ab. »Ach Quatsch. Ich finde ihn nett, das ist alles.«

»Bist du dir sicher?«, hakte sie nach und ich sah sie verständnislos an.

»Ja, natürlich. Was willst du denn von mir hören? Ich bin ganz sicher nicht verliebt in ihn. So schnell würde nicht einmal ich das schaffen. Außerdem glaube ich nicht, dass er auf der Suche nach einer Frau ist. Zumindest verhält er sich nicht so.«

»Wie würde sich denn ein Mann deiner Meinung nach verhalten, wenn er auf der Suche ist?«

Ich dachte kurz nach. »Er würde flirten.«

»Und dein Boss flirtet nicht mit dir? Immerhin hat er seine Pause mit dir verbracht.«

Ich schüttelte den Kopf. »Das ist doch etwas vollkommen anderes. Er ist freundlich und mir wirklich sehr sympathisch. Mehr ist da nicht, glaub mir.«

»Okaaay.« Andi zog das Wort extra lang und ich seufzte.

Am nächsten Mittag erwartete ich nicht, dass sich unser Treffen wiederholen würde, doch auch heute überraschte Mister Hunt mich, als er mich bat, mich zu setzen und mit ihm zu essen.

»Ich hätte Sie übrigens anders eingeschätzt«, meinte ich, als ich den Reis mit der Soße mischte, und sah, wie er die Augenbrauen zusammenzog.

»Wie hätten Sie mich denn eingeschätzt, Meredith?«

Ich blickte zu ihm und musterte ihn. Wie konnte ein Mann nur so gut aussehen?

»Ich weiß es nicht genau«, erwiderte ich. »Nach außen hin wirken Sie so kalt und unnahbar. Ganz so, als wollten Sie nicht, dass jemand Sie besser kennenlernt.«

Er lachte leise. »Ach ja? Und das haben Sie in den wenigen Tagen erkannt, seit Sie hier arbeiten?«

Ich stimmte in sein Lachen ein. »Aber Sie haben mich positiv überrascht.«

»So? Habe ich das?«

Ich nickte zustimmend. »Das haben Sie in der Tat. Man kann sich gut mit Ihnen unterhalten, Sie sind witzig und es macht Spaß, Ihnen zuzuhören.«

Mister Hunt nahm ebenfalls einen Löffel seines

Essens zu sich und sah mich dann an. Etwas blitzte in seinen Augen auf, auch wenn ich nicht genau wusste, was es war. »Danke für das Kompliment.« Er räusperte sich und ich ergriff erneut das Wort.

»Gibt es irgendetwas, was niemand über Sie weiß?«, fragte ich und war selbst erschrocken darüber, dass die Frage so aus mir herausgeplatzt war. Er erkannte sofort, dass es mir unangenehm war, so persönlich geworden zu sein.

»Sie wissen, dass Sie mich alles fragen können, ich garantiere nur nicht dafür, dass ich es auch beantworte. Aber lassen Sie mich nachdenken …« Er blieb kurz still und starrte auf sein Essen, bis er seinen Blick wieder hob und mich ansah. »Mein Bruder John und ich haben ein sehr enges Verhältnis. Als wir klein waren, waren wir unzertrennlich.«

Ich riss erstaunt die Augen auf, weil er mir tatsächlich antwortete. »Wow, das ist schön. Ich wünschte, ich hätte auch Geschwister. Aber meine Eltern fanden, dass eine Meredith ausreicht.«

Ich lächelte bei dem Gedanken, wie mir meine Mom erklärt hatte, dass ich als Kind ein kleiner Satansbraten gewesen war und ihnen jeglichen Nerv geraubt hatte. Laut ihrer Aussage waren meine Eltern froh, dass ich ihr erstes Kind war, denn so hatten sie gewusst, dass sie mit mir genug zu tun hatten.

Ein leichtes Lächeln schlich sich auf seine Lippen. »Waren Sie so anstrengend?«

»Wenn man meinen Eltern Glauben schenken darf, dann ja. Mit der Zeit wurde ich allerdings ruhiger. Wahrscheinlich habe ich all das Freche damals aus mir herausgelassen.«

Mister Hunt sah aus, als wollte er etwas erwidern, doch er schüttelte den Kopf und blieb stumm.

»Nun sagen Sie schon. Ich sehe doch, dass es Ihnen auf der Zunge brennt.«

Er grinste. Ja, er grinste tatsächlich, und hustete dann leicht. »Ich wollte sagen, dass Sie sicherlich nicht alles aus sich herausgelassen haben, wenn ich sehe, dass Sie in manchen Momenten noch vorlaut sind.«

»Mister Hunt«, tadelte ich ihn spielerisch. »Ich bin Ihre Angestellte. So dürfen Sie nicht mit mir sprechen.«

Er verdrehte die Augen und aß dann weiter. Es war schön, mit ihm zusammenzusitzen und normal miteinander zu sprechen, wie ich es auch mit anderen tat. Für einen kurzen Augenblick hatte ich sogar vergessen, dass er mein Boss war, mit dem ich hier saß. Es war erstaunlich, dass er auch anders sein konnte und diese Fassade, die er sonst an den Tag legte, für diese Stunde fallen ließ.

»Sie denken ständig nach, habe ich recht? Ich wüsste nur zu gern, was es ist.«

»Ich bin eine Tagträumerin«, erklärte ich ihm. »Mein Kopf ist voller Gedanken und das lässt sich auch nicht verhindern. Woran ich gerade gedacht habe, kann ich Ihnen sagen. Ich finde es schön, dass wir unsere Mittagspause gemeinsam verbringen und Sie keiner dieser Chefs sind, die hochnäsig finden, dass ihre Angestellten das niedere Volk sind. Verstehen Sie, was ich meine?«

Er nickte und bevor er etwas hätte erwidern können, sprach ich erneut.

»Morgen können Sie ja dann zu meinem Schreibtisch kommen und wir essen dort«, forderte ich ihn lächelnd heraus, doch plötzlich verfinsterte sich sein Gesichtsausdruck und ich runzelte die Stirn.

Mister Hunt schmiss die Gabel auf sein Essen, dann tupfte er sich seinen Mund mit der Serviette ab. »Hören Sie, ich muss jetzt weiterarbeiten.«

Ich schüttelte verständnislos den Kopf. »Habe ich etwas Falsches gesagt?«

»Nein, das haben Sie nicht. Ich habe nur noch

wichtige Telefonate zu führen. Gehen Sie wieder an Ihren Schreibtisch und teilen Sie mir meine Termine mit. Wir sollten keine Zeit verlieren.«

Ich stand auf und sammelte mein Essen zusammen, dabei zog ich meine Stirn in Falten. Innerhalb weniger Sekunden hatte er die Maske wieder aufgezogen und ich verstand nicht, wieso. Ich ließ die Worte, die ich gesagt hatte, Revue passieren, doch ich erkannte nicht den Grund für sein Verhalten.

Dennoch versuchte ich mich an einem Lächeln, bevor ich das Büro verließ, doch er sah mich nicht einmal mehr an. Was zum Teufel war gerade passiert?

ERIC

Ich schmiss die Tür meines Apartments hinter mir zu und schrie vor Frustration laut auf. Verdammte Scheiße. Wieso hatte ich es so weit kommen lassen? Sie war meine Angestellte. Meine persönliche Assistentin. Und ich verbrachte Zeit mit ihr. Private Zeit. Es war ein Spiel mit dem Feuer gewesen und jetzt hatte ich mich verbrannt. Und das richtig schmerzhaft.

Sie hatte lediglich gesagt, dass ich zum Essen zu ihr an den Schreibtisch kommen solle, und schon dieses kleine Angebot, dieses nichtige kleine Angebot, konnte ich nicht annehmen, denn diese paar Meter, die mich von ihrem Schreibtisch trennten, waren unüberwindbar für mich.

Ich rollte zu meiner Minibar und schenkte mir einen Drink ein, gefolgt von einem weiteren und einem weiteren und einem weiteren. Meine Medikamente vertrugen sich nicht mit zu viel Alkohol, doch das war mir vollkommen egal. Ich wollte an diesem Abend alles vergessen, alles hinter mir lassen. Diese beschissene Hoffnung, der ich erlaubt hatte, Besitz von meinem Körper zu ergreifen, musste erstickt werden. Diese kleine lodernde Flamme war bereits zu heiß geworden.

»Fuck!«, schrie ich laut auf.

Der Alkohol brannte in meiner Kehle, während ich immer mehr und mehr davon herunterspülte. Ich fuhr zur Couch, da ich wenigstens meinen Rücken von seinen Qualen erlösen wollte, und öffnete die Klettverschlüsse, die meine toten zuckenden Beine an ihrem Platz hielten. Ich war betrunken. Viel zu betrunken, um mich aus dem Rollstuhl auf die Couch zu hieven. Und es endete, wie ich es befürchtet hatte. Ich landete nicht auf der Couch, sondern auf dem Boden.

Nun traten doch Tränen in meine Augen. Tränen der Wut, der Frustration und des Selbsthasses. Ich sah auf meine Beine und ekelte mich. Ich ekelte mich vor mir selbst. Vor dem, was von mir noch übrig war.

Die Spastiken setzten wie auf Kommando ein

und ließen mich bitter auflachen. Ich war ein bemitleidenswertes Arschloch.

Gut, dass die Whiskyflasche mit mir zu Boden gegangen war. Sie war mein einziger Vertrauter an diesem trostlosen Abend. Ich würde sie leeren und darauf warten, dass ich in ein schwarzes Loch fiel. Alles wäre besser, als mit den Ereignissen des Tages einzuschlafen und mit dem Blut an meinen Händen in der Nacht wieder hochzuschrecken. Blut, das mir zeigte, was ich getan hatte. Wie in jeder Nacht.

Der letzte Schluck brannte noch in meiner Kehle, als die Welle der undurchdringbaren Nacht über mich hereinbrach. Und ich gab mich ihr hin. Ich wollte nur schlafen, einfach nur schlafen.

»Verdammt, Eric!«, war das Nächste, was ich vernahm. Jemand schüttelte mich und schlug mir auf die Wangen.

Ich riss die Augen auf und blinzelte gegen das viel zu helle Licht an, nur um meinen Bruder zu erkennen, der mich voller Besorgnis anblickte.

»Geht's dir gut?«, wollte er wissen, was ich mit einem hämischen Lachen quittierte. Zumindest dachte ich, dass ich das tat. In Wahrheit allerdings war ich viel zu betrunken, um einen Laut über die

Lippen zu bringen. »Was tust du nur?«, fragte er und hievte mich vom Boden hoch, was ihm kaum gelingen wollte. Mit dem Rollstuhl fuhr er mich zu meinem Bett, doch ich bekam nicht mehr mit, wie er mich hineinlegte. Dass er es getan hatte und mich auch vom größten Teil meiner Sachen befreit zu haben schien, erkannte ich erst, als ich beim Klingeln meines Weckers am nächsten Morgen erwachte.

Es war vier Uhr. Wie immer. Wade würde gleich kommen. Wie auch immer ich das überstehen sollte. Mein Kopf platzte, mein Magen rebellierte …

»Hier.«

Verdutzt öffnete ich die Augen und nahm dankend das Aspirin entgegen, das John mir reichte.

»Ich werde dir keine Moralpredigt halten und dich auch nicht mit tausend Fragen löchern. Ich will einfach nur, dass du weißt, dass ich da bin. Geht's dir gut?«

Ich nickte und schüttelte mich, nachdem ich das Glas ausgetrunken hatte. Das würde heute zweifelsohne ein quälend langer Tag werden. Doch waren sie das nicht alle?

»Es geht mir gut. Ich habe gestern Abend nur

etwas die Fassung verloren. Das ist alles. Aber ich finde, das steht mir ab und an zu. Andere Menschen lassen sich jedes Wochenende volllaufen.«

»Wie ich schon sagte, ich werde keine Fragen stellen.«

Ich nickte und rechnete meinem Bruder sein Verhalten hoch an. Ich selbst hätte wahrscheinlich anders reagiert.

»Hast du die ganze Nacht an meinem Bett gesessen?«

»Ja. Du hattest Albträume.«

Ich nickte lediglich. Er wusste nichts von den Bildern, die mich Nacht für Nacht verfolgten und mein Leben noch mehr zur Hölle machten.

»War wahrscheinlich der Alkohol«, redete ich mich raus. »Wade wird gleich hier sein. Könntest du mir heute ein wenig unter die Arme greifen? Im wahrsten Sinne des Wortes.«

Es war selten, dass ich meinen Bruder freiwillig um Hilfe bat, doch ich war noch viel zu betrunken und gleichzeitig schon viel zu verkatert, um mich heute Morgen selbst zu versorgen.

»Die Frage kannst du dir doch selbst beantworten!«, sagte er und schlug dabei meine Bettdecke zurück.

Manchmal fragte ich mich, was ich ohne seine Hilfe machen würde. Immer wenn ich mich bei ihm bedankte, wies er das weit von sich, denn für ihn war es selbstverständlich. Wahrscheinlich wäre ich nicht anders, wenn es ihn getroffen hätte und nicht mich.

»Wow, Mister Hunter. War es wenigstens spaßig?«, fragte Wade, als er mich erblickte.

Wie gern ich ihm nun von einer tollen Party oder Ähnlichem erzählt hätte, doch das alles war Vergangenheit.

»Berauschend. Im wahrsten Sinne des Wortes«, konterte ich und ließ mir von Wade und John auf die Liege helfen. Ich war nicht bereit, zu meinen Kopfschmerzen und den Magenschmerzen die Schmerzen in meinen Beinen zu ertragen, doch da musste ich jetzt wohl durch. Genau wie durch den restlichen Tag und durch die erneute Begegnung mit Meredith.

Auf dem Weg ins Büro würde ich genug Zeit haben, um meine Schutzmauern wieder zu errichten und zu Mister Hunt zu werden – dem einzigen Mann, den sie in mir sehen sollte. Ihren

Chef, ihren CEO, den unnahbaren Kerl hinter dem Schreibtisch.

Ich hatte sie schon viel zu nah an mich herangelassen und gerade erst wieder erfahren, wie es sich anfühlte.

»Komm, ich fahre dich ins Büro«, bot mir John an und nahm mir die Schlüssel aus der Hand. »Ich werde von dort einfach mit dem Taxi weiterfahren, aber dann hast du für heute Abend wenigstens deinen Van.«

Ich nickte dankbar, denn ich war bei Weitem noch nicht wieder in der Lage, selbst zu fahren.

»Hat es was mit dieser heißen Assistentin zu tun?«, fragte John, während er den Van aus der Tiefgarage lenkte.

»Ich dachte, du wirst mich nicht mit Fragen belästigen?«

»Du musst auch nicht antworten.«

»Ich habe sie zu nah an mich herangelassen. Das war ein verdammter Fehler und das ist mir gestern wieder einmal bewusst geworden.«

»Inwiefern hast du sie zu nah an dich herangelassen? Hast du ihr von deiner Situation erzählt?«

»Natürlich nicht!« Schockiert schüttelte ich

den Kopf.

»Dann hast du sie auch nicht an dich herangelassen. Dafür sind die Mauern, die du um dich herum errichtet hast, viel zu hoch. Es wäre schön, wenn du ihr mal dein wahres Ich zeigen würdest statt des unantastbaren Bosses.«

»Okay, wir werden jetzt aufhören, darüber zu reden. Streit ist das Letzte, was ich jetzt gebrauchen kann!«

»Schon gut. Du hast recht. Jetzt ist vielleicht wirklich nicht der richtige Zeitpunkt.«

Ich bedankte mich bei John, nachdem wir angekommen waren, und fuhr dann hoch in mein Büro, wo ich von meinem Rollstuhl in den Schreibtischstuhl wechselte und meiner gewohnten Morgenroutine nachging.

Es würde nicht mehr lange dauern, bis Meredith zur Tür reinkam, und bis dahin musste ich bereit sein. Bis dahin musste ich genau das sein, was John so sehr hasste. Der unnahbare, kalte und egoistische CEO, den ich in den letzten Wochen viel zu sehr vernachlässigt hatte. Ich konnte es mir nicht leisten, nachlässig zu werden. Schon gar nicht wegen einer Frau. Dafür stand einfach viel zu viel auf dem Spiel. Für mich, für meine Familie und für dieses Unternehmen.

MEREDITH

Ich hatte so gut geschlafen wie schon lange nicht mehr. Während ich mich auf den Weg ins Büro machte, dachte ich noch einmal über Mister Hunts gestriges Verhalten nach und ich konnte einfach nicht verstehen, woher sein plötzlicher Stimmungsumschwung gekommen war.

Als ich das Gebäude betrat, grüßte ich meine Kollegen und brachte pünktlich um 7.45 Uhr den Kaffee in Mister Hunts Büro. Bei einem Blick in sein Gesicht riss ich die Augen auf. Tiefe dunkle Ringe zierten seine Augen und er schien völlig erschöpft zu sein.

»Na, das muss ja eine lange Nacht, aber hoffentlich eine geile Party gewesen sein«, meinte ich grinsend. Durch die letzten Tage glaubte ich, dass wir nun ein etwas engeres Verhältnis hatten, und machte mir überhaupt keine Gedanken darüber, dass er darauf nicht positiv reagieren könnte.

Doch da hatte ich mich getäuscht. Er verzog keine Miene und sein Gesichtsausdruck wirkte wie versteinert. Der eiskalte Mister Hunt war zurück, doch wieso?

»Miss Armstrong, ich möchte Sie bitten, in einen respektvolleren Ton zu wechseln.«

Wow, was zum Teufel war passiert? Ich öffnete bereits meinen Mund, um etwas zu erwidern, doch ich hatte keine Ahnung, was ich sagen sollte, denn er hatte ja recht. Wie hatte ich so dumm sein können, zu glauben, dass unser Verhältnis sich verbesserte?

»Ich … Ähm, ja, Sir«, sagte ich daher nur, schaffte es jedoch nicht ganz, die Ironie außen vor zu lassen. Es hätte nur noch gefehlt, dass ich vor ihm salutierte.

Ich wandte mich von ihm ab und verließ das Büro. Sofort setzte ich mich an meinen Schreibtisch und arbeitete die Unterlagen ab, die dort lagen.

Ich schüttelte den Kopf, während ich an die letzten beiden Tage dachte. Was war sein Problem, verdammt? Es machte mich wahnsinnig, dass ich sein Verhalten nicht nachvollziehen konnte, und zerbrach mir den Kopf. Am liebsten wäre ich aufgesprungen und in sein Büro gerannt, um ihn zur Rede zu stellen, doch er war immer noch mein Boss und so musste ich mich zusammenreißen. Was mir schwerfiel … sogar sehr.

Um 11.30 Uhr machte ich mich auf den Weg, um das Mittagessen zu holen, das ich ihm auf seinen Schreibtisch stellte, nachdem ich angeklopft hatte. Dieses Mal machte er keine Anstalten, mich zu bitten, mit ihm zu essen, und es war ein seltsames Gefühl, so dass ich kurz innehielt und abwartete, ob er mich nicht doch fragte, doch nichts geschah. Ich wollte schon sein Büro verlassen, als ich stehen blieb und mich noch einmal zu ihm umdrehte.

»Habe ich gestern irgendetwas Falsches gesagt?«, wollte ich von ihm wissen und obwohl ich mich hatte zurückhalten wollen, konnte ich es nicht.

Ich sah, wie er die Stirn in Falten zog und mich musterte, bevor er seine Augenbraue hob. »Wie kommen Sie darauf?«

Ich zuckte mit den Schultern und hielt immer noch mein Essen in den Händen. »In den letzten beiden Tagen haben wir uns nett unterhalten und die Mittagspause zusammen verbracht. Gestern beendeten Sie unser Gespräch abrupt und ich verstehe einfach nicht, wieso. Seitdem verhalten Sie sich mir gegenüber anders.«

Er schnaubte und warf einen Blick auf seine Unterlagen. Es kam mir so vor, als würde er nach einer Ausrede für sein Verhalten suchen. Es war eine unangenehme Stille eingetreten und ich wusste nicht, ob er noch etwas sagen würde, daher überlegte ich bereits, den Raum zu verlassen, ohne eine Antwort abzuwarten. Doch dann hörte ich ihn sprechen.

»Es ist alles in Ordnung. Mir ist nur bewusst geworden, dass wir unser Verhältnis auf der beruflichen Ebene belassen sollten. Sie haben Dinge von mir erfahren, die Sie nicht hätten hören sollen, und ich weiß auch nicht, was in mich gefahren ist, dass ich mit Ihnen darüber gesprochen habe. Es wäre nett, wenn Sie mich als Ihren Boss und nicht als Ihren Freund ansehen.«

»Und das wäre so schlimm, weil?«

»Meredith«, erwiderte er, »belassen wir es einfach dabei und sprechen dieses Thema nicht mehr an. Ich möchte nun essen. Allein.«

Ich biss mir auf die Zunge, damit ich nichts sagte, was ich später bereuen würde, und verließ kommentarlos sein Büro. Ich setzte mich an meinen Schreibtisch und stocherte lustlos in meinem Essen herum, den Blick auf seine Tür gerichtet.

Ich wollte verstehen, was in ihm vorging, wollte, dass er mich daran teilhaben ließ. Doch nichts war mehr von dem Mann zu sehen, mit dem ich mich so gut verstanden hatte. Mister Hunt wirkte verschlossener als am Anfang und ich hatte keine Ahnung, wie ich damit umgehen sollte.

Am Nachmittag hatte ich die Unterlagen soweit durchgearbeitet, dass ich sie ihm hätte bringen sollen, doch ich zögerte. Die Ablehnung mir gegenüber verletzte mich auf eine verkorkste Art und Weise, weshalb ich mit dem Gedanken spielte, ihm die Unterlagen zuzumailen. Aber wahrscheinlich wäre er darüber nicht begeistert und so blieb mir nichts anderes übrig, als erneut an seine Tür zu klopfen.

»Herein.«

Ich ging hinein und deutete auf die Papiere in meiner Hand. »Hier sind die korrigierten Unterlagen, die Sie gewünscht haben. Ich bin zur Sicherheit alles zweimal durchgegangen, sollten mir im ersten Durchlauf doch noch Fehler entgangen seien.«

Er nickte bloß, sah nicht einmal zu mir auf. Erst jetzt erkannte ich, dass er schmerzvoll sein Gesicht verzog, sich dann jedoch räusperte. »Vielen Dank, Meredith. Legen Sie sie hier auf den Tisch. Ich sehe sie mir später an.«

Ich machte zwei Schritte auf seinen Schreibtisch zu und legte sie darauf ab. Innerlich seufzte ich, denn er würde mir natürlich keine wahre Antwort darauf geben, aber ich konnte ihn nicht so zurücklassen, wenn ich mir nicht sicher sein konnte, dass es ihm gut ging.

»Geht es Ihnen gut?«

Entsetzt blickte er zu mir auf und ich meinte, Panik in seinen Augen zu sehen. »Aber natürlich. Wie kommen Sie darauf? Es ist alles super.«

Sein linkes Auge zuckte und ich erkannte sofort, dass er log. Aber wieso? Was verheimlichte er vor mir? War er krank?

»Sind Sie sicher? Wenn Sie etwas brauchen, lassen Sie es mich wissen«, erwiderte ich, doch er winkte ab.

»Ich sagte doch, dass es mir gut geht.«

Ich hob erstaunt die Augenbrauen, denn mit einer solch harschen Reaktion hatte ich nicht gerechnet.

»Okay, falls Sie es sich anders überlegen …« Ich

zeigte nach draußen. »Sie wissen, wo Sie mich finden.«

Es widerstrebte mir, den Raum zu verlassen, doch ich konnte nichts anderes tun. Wenn er sich nicht helfen lassen wollte, konnte ich ihn nicht dazu zwingen. Trotz allem dachte ich noch bis zum Abend über ihn nach und fluchte, als mir bewusst wurde, dass ich ihn mehr mochte, als mir lieb war.

ERIC

Ich atmete tief durch, als Meredith den Raum endlich verlassen hatte. Die Schmerzen waren einfach unerträglich und meine Beine zuckten so stark, dass ich mich um die Halterungen an meinem Schreibtischstuhl sorgte.

Ich stieß mich ein Stück zurück und befreite meine Beine, was zumindest für einige Sekunden Abhilfe schaffte, bevor sie nur noch mehr zuckten. Mein gesamter Körper rebellierte. Ich musste Medikamente nehmen, doch das konnte ich nur zu Hause, da sie mich wahrscheinlich komplett weghauen würden, so wie immer.

Langsam stieß ich mich weiter vom Schreibtisch ab, doch ich hatte meine Rechnung ohne meine Beine gemacht. Hilflos musste ich dabei zusehen, wie mein rechtes Bein wie wild austrat und das linke folgte. Ich versuchte noch, mich am Schreibtisch festzuhalten, doch ich hatte keine Chance. Mit einem lauten Knall fiel ich mitsamt meines Schreibtischstuhls um … Ich konnte nur hoffen, dass …

»Oh mein Gott!«

Merediths Stimme ließ mich nach Luft schnappen. »Ich habe Ihnen nicht erlaubt, mein Büro zu betreten!«, rief ich mit autoritärer Stimme und blickte nur Sekunden später in ihre besorgten Augen, während sie sich über mich beugte.

»Ich habe Sie auch nicht um Erlaubnis gebeten, aber ich glaube nicht, dass das jetzt eine Rolle spielt.«

»Raus! Ich werde Sie fristlos entlassen, wenn Sie jetzt nicht diesen Raum verlassen!«, rief ich entschlossen, doch Meredith bewegte sich nicht von meiner Seite. Ganz im Gegenteil. Ich spürte ihre Hände an meinem Arm und an meiner Schulter. Ich wollte nicht, dass sie es erfuhr. Ich wollte nicht, dass sie mich ab jetzt so ansah. Für sie war ich der große, mächtige CEO, der Mann, der mit Leichtigkeit ein ganzes Imperium führte, der sich durchsetzen konnte, autoritär war und alle Menschen in einem Raum zum Schweigen brachte, wenn er die Stimme erhob. Für sie war ich nicht der Krüppel. Der Mann im Rollstuhl, der sich allein nie wieder aus dieser misslichen Lage befreien konnte. In wenigen Sekunden würde ich ihr gesamtes Bild von mir zerstören, doch wahrscheinlich war es besser. Das, was zwischen uns entstanden war, ging sowieso schon viel zu tief.

»Ist Ihnen schwindelig geworden? Können Sie aufstehen?«, fragte sie und ich hätte am liebsten laut gelacht. Wenn ich nur aufstehen könnte …

Meine Beine zuckten wie auf Kommando unkontrolliert und nur weil meine Augen es wahrnahmen, wusste ich, dass Meredith ihre Hand auf sie legte, um sie zu kontrollieren.

»Gehen Sie in den Raum neben dem Aufzug«, sagte ich, doch wieder bewegte sie sich nicht. Wahrscheinlich, weil sie immer noch darauf wartete, dass ich aufstand. »Nun gehen Sie schon!«

Merediths Blick wurde unsicher, während sie sich erhob und endlich tat, was ich ihr gesagt hatte. Ich schloss die Augen, weil ich ihren Blick nicht sehen wollte, als sie den Rollstuhl entdeckte. Sie schob ihn langsam zu mir und ich erkannte die vielen Fragen, die sie nicht aussprach. Meine Beine bewegten sich ja augenscheinlich, nur dass nicht ich es war, der sie steuerte.

»Was soll ich tun?«, fragte sie. Ihre Stimme war bedrohlich ruhig.

»Helfen Sie mir einfach in den Rollstuhl«, sagte ich und bat sie dann, sich vor mich zu stellen und die Arme unter meine zu legen. Noch nie waren wir uns so nah gewesen. Ich konnte ihr wundervolles Parfum riechen. Es vernebelte meine Sinne. Denn auch wenn nichts, aber auch absolut gar nichts, an diesem Moment romantisch war, genoss ich ihre Nähe.

Ich hatte mich aufgesetzt und den Rollstuhl richtig positioniert, so dass ich es mit ihrer Hilfe schaffte, mich hineinzusetzen. Selbst wenn es ein Kraftakt war. Für uns beide. Ich versuchte, die Gurte über meinen Beinen anzubringen, doch ich scheiterte kläglich. Durch die unangenehme Situation schienen sie noch weiter außer Kontrolle geraten zu sein und durch die Schmerzen schaffte ich es einfach nicht, mich weit genug runterzubeugen, um den Gurt an meinem Knöchel zu fixieren.

Meredith schien meine Schwierigkeiten zu bemerken, denn sie half mir. Ohne zu fragen, ob das in Ordnung wäre, kniete sie sich vor diesen verdammten Rollstuhl und legte das Band um meine zuckenden Beine. Ihr Blick, als sie mich von dieser Position aus ansah, zerriss mir beinahe das Herz, denn in ihren Augen schimmerten Tränen.

Ich musste hier weg. Sofort.

Ohne Umschweife löste ich die Bremsen an meinem Rollstuhl und drehte mich weg von ihr. Ich ließ sie zurück, auf dem Boden meines Büros, denn ich konnte ihre Fragen nicht beantworten. Sie hatte verdammt noch mal Gefühle für mich entwickelt und ich hatte es zugelassen, ja, es vielleicht sogar forciert. Und jetzt, in diesem Moment, brach ihr gesamtes perfektes Bild von mir zusammen. Eric Hunt, der charismatische, toughe, perfekte CEO … Er existierte schon lange nicht mehr, und jetzt nicht einmal mehr in ihrer Fantasie.

Ich schloss die Augen, als ich endlich allein im Aufzug war, und versuchte, meine Atmung unter Kontrolle zu bekommen. Wie dumm ich gewesen war, mich derartig von meinen Gefühlen austricksen zu lassen. Was hatte ich erwartet? Dass ich es für immer vor ihr geheim halten konnte? Ich war ein Narr gewesen, das nur für eine Sekunden zu glauben.

Ab morgen würde sie mich mit diesem mitleidigen, gequälten Blick ansehen und schon jetzt kam mir die Galle hoch, wenn ich nur daran dachte.

Ich war kaum in der Lage, nach Hause zu fahren, doch ich würde jetzt niemanden anrufen und um Hilfe bitten. Niemanden vom Personal und erst recht nicht meinen Bruder. Ich brauchte meine

Ruhe und ich musste mir beweisen, dass ich es allein schaffen würde!

Zu Hause angekommen, fuhr ich auf geradem Weg zu meinem Rollstuhl, der es mir ermöglichte, zu stehen. Mir waren die Schmerzen egal, mir waren die Spastiken egal. Es war nur ein verdammter Rollstuhl, der es mir ermöglichte, zu stehen, und genau das würde ich jetzt tun. Aufrecht stehen. Wie ein ganzer Mann und nicht hier sitzen wie das abgewrackte, kaputte und im wahrsten Sinne des Wortes gebrochene Arschloch, das ich nun mal war.

Ich rutschte von meinem Rollstuhl auf den anderen und brachte alle Sicherheitsgurte an, so dass ich nicht sofort vornüberkippen würde. Dann betätigte ich den Knopf und ließ mich langsam nach oben fahren. Langsam und stetig, so wie ich es mit Wade geübt hatte. Selbst wenn ich ungeduldig war, gab ich meinem Körper Zeit, sich an die neue Position zu gewöhnen, vor allem meinem Kreislauf, der immer und immer wieder dafür sorgte, dass mir schwarz vor Augen wurde. Ich würde diesen Kampf gegen meinen Körper gewinnen. Gegen all diese Scheiße hier, denn ich war Eric Hunt, CEO. Ein mächtiger Mann! Ich wollte nicht den verdammten Mount Everest besteigen, sondern einfach nur stehen.

Früher war ich jeden Morgen zehn Kilometer gejoggt und abends zusätzlich ins Fitnessstudio gegangen. Ich hatte meinen Körper gestählt, mir einen Panzer gegen all die Angriffe aufgebaut, die ich jeden Tag als CEO über mich ergehen lassen musste. Heute konnte ich nicht mal mehr allein stehen …

Ich fuhr den Rollstuhl zurück in die sitzende Position und musste mich beeilen, als sich mein gesamter Mageninhalt ins Waschbecken des Badezimmers entleerte.

Die Schmerzen waren einfach zu groß. Wie ein Häufchen Elend saß ich vor dem Waschbecken, den Kopf auf meine Hände gestützt, und führte mir wieder einmal vor Augen, dass mein Leben zu Ende war.

Erst nach einer weiteren halben Stunde gelang es mir, zurück zur Küche zu fahren und mir einige Medikamente einzuwerfen. Wenigstens war mir der Schlaf in dieser Nacht sicher. So würde ich hoffentlich nicht an den Blick in Merediths Augen denken und auch nicht an all das Blut, das an meinen Händen klebte. Jede Nacht aufs Neue.

MEREDITH

Ich wusste nicht, wie lange ich auf einem Fleck verharrte und einfach nur auf die geschlossenen Aufzugtüren starrte. Was um alles in der Welt war hier gerade geschehen? Wieso war Eric mit einem Rollstuhl hier rausgefahren? Seine Beine hatten sich doch bewegt. Das alles ergab keinen Sinn.

Ich umrundete seinen Schreibtisch und blickte darunter. Haltevorrichtungen. Wahrscheinlich für seine zuckenden Beine.

Wild entschlossen schüttelte ich den Kopf und doch wusste ich, dass es nichts bringen würde. Alles begann, einen Sinn zu bekommen, selbst wenn ich es weit von mir schieben wollte. Ich hatte ihn noch nicht ein Mal stehen oder rumlaufen sehen. Immer saß er hinter seinem Schreibtisch, als hätte er sich verschanzt. Meetings hielt er hier drin ab. Er aß an seinem Schreibtisch. Er ließ sich seine Getränke an den Schreibtisch bringen. Ich durfte sein Büro niemals betreten, wenn er es mir nicht ausdrücklich erlaubt hatte.

Tränen traten in meine Augen und ich hasste mich dafür, doch sie suchten sich ihren Weg meine Wangen hinab, ohne dass ich sie aufhalten konnte. Zu groß waren der Schock und das Entsetzen.

Ich ließ mich auf die Couch in der Ecke des Zimmers sinken. Eric Hunt, mein perfekter Chef, der Mann mit dem schönsten Gesicht und dem wunderbarsten Lachen, den ich je kennengelernt hatte, saß im Rollstuhl!

Ich blieb eine Weile einfach dort sitzen und weinte. Warum, konnte ich mir selbst nicht erklären. Wahrscheinlich weil ich einfach zu erschrocken über die Dinge war, die ich gerade erfahren hatte.

Nach einer Stunde erhob ich mich seufzend und packte meine Sachen zusammen, um nach Hause zu gehen. Vielleicht würde ich ja dort die Ablenkung finden, die ich jetzt so dringend benötigte.

Ich fand sie nicht. Ganz im Gegenteil. Meine Gedanken kreisten immer und immer wieder um Eric. Wahrscheinlich würde ich die Bilder, wie er in seinem Büro gelegen hatte, niemals mehr aus dem

Kopf bekommen. Mit Beinen, die ihm nicht gehorchen wollten, unfähig, aufzustehen.

Wie sehr hatte ich zu diesem Mann aufgesehen. Der große, unverwundbare CEO. Doch mein Bild war zerstört worden und ein Teil von mir wollte das einfach nicht akzeptieren, obwohl es vollkommen lächerlich war.

Außerdem, und das konnte ich nun auch nicht länger abstreiten, machte ich mir Sorgen um ihn. Er hatte ganz klar unter großen Schmerzen gelitten und ich fragte mich, ob er sich beim Sturz verletzt hatte. Ob jemand bei ihm war, der sich um ihn kümmerte? Konnte er überhaupt für sich allein sorgen?

Entschlossen setzte ich mich in meinem Bett auf und griff nach meinem Handy. Wenn er mich feuern würde, dann sollte es so sein, aber ich brauchte jetzt Antworten.

Noch bevor das Freizeichen erklang, wusste ich, dass ich zu weit ging. Er war mein Chef. Ich hatte mich nicht in seine persönlichen Dinge einzumischen, und das war nun mal extrem persönlich.

»Meredith. Ich hatte mir schon gedacht, dass Sie anrufen«, erklang seine tiefe Stimme und trieb mir eine Gänsehaut auf den Körper.

»Wirklich?«

»Ja, so habe ich Sie eingeschätzt. Ich bin mir sicher, dass Sie viele Fragen haben und auf diese auch gern Antworten hätten, nicht wahr?«

»Ich mache mir vorrangig Sorgen um Sie. Wenn mich nicht alles täuscht, hatten Sie Schmerzen.«

»Sie brauchen sich keinerlei Sorgen zu machen, das verspreche ich. Es sind Spastiken in meinen Beinen, die für die Schmerzen verantwortlich sind. Nichts Dramatisches. Ich musste nur einige Tabletten nehmen und gut.«

»Also sind Sie … Sie sind dann …« Ich wusste nicht, wie ich diese beschissene Frage formulieren sollte. Ein Teil von mir hatte gehofft, dass er nur einen Sportunfall gehabt hatte, aber Spastiken … das hörte sich wirklich nicht gut an.

»Ich bin querschnittsgelähmt, ja. Falls es das ist, was Sie wissen wollen. Ich kann meine Beine weder spüren noch bewegen. Ich bin nicht imstande, zu stehen oder gar zu laufen«, sagte er mit einer Ehrlichkeit, die mir zum zweiten Mal an diesem Tag die Luft zum Atmen raubte. Doch er ließ mir keine Zeit, etwas zu erwidern. Augenscheinlich wollte er auch gar nicht hören, was ich zu sagen hatte. »Mein Anwalt bereitet zur Stunde eine Verschwiegenheitsvereinbarung vor, die Sie bitte morgen als Erstes unterzeichnen. Es ist, denke ich, nachvollziehbar, dass ich nicht möchte, dass irgendwelche Informationen über meinen Zustand an die Öffentlichkeit gelangen. Das ist auch der Grund, weshalb ich Sie nicht vorher eingeweiht habe. Nur eine Handvoll Menschen weiß von meiner Lähmung und ich beabsichtige auch, es dabei zu belassen. Verstehen wir uns?«

»Als wenn ich jemandem davon erzählen würde«, murmelte ich unüberlegt.

Eine Verschwiegenheitsvereinbarung. Ich fand das lächerlich. Schon klar, dass er nicht wollte, dass die ganze Welt davon erfuhr, aber …

»Meredith, ich denke, Sie haben Verständnis dafür, dass ich mich nicht auf Ihr Wort verlassen kann. In meiner Position kann ich mir so etwas leider nicht erlauben.«

»Ich werde alles unterschreiben.«

»Gut, dann bis morgen im Büro.«

Mit diesen Worten beendete er unser Gespräch und ließ mich mit all meinen Gedanken zurück. So konnte das nicht weitergehen. Ich brauchte jetzt Andi und eine ordentliche Portion von unserem liebsten Schokoladeneis.

Mit meinem Hintern stieß ich ihre Tür auf und

lehnte mich verführerisch in den Rahmen, den Löffel zwischen meine Lippen gepresst.

»Oje … Und ja, ich habe Lust!«, sagte sie lachend und stand von ihrem Bett auf.

Wie immer legten wir uns zusammen auf die große Couch und stellten den großen Eispott zwischen uns.

»Wie schlimm ist es und um wen um alles in der Welt geht es?«, fragte sie, doch ich zuckte nur mit den Schultern.

Dieses Mal war es viel komplizierter als jemals zuvor und zum ersten Mal überhaupt würde ich nicht mit Andi darüber sprechen können. Ich lieferte Mister Hunt nicht ans Messer. Selbst wenn ich es nur meiner besten Freundin verriet, fühlte es sich schon wie Verrat an.

»Okay, super. Toll, dass wir darüber geredet haben. Wirklich. Ich bin ganz begeistert. War auch klar, dass dich das bedrückt«, faselte Andi.

»Ich kann nicht darüber reden, wirklich nicht! Aber können wir einfach quatschen, gleich eine tolle Folge *Andersons* gucken und gut?«

»Es geht aber nicht um unser beider Boss, oder? Du wirst doch wohl nicht dem Zahnpastalächeln und dem perfekten Gesicht verfallen sein, oder?«

Ich schwieg und bohrte meinen Löffel noch tiefer in das Eis.

»Oh Gott, Mer! Das kann nicht dein Ernst sein. Hunt? Der Oberschmierlappen von CEO?«

Andi stand auf Kerle. Echte Kerle. Hauptsache, Lederjacke, verwegenes Aussehen und jede Menge Tattoos. Eric passte so gar nicht in ihr Bild von einem perfekten Mann. Ganz im Gegensatz zu meinem.

»Lass uns bitte einfach nicht mehr darüber reden.«

»Einverstanden. Also *Andersons* und am besten eine Flasche Wodka. Auf die Nachricht könnte ich jetzt auf jeden Fall einen Schluck vertragen.«

»Auf was für eine Nachricht? Ich habe doch überhaupt nichts gesagt.«

»Glaub mir, dein Blick war genug. Mehr muss ich nicht wissen. Also los. Schmeiß Netflix an, ich besorge den Stoff.«

Am nächsten Morgen fand ich mich wie immer pünktlich im Büro ein, wo ich bereits von einem älteren Herrn im Anzug erwartet wurde. Wie es sich herausstellte, war er Mister Hunts Anwalt. Es bewies mir wieder einmal, wie groß seine Ängste davor waren, dass etwas an die Öffentlichkeit gelangen könnte. Ich unterschrieb alles, selbst wenn mir bei den angedrohten Strafen und Konsequenzen der Atem stockte. Mister Hunt war ein mächtiger Mann und genau das spielte er in dieser Vereinbarung auch aus. Sollte ich diejenige sein, die ihn outete, würde ich wahrscheinlich nie wieder irgendwo auf der Welt einen Job finden. Zumindest las ich das zwischen den Zeilen dieses bürokratischen und juristischen Gefasels.

Der Anwalt verließ das Gebäude bereits nach kürzester Zeit wieder und ich atmete ein paarmal tief durch, bevor ich Mister Hunts Büro zur selben Zeit wie immer mit einer dampfenden Tasse Kaffee betrat.

Es war leer.

»Mister Hunt«, rief ich, obwohl ich bereits wusste, dass er nicht hier war. Wo sollte er sich denn auch verstecken? In seiner kleinen Abstellkammer?

Beinahe zeitgleich klingelte das Telefon an meinem Arbeitsplatz.

»Meredith, würden Sie bitte zu meiner privaten Adresse kommen? Ich werde sie Ihnen gleich auf das Handy schicken. Bringen Sie bitte den Terminplaner und Ihren Laptop mit, damit wir von hier aus arbeiten können.«

»Sehr wohl, Mister Hunt«, erwiderte ich ein wenig verwirrt, packte dann allerdings die Sachen zusammen, die ich benötigte.

Mit dem Taxi fuhr ich zu der angegebenen Adresse und blickte ungläubig an dem Wolkenkratzer nach oben. Was hatte ich erwartet? Der Mann war CEO und stinkreich. Wieso sollte er nicht in so einem krassen Luxus leben. Natürlich im Penthouse.

In welch unglaublichem Luxus Eric wirklich wohnte, musste ich feststellen, als mir eine Dame, die sich als Erics Haushälterin vorstellte, die Tür öffnete und mich in ein Wohnzimmer bat, das wahrlich so groß war wie unsere gesamte Wohnung. Oh mein Gott! Von hier aus konnte man den gesamten Central Park überblicken.

Ich zwang mich, meinen Blick von der Panoramascheibe abzuwenden und meine Aufmerksamkeit auf die Haushälterin zu lenken, die mit ineinander verschränkten Händen vor mir stand.

»Mister Hunt fühlt sich heute nicht besonders gut, weshalb er Sie in seinem Schlafzimmer empfangen wird.«

Ungläubig starrte ich sie an, wobei ich nicht wusste, was mich mehr aus dem Konzept brachte: die Tatsache, dass es Mister Hunt wirklich schlecht zu gehen schien, oder aber, dass ich gleich sein Schlafzimmer betreten würde. Lag er dann bei unserem Gespräch im Bett? Gott, nein, ich war nicht bereit für das hier alles. Ich überlegte, mich einfach umzudrehen und das Weite zu suchen, doch ich blieb. Was würde es Mister Hunt nützen, wenn ich jetzt so reagierte?

»Wenn Sie mir bitte folgen würden«, sagte die Haushälterin und ich nahm all den Prunk und den Reichtum, der aus jeder Pore dieser Inneneinrichtung triefte, überhaupt nicht mehr wahr. Zu sehr hingen meine Gedanken bereits daran, was mich jetzt erwarten würde. Ich war nicht bereit dafür, dass es Eric schlecht ging. Ich wollte ihn nicht so sehen. Es würde mein Bild des perfekten CEO zerstören und dafür war ich nicht bereit!

ERIC

Als mein Wecker am nächsten Tag um vier Uhr klingelte, konnte ich ihn sofort ausschalten, da ich bereits seit Stunden wach lag. Erst vor ein paar Minuten hatte ich wieder versucht, mich aus dem Bett in meinen Rollstuhl zu hieven, allerdings ohne Erfolg. Ich schwitzte und die Schmerzen in meinem Rücken und in meinen Beinen machten es mir unmöglich, mich zu bewegen. So schlimm war es lange nicht gewesen. Und das ausgerechnet heute … ausgerechnet jetzt, wo Meredith die Wahrheit über die Sache mit meinen Beinen wusste …

»Mister Hunt?«, hörte ich Wade rufen und atmete erleichtert auf. Er würde mir helfen müssen. Ich musste heute ins Büro, egal zu welchem Preis. »Alles klar, Mister Hunt?«, fragte er, hob allerdings sofort die Augenbrauen, als er mich in meinem Bett entdeckte. Wade, seit fast vier Jahren unermüdlich an meiner Seite, wusste ganz genau darüber Bescheid, was mein Körper mit mir trieb und wann es mir wirklich beschissen ging. So wie heute.

»Ich muss zur Arbeit. Mir egal, wie!«, sagte ich.

»Gut, dann sehen wir mal zu, dass wir Sie in den Rollstuhl bekommen, und schauen dann mal, was wir tun können«, sagte Wade, doch es scheiterte bereits daran, mich hinzusetzen. Auch die Massagen, Stretch- und Lockerungsübungen wollten ihre Wirkung einfach nicht entfalten.

»Ich werde Sie lagern und Ihnen Ihre Medikamente geben, okay, Mister Hunt? Sie gehen heute nirgendwo hin, aber ich glaube, das wissen Sie bereits.«

Ich nickte resigniert, denn spätestens seitdem Wade mich bewegt hatte, konnte ich nicht einmal darüber nachdenken, aus diesem Bett aufzustehen. Egal wie sehr ich es auch wollte. In diesem Leben ging es nicht mehr um meinen Willen. Es ging darum, was mein Körper wollte. Jeden verdammten Tag.

»Guten Morgen«, sagte Meredith leise und ich wagte es kaum, meinen Blick zu heben, um ihr in die Augen zu sehen. Ich wusste, was mich erwartete, und ich sollte recht behalten. Ich sah das Mitleid in ihren Augen. Es fraß sich durch meine Mauern, durch meine harte Schale, bis zu meinem Herzen. Wie gern ich es mir und auch ihr erspart hätte, doch nun war es zu spät. Nichts zwischen uns würde mehr so sein, wie es war. So vollkommen unbeschwert. Ab jetzt würde sie stets aufpassen, was sie sagte und wie sie es ausdrückte. Sie würde mich mit Samthandschuhen anfassen, so wie es alle taten, und auch mein perfektes Aussehen und die Art, von der sie so geschwärmt hatte, würden mich nicht aus dieser Nummer herausbringen. Dieses kleine Prickeln zwischen uns, das gar nicht erst hätte entstehen dürfen, war unaufhaltsam zerstört worden.

Und ausgerechnet heute lag ich hier in diesem Bett. Unfähig, aufzustehen und die perfekte CEO-Show zu spielen. Ich konnte mich kaum bewegen und auch die Medikamente halfen mir nicht dabei, mich besser zu fühlen.

Tief in meinem Inneren hatte ich immer gehofft, dass es anders verlaufen würde, wenn Meredith zum ersten Mal einen Fuß in mein Schlafzimmer setzte. Wie dumm von mir.

»Ist es wegen des Sturzes gestern?«, fragte sie

kleinlaut und umklammerte ihre Handtasche krampfhaft mit beiden Händen. Es war offensichtlich, wie unwohl sie sich fühlte. Sie wartete auf Antworten. Antworten, die ich ihr wahrscheinlich schuldete, jetzt, wo ich sie so nah an mein wahres Ich und mein Leben herangelassen hatte.

»Setzen Sie sich«, sagte ich und deutete auf einen Stuhl, der in meinem Blickfeld stand.

Meredith ging zögerlich, nahm dann allerdings doch Platz. Das war mehr, als ich erwartet hatte.

»Ich bin von der Hüfte abwärts gelähmt. Ich kann meine Beine nicht spüren und sie auch nicht bewegen. Mittlerweile seit fast vier Jahren. Diese Zuckungen, die sie immer wieder sehen, sind Spastiken, die mir das Leben zur Hölle machen. Ich leide zwischendurch unter großen Schmerzen, so wie heute. Das ist der Grund, weshalb ich in diesem verdammten Bett liege, statt zu arbeiten. Gleichzeitig kann ich es mir nicht erlauben, nichts zu tun. Und das ist der Grund, weshalb Sie heute hier sind. Zumindest den Papierkram müssen wir einigermaßen unter Kontrolle halten. Sie können sich bereits darauf einstellen, dass wir öfter hier arbeiten werden. So gern ich mir auch etwas Anderweitiges einrede, aber zwischendurch brauche ich diese Pausen. Es muss erst gar nicht so weit kommen wie heute. Nur leider finde ich hier kein gutes Mittelmaß.«

»Danke, dass Sie so offen mit mir sprechen, Mister Hunt. Ich habe heute Morgen bereits alle Verschwiegenheitsvereinbarungen unterzeichnet und sie Ihrem Anwalt zukommen lassen. Sie brauchen keine Angst zu haben, dass ich mit irgendjemandem darüber spreche. Es ist Ihr Leben und Ihre Entscheidung, wie sie damit umgehen wollen. Mein Verhalten gestern war dumm, aber ich habe mir einfach so große Sorgen gemacht und natürlich war ich erschrocken, da ich …«

»Da Sie das Bild des perfekten CEO vor sich hatten und nichts davon nun mehr stimmt. Ich verstehe das schon.«

»Nein!«, widersprach sie mir und schüttelte den Kopf. »Sie sind noch immer der perfekte CEO. An Ihrer Ausstrahlung hat sich dadurch doch nichts geändert! Ich war nur erschrocken, weil ich den Rollstuhl nicht erwartet hatte, aber an Ihrer Autorität und dieser unglaublichen Kompetenz ändert das doch nichts!«

Ich war überrascht, solche Worte aus ihrem Mund zu hören. Normalerweise versicherte nur John mir immer und immer wieder, dass sich vielleicht meine Beine verabschiedet hätten, allerdings nicht mein Charakter.

»Ich hätte Sie trotzdem nicht in diese Lage bringen sollen und es tut mir leid, dass Sie es so erfahren mussten.«

»Sie brauchen sich doch nicht zu entschuldigen, Mister Hunt!«

»Nennen Sie mich Eric. Wir sitzen in meinem Schlafzimmer und unterhalten uns über sehr private Angelegenheiten, da können wir auch den Rest der Formalitäten einfach über Bord werfen, nicht wahr?«

»Okay«, erwiderte Meredith leise.

Ich versuchte, mich etwas auf den Rücken zu drehen, da ich seit geraumer Zeit unmenschlichen Durst hatte, doch es gelang mir kaum.

Ohne zu fragen, wie schon gestern auch, stand Meredith plötzlich neben mir und reichte mir das Glas Wasser, das für mich unerreichbar war. Und nicht nur das. Sie half mir sogar dabei, mich etwas aufzurichten, damit ich trinken konnte. Ich wartete darauf, dass es mir unangenehm wurde, dass ich mich sonderbar dabei fühlte und mich schämte, doch das Gefühl setzte nicht ein. Wahrscheinlich, weil sie absolut keine Berührungsängste zu haben schien und wie selbstverständlich mit mir umging. Sie hatte nicht gefragt, ob sie mir helfen solle, und sie wirkte kein bisschen peinlich berührt von der Tatsache, dass sie mir geholfen hatte. Ganz im Gegenteil. Sie setzte sich einfach wieder auf ihren Platz, als wäre alles wie immer.

»Hättest du auch nicht gedacht, dass du mir mal das Wasser reichen kannst, was?«, fragte ich.

Meredith sah mich für einen Bruchteil von Sekunden schockiert an, stimmte dann allerdings in mein lautes Lachen ein. »Okay, Mister, wenn du heute bequem arbeiten darfst, dann darf ich das auch«, erwiderte sie und streifte sich ihre High Heels ab.

»Du kannst in den Dingern doch genauso wenig laufen wie ich«, provozierte ich sie noch mal. Doch Meredith wurde weder rot noch verlegen.

»Dafür kann ich darin wunderbar mit dem Hintern wackeln.«

Wieder lachten wir und ich fragte mich, ob das hier gerade wirklich geschah.

»Also, Termine für den heutigen Tag und E-Mails. Wir sollten anfangen«, sagte ich und lächelte, als Meredith ihre Füße auf mein Bett legte und ihren Laptop auf den Schoß nahm. Ja, sie machte es sich definitiv ebenfalls gemütlich und ich hatte nichts dagegen.

Es funktionierte gut, mit ihr zusammenzuarbeiten, auch wenn es ungewöhnlich war, nicht hinter meinem Schreibtisch zu sitzen und den großen CEO zu geben. Es war eine seltsame Stimmung zwischen uns, seltsam und trotzdem witzig. Fast so, als wäre eine Last von unseren Schultern abgefallen. Bei mir war es jedenfalls so.

Wir arbeiteten nicht lange, da ich durch die Tabletten zunehmend müder wurde, was auch Meredith zu merken schien.

»Gut, das reicht für heute«, sagte sie und klappte den Laptop zu. Mir waren gerade wieder einmal die Augen zugefallen und egal, was ich tat, ich schaffte es nicht, sie wieder zu öffnen.

Ich spürte, wie sie die Decke ein Stück weiter über mich zog und mir dann leicht über meine Haare fuhr. Eine seltsam vertraute und komplett deplatzierte Geste, die ich dennoch so sehr genoss.

»Ruh dich aus«, flüsterte sie leise, bevor ich einschlief.

Als ich wieder wach wurde, war Meredith weg, doch ich konnte noch immer einen Hauch ihres Parfums in meinem Zimmer riechen. Ich dachte darüber nach, wie sie mit mir umgegangen war, wie selbstverständlich und mit wie viel Humor. Ganz so, als hätte dieser Rollstuhl sie nicht verschreckt. Als hätte noch nicht einmal dieses Bild von mir sie verschreckt, bewegungsunfähig und krank in diesem Bett …

Ich zwang mich, nicht weiter darüber nachzudenken und mir auf gar keinen Fall irgendwelche Hoffnungen zu machen, doch meine Welt fühlte sich nicht einmal ansatzweise mehr so kaputt und beschissen an wie heute Morgen, und das würde ich genießen. So lange, wie es andauern würde.

MEREDITH

Ich fuhr nach Hause und seufzte, als ich die Wohnungstür hinter mir zuwarf. Ich hatte mir die verrücktesten Dinge ausgemalt, doch dass er querschnittsgelähmt war, war auch für mich eine Überraschung gewesen.

»Wow, du wirkst, als hättest du einen Geist gesehen«, begrüßte Andi mich, als ich das Wohnzimmer betrat, wo sie auf der Couch saß und den Fernseher laufen hatte.

»Nein, alles gut«, erwiderte ich, denn so gern ich ihr auch davon erzählt hätte, wusste ich, dass ich vertraglich dazu verpflichtet war, den Mund zu halten.

»Du konntest auch schon mal besser lügen.«

Sie kniff die Augen zusammen, als könnte sie allein durch die Geste die Wahrheit aus mir herausquetschen, doch ich blieb standhaft und verschränkte die Arme vor der Brust.

»Ich lüge nicht. Ich habe einfach viel Arbeit, das ist alles.«

»Und du lügst weiter …«

»Andi! Halt die Klappe«, meinte ich und warf meinen Schuh in ihre Richtung, dem sie jedoch auswich.

»Fliegst du morgen zu deinen Eltern?«

Ich ließ mich erschöpft ebenfalls aufs Sofa fallen und schüttelte den Kopf. »Ich habe mir einen früheren Flug gebucht und mache mich schon diese Nacht auf den Weg. Dann bin ich zumindest morgen früh zum Frühstück dort. Meine Mom kann es kaum erwarten und hat mir mindestens schon zehn Nachrichten geschrieben.«

»Ich wünschte, meine Eltern wären auch so vernarrt in mich, aber ich kann froh sein, wenn sie sich zu Geburtstagen und Weihnachten melden.«

Ich hatte nie verstanden, wie Andi mit ihren Eltern zurechtkam, nach dem, wie sie sie behandelt hatten. Vernachlässigung wäre ein viel zu netter Begriff für das, was sie sich geleistet hatten. Als Andi gerade ihren Job angetreten hatte, war sie zu Besuch bei ihnen gewesen und hatte nur zwei Tage später feststellen müssen, dass sie all ihr Geld aus der Brieftasche geklaut hatten. Immer noch konnte ich nicht fassen, wie aufgelöst sie zurückgekehrt war und mir davon erzählt hatte. Wer solche Eltern hatte, brauchte wirklich keine Feinde.

»Warst du bei deinem Boss?«, unterbrach sie meine Gedanken und ich nickte, bevor ich mir eine Erdnuss in den Mund steckte, die Andi auf dem Wohnzimmertisch stehen hatte.

»Ja, momentan haben wir viel zu tun und ich weiß überhaupt nicht, wie ich das alles schaffen soll«, log ich erneut und war selbst erschrocken darüber, wie leicht mir diese Worte über die Lippen kamen. Als das Thema jedoch wieder auf Eric fiel, starrte ich auf den Fernseher und dachte über das nach, was ich erfahren hatte. Unglücklicherweise dachte ich daran, wie wohl eine Beziehung mit einem Mann wäre, der ein solches Handicap hatte. Sex war nicht alles für mich und doch gehörte es zu einer Partnerschaft dazu. Ob er trotz der Querschnittslähmung dazu in der Lage war?

Beinahe hätte ich mir selbst vor den Kopf geschlagen, dass ich darüber nachdachte. Aber ich konnte nicht abstreiten, dass ich mich zu ihm hingezogen fühlte. Wenn er nicht das Arschloch war, das er im Büro gegeben hatte, war er witzig. Und wenn er lachte, ließ das mein Herz höherschlagen, denn diese Grübchen waren einfach bezaubernd.

»Wie lange wirst du weg sein?«, wollte Andi wissen und ich verzog das Gesicht.

»Nur eine Nacht. Morgen Abend werde ich schon wieder zurückfliegen.«

Ich war vollkommen erschöpft, als ich am nächsten Morgen vor dem Haus meiner Eltern stand, und doch freute ich mich sehr, sie wiederzusehen. Das hier war meine Heimat, auch wenn sich mein Lebensmittelpunkt nun in New York befand.

»Liebes!« Meine Mom riss die Tür auf und zog mich in eine innige Umarmung. »Gott, hast du uns gefehlt.« Sie löste sich von mir und trat einen Schritt zurück, um mich zu mustern. »Meine Güte, hast du abgenommen? Du bist ja nur noch Haut und Knochen. Gut, dass ich dir das größte Frühstück gemacht habe, das die Welt je gesehen hat.«

Das hatte sie in der Tat. Auf dem Küchentisch stand so viel, dass ich mich schon fragte, wie viele Menschen sie noch eingeladen hatte.

»Dein Vater ist noch unterwegs, aber er wird gleich hier sein. Er hat schon den ganzen Morgen davon gesprochen, dass er sein kleines Mädchen endlich wieder in die Arme schließen kann.«

So war mein Vater. Als ich beschlossen hatte, nach New York zu ziehen, hatte ich gespürt, wie schwer es ihm fiel, mich loszulassen. Für ihn würde ich immer sein kleines Mädchen sein und ich hatte nichts dagegen. Ich liebte meine Familie mehr als alles andere und ich würde keinen Moment mit ihnen missen wollen.

Meine Mom schaufelte mir Speck, Rührei, Pancakes und so viel Sirup auf den Teller, dass ich entsetzt die Augen aufriss. »Wie soll ich das denn alles essen?«

Sie winkte ab. »Ach, das schaffst du schon. Nach der langen Reise musst du doch hungrig sein.«

Ich lachte und schüttelte den Kopf. »Ich bin gerade einmal knapp über zwei Stunden geflogen. Ich habe keine Weltreise hinter mir.«

Doch meine Mom ließ nicht mit sich reden und so war mein Teller dreißig Minuten später leer und sie zufrieden. Gerade als sie mir davon berichtete, dass ihre Nachbarn einen neuen Hund hatten, hörte ich die Haustür und sprang augenblicklich auf. Mein Magen protestierte, doch es war mir egal, denn mein Dad stand in der Tür.

»Daddy«, meinte ich leise und lief zu ihm, um meine Arme um seinen Hals zu legen.

»Meine Süße, was hast du mir gefehlt.«

Wir hielten einander lange fest und als ich mich von ihm löste, sah ich Tränen in seinen Augen.

Wir verbrachten den Morgen und den Mittag zu dritt auf der Couch und ich fühlte mich seit einer langen Zeit, als könnte ich endlich wieder atmen. Bis ich hierhergekommen war, war mir nicht einmal bewusst gewesen, wie sehr mir meine Eltern gefehlt hatten. Ich liebte Andi, doch es war etwas anderes.

In meiner Euphorie zückte ich mein Handy und tippte eine Nachricht, die ich an Eric schickte.

›Was treibst du? XXX Mer‹

Ich war nervös, weil ich nicht wusste, wie er darauf reagieren würde, doch es dauerte keine zwei Minute, bis eine Antwort einging.

›Ich liege faul in meinem Bett und sehe mir eine Sendung im Fernsehen an. Und du?‹

›Ich bin bei meinen Eltern zu Besuch. Habe zuvor nicht gewusst, wie gut man sich fühlt, wenn man so bemuttert wird. Ich könnte mich daran gewöhnen.‹

›Schaff dir eine persönliche Assistentin an. Glaub mir, das wirkt Wunder. ;-)‹

Ich lachte laut, was mir seltsame Blicke von meinen Eltern einbrachte.

»Mit wem schreibst du denn, Liebes?«, wollte meine Mom wissen und als ich ihr mitteilte, dass es mein Boss war, sah sie mich tadelnd an. »Du wirst doch keinen Unsinn mit diesem Mann treiben, oder? Immerhin bezahlt er dir praktisch deine Miete.«

Manche Dinge änderten sich einfach nie. Meine Mutter war immer schon besorgt um mich gewesen, auch wenn es keinen Grund dazu gab.

»Es ist nicht so, wie du denkst. Wir verstehen uns einfach gut«, sprach ich aus und redete mir ein, dass es stimmte, was ich sagte.

›Was hältst du denn davon, meinen persönlichen Assistenten zu spielen? ;-)‹

›Das hättest du wohl gern. Ist es nicht unhöflich, wenn du Nachrichten schreibst, während du bei deinen Eltern bist? Sie haben dich sicherlich eine Zeit lang nicht gesehen.‹

›Mach dir keine Gedanken. Ich finde es schön, mit dir zu schreiben. :-) Wie geht es dir jetzt?‹

›Viel besser. Und ich finde es auch schön, mit dir zu schreiben.‹

Wir texteten uns noch einige Zeit hin und her und ich konnte nicht verhindern, dass sich ein Lächeln auf meine Lippen schlich. Die ganze Zeit über hatte ich gewusst, dass Eric etwas bedrückte und er sich bloß aus diesem Grund so verhalten hatte. Jetzt so unbeschwert mit ihm zu schreiben, war schön.

Ich aß gemeinsam mit meinen Eltern zu Abend und legte mich relativ früh ins Bett, da ich doch erschöpfter war, als ich gedacht hatte. Während ich in den weichen Kissen meines ehemaligen Kinderzimmers lag, dachte ich darüber nach, wie es wohl auf der Arbeit werden würde, jetzt, wo wir alles geklärt hatten und ich die Wahrheit über ihn kannte.

Am nächsten Tag fiel es mir schwer, mich von meinen Eltern zu verabschieden, doch ich würde schon bald wieder herfliegen, um sie zu sehen. Dennoch weinten meine Mom und mein Dad, als ich sie umarmte.

Auf dem Weg nach Hause hoffte ich, dass nun alles besser werden würde …

ERIC

Ich blickte von meinem Schreibtisch auf, als sich die Tür öffnete und Meredith den Raum betrat. Im Gegensatz zu sonst saß ich noch in meinem Rollstuhl statt auf dem Bürostuhl, denn Meredith kannte mein Geheimnis nun und für mich war diese Position weitaus komfortabler. Es reichte, wenn ich mich für die Meetings anders hinsetzte. So gesehen hatte das Ende der elendigen Geheimniskrämerei durchaus auch etwas Gutes.

»Guten Morgen«, sagte Meredith mit einem strahlenden Lächeln und stellte mir den Kaffee auf meinen Schreibtisch.

»Guten Morgen«, erwiderte ich. Ich war gespannt, ob sie auf den Rollstuhl reagieren würde oder ob ich ihr sonst etwas anmerkte, doch weit gefehlt. Wie selbstverständlich kam sie um meinen

Schreibtisch herum und lehnte sich dagegen, so dass uns nur wenige Meter voneinander trennten.

»Wie geht's dir heute? Ich hatte damit gerechnet, dass du dir noch einen Tag länger Zeit nimmst, nachdem es dir doch vorgestern wirklich schlecht ging.« Ihr Tonfall klang aufrichtig besorgt.

»Alles bestens. Das dauert meistens nicht länger als einen Tag. Ich habe mich allerdings dazu entschieden, mich noch nicht in meinen Bürostuhl zu setzen.«

»Warum auch, wenn das doch die bequemere Variante für dich ist. Darf ich heute wieder zum Mittagessen vorbeikommen oder ist das zu aufdringlich, wenn ich so direkt frage?«

Ich lachte auf, denn es war zugegebenermaßen etwas überrumpelnd, aber auf eine sehr positive Art und Weise. Ich hätte nicht damit gerechnet, dass sie nach allem, was sie nun wusste und was sie gesehen hatte, noch immer mit mir essen wollte.

»Natürlich darfst du das. Heute müssen wir allerdings besser aufpassen. Wenn wir den Termin um vierzehn Uhr verpassen, könnte das üble Folgen für die Firma haben, und das brauche ich wirklich nicht.«

»Ich stelle uns einen Alarm ein«, erwiderte Meredith zwinkernd und stieß sich dann von meinem Schreibtisch ab. »Apropos Termin. Die ersten Herrschaften werden heute um neun Uhr hier sein.«

»Bis dahin bin ich gewappnet«, versicherte ich und trank einen Schluck von meinem Kaffee.

Als Meredith zur Mittagspause wiederkam, hatte ich mich bereits in meinen Rollstuhl gesetzt, was sie mit einem kurzen, aber nicht unangenehmen Blick wahrnahm. Ich versteckte mich nicht hinter meinem Schreibtisch, sondern deutete auf den Besprechungstisch, an dem ich noch nie Platz genommen hatte.

»Ich dachte, wir machen mal etwas ganz Verrücktes«, sagte ich und genoss Merediths Lachen.

»Warte!«, sagte sie, als ich mich gerade an einem der schweren Stühle zu schaffen machen wollte, um unter den Tisch fahren zu können.

Ich rollte ein Stück zurück, so dass Meredith ihn wegschieben konnte, und bedankte mich bei ihr.

»Für so was will ich kein Danke hören«, wies sie mich an und ich lächelte. Fast hatte ich das Gefühl, mich bei ihr entschuldigen zu müssen. »Darf ich dich etwas fragen?«

Ich lachte und verzog das Gesicht, als hätte sie mich geschlagen. »Ich bin mir nicht sicher«, erwiderte ich zwinkernd.

»Du musst ja nicht darauf antworten.«

»Das sagst du jedes Mal.«

Wir lächelten uns über den Tisch hinweg an.

»Wie ist das Leben im Rollstuhl? Ich meine, kannst du Auto fahren? Lebst du allein oder ist dieser Wade, der gestern bei dir war, immer da?«

»Eigentlich läuft das Leben ganz normal, so normal wie möglich halt. Ja, ich fahre Auto, sogar mehrere. Ich habe einen Van, wo ich mit dem Rollstuhl über eine Rampe reinfahren kann. Ich habe aber auch umgebaute Sportwagen, schließlich bin ich CEO.«

»Natürlich bist du das, Sir«, scherzte Meredith augenverdrehend.

»Ich lebe allein. Wade ist mein Physiotherapeut. Er kommt jeden Morgen vorbei, da ich Massagen brauche und meine Beine gedehnt werden müssen, damit ich den Tag im Rollstuhl gut überstehe. Ich habe eine Haushälterin, was allerdings nur Bequemlichkeitsgründe hat. Der Mann, der hier auf der Etage sitzt und den du gestern vielleicht auch kurz bei mir zu Hause gesehen hast, ist Boris, mein Securitychef. Ich lege nicht besonders viel Wert auf Security, deshalb siehst du mich auch nie mit einem Bodyguard an meiner Seite. Aber einen Securitychef habe ich, weil sich das einfach besser anfühlt. Natürlich will ich meine Situation nicht beschönigen. Es gibt viele Dinge, bei denen ich auch mal Hilfe brauche, besonders wenn es mir so schlecht geht wie gestern. Diese Tage versuche ich dann allerdings einfach zu vergessen.«

Meredith nickte und sah mich mit ihren großen Augen an. »Wieso hast du keine Frau in deinem Leben?«, fragte sie geradeheraus.

»Weil ich das hier keiner Frau antun möchte. Ich arbeite viel zu viel, das ist schon ein Kriterium, dass ich einer Frau gegenüber unfair finde, denn ich wäre nicht oft da. Und dann sitze ich in einem Rollstuhl und kann nicht laufen. Ich kann viele Dinge nicht tun und möchte keiner Frau die Freiheit in ihrem Leben nehmen. Dafür bin ich nicht egoistisch genug.«

»Und was ist, wenn es einer Frau nichts ausmachen würde? Wenn sie keine Angst davor hätte?«

Ich schluckte hart, denn ich wusste, dass sie über sich selbst sprach. Die Spannung zwischen uns war spürbar und für einige Sekunden sahen wir uns einfach nur an, ohne dass jemand etwas sagte.

Meredith brach den Blickkontakt ab und räusperte sich verlegen.

»Lern mich kennen!«, sagte ich und sah in ihre überraschten Augen. »Du kannst nicht sagen, dass dir das nichts ausmachen würde, wenn du nicht weißt, worauf du dich einlassen müsstest. Fahr mit mir in die Hamptons. Verbring ein Wochenende mit mir.«

»Das würdest du wirklich zulassen?«

»Meredith, du bist mir so nah gekommen wie seit Jahren keine andere Frau. Du wirkst nicht abgeschreckt von diesem verdammten Rollstuhl oder dem Leben, das ich führe.«

»Weil ich es nicht bin.«

»Weil du es nicht kennst! Deshalb möchte ich dich mitnehmen, um dir meine Welt zu zeigen. Ohne Beschönigungen.«

»Ohne Beschönigungen«, erwiderte Meredith.

»Es ist gleich vierzehn Uhr. Ich muss mich noch auf den Termin vorbereiten. Wir fahren am Freitag und schwänzen den Tag hier auf der Arbeit einfach. Einverstanden?«

»Einverstanden«, meinte sie und räumte den Tisch ab, während ich mich von meinem Rollstuhl auf den Bürostuhl hievte. Ich wusste, dass sie mich dabei beobachtete, doch es machte mir nichts aus.

Nicht mehr. Sie sollte sehen, wie mein Leben war, und genau hier würden wir damit anfangen.

Ich befestigte meine Beine unter dem Schreibtisch und bat Meredith, den Rollstuhl in den Abstellraum zu schieben, was sie wie selbstverständlich erledigte. Erst als sie mein Büro verlassen hatte, atmete ich tief durch. Ich wusste nicht, ob ich gerade den größten Fehler meines Lebens begangen hatte oder nicht. Aber wie sollte es anders funktionieren? Wie sollte ich jemals eine Antwort auf die Frage bekommen, was aus uns hätte werden können, wenn wir es nicht versuchten?

Ich saß eh schon viel zu tief in der Scheiße. Das hatte mir der Abend gezeigt, als ich noch krampfhaft versucht hatte, alles vor Meredith geheim zu halten. Sie war mir nicht egal und es war mehr als offensichtlich, dass ich ihr ebenfalls nicht egal war. Außerdem hatte ich bei ihr nicht das Gefühl, dass es nur um die Millionen auf meinem Konto ging. Ganz und gar nicht. Dafür war Meredith viel zu bodenständig.

Ich nahm das Telefon zur Hand und benachrichtigte Boris darüber, dass wir am Wochenende in die Hamptons fahren würden. Danach rief ich Camille, meine Hausdame in den Hamptons, an, damit sie alles vorbereitete. Ich ließ für Meredith das schönste Gästezimmer mit Blick und Balkon zur Meerseite herrichten. Sie liebte das Meer, dann sollte sie es auch genießen. Außerdem lag ihr Schlafzimmer dann direkt neben meinem …

Worauf hatte ich mich da nur eingelassen?

MEREDITH

Ich konnte nicht fassen, dass Eric mich wirklich eingeladen hatte, mit ihm in die Hamptons zu fahren. Das war ein Schritt in die richtige Richtung und dennoch verfluchte ich dieses hoffnungsvolle Gefühl in meinem Bauch, das sich nach unserem Gespräch dort breitgemacht hatte.

Als ich am Abend mit Andi auf der Couch saß und wir uns im Schlafanzug unsere Lieblingsserie ansahen, kaute ich auf meiner Unterlippe herum. Ich wurde beinahe wahnsinnig, da ich so gern mit ihr darüber gesprochen hätte.

»Ich höre dich bis hierher denken«, murmelte Andi, während sie immer noch gebannt auf den Fernseher starrte. »Du bist so schlecht darin, wenn du mir etwas verheimlichen willst.«

Ich schnaubte und griff nach einer Handvoll

Chips, die ich mir in den Mund stopfte. Obwohl … Verdammt. Vielleicht würde er mich ja nackt sehen. Wobei … War er mit seinem Handicap in der Lage, Sex zu haben?

»Eric ist querschnittsgelähmt.«

Andi, die sich gerade ebenfalls einige Chips in den Mund gesteckt hatte, verschluckte sich und verfiel in einen Hustenanfall. Ich klopfte ihr auf den Rücken und es dauerte einige Minuten, bis sie wieder sprechen konnte.

»Du bist echt witzig. Aber über so etwas macht man keine Scherze.«

»Ich weiß.«

Andi drehte sich im Schneidersitz zu mir um und hob eine Augenbraue. »Du meinst das wirklich ernst, oder?« Sie musterte mich entsetzt und ich seufzte.

»Es ist mein vollkommener Ernst.«

»Ach du scheiße«, meinte sie und keuchte leise. »Wie … Ich meine … Wie?«

Nun musste ich lachen. »Du müsstest dein Gesicht sehen. Eric ist gut darin, es vor anderen zu verstecken. Ich habe mir ehrlich gesagt nie wirklich etwas dabei gedacht, dass er die ganze Zeit nur an seinem Schreibtisch sitzt, doch jetzt, wo ich es weiß, wird mir einiges klar. Oh Mann, es ist so verrückt. Er hat mich gefragt, ob ich am Freitag mit ihm in die Hamptons fahre, und ich habe zugesagt.«

Andis Augenbrauen wanderten so in die Höhe, dass es urkomisch aussah. »Ich muss das erst einmal verarbeiten. Ich hätte mit allem gerechnet. Dass er vielleicht Drogendealer ist und darum so ein Geheimnis macht. Sogar, dass er homosexuell ist. Aber er … Er kann nicht laufen?«

Ich nickte, doch mir gefiel der Ton nicht, mit dem sie es gesagt hatte. Abwertend, als wäre es eine Todsünde, wenn man nicht laufen konnte.

»Ich mag ihn, Andi.«

Sie prustete und schüttelte lachend den Kopf. »Was willst du mir damit sagen? Denkst du ernsthaft darüber nach, dich mit ihm einzulassen? Verflucht, Mer. Er kann nicht laufen, nicht tanzen, könnte dich nie schön ausführen. Er könnte nicht einmal Händchen haltend mit dir die Straße entlanggehen.«

Frustriert warf ich meine Hände in die Luft. »Das macht aus ihm immer noch keinen schlechten Menschen.«

»Das behaupte ich auch gar nicht. Abcr ich denke nicht, dass er etwas für dich ist. Du liebst das Leben und willst es genießen. Mister Hunt wäre eher ein Klotz am Bein. Wie willst du das denn deinen Eltern erklären?«

»Hörst du dich eigentlich selbst reden?«, meinte ich trotzig. »Wieso sollte man einen Menschen mit einer Behinderung weniger lieben können?«

»Wow, du sprichst schon von Liebe?«

Ich winkte ab, doch augenblicklich schlich sich eine unangenehme Röte in mein Gesicht. »So war es nicht gemeint. Ich spreche nur von der Zukunft.«

»Ich kenne deinen Sturkopf. Du wirst dich sicherlich nicht davon abbringen lassen, doch du solltest wissen, worauf du dich einlässt. Ich versuche nur, dir eine gute Freundin zu sein und dich nicht einfach blind in dein Unglück rennen zu lassen. Achtung, Wortspiel.«

»Manchmal bist du echt eine Bitch.« Ich verdrehte die Augen. »Ich hätte nicht gedacht, dass du so abwertend von einem Menschen sprechen könntest.«

Sie seufzte. »Ich kann ja verstehen, dass du ihn magst. Er sieht gut aus und versprüht einen gewaltigen Charme. Aber ich kenne dich und weiß, dass sich dein Herz immer noch nicht von der letzten Enttäuschung erholt hat. Meiner Meinung nach würde Hunt die nächste Enttäuschung bedeuten.«

Ich antwortete ihr nicht, sondern starrte stur

auf den Fernseher. Ich wusste nicht, was ich erwartet hatte, doch nicht, dass sie so negativ über das Ganze sprechen würde. Ihre Worte ließen mich einen Moment schwanken und daran zweifeln, dass ich das Richtige tat, doch dann war mir klar, dass ich das Wochenende mit ihm verbringen musste.

»Dir ist klar, dass das, was ich dir eben gesagt habe, unter uns bleiben muss.«

Ich spürte, wie sie mir einen durchdringenden Blick von der Seite zuwarf. »Traust du mir zu, dass ich durch die Firma renne und jedem davon erzähle?«

Ich zuckte mit den Schultern, denn auf irgendeine Art und Weise verletzte mich ihr Verhalten. »Ich hätte auch nicht gedacht, dass du so reagieren würdest«, murmelte ich und wusste nicht, ob sie mich verstanden hatte.

Am Freitagmorgen war meine Tasche bereits gepackt. In der Nacht hatte ich kaum in den Schlaf gefunden und war wie eine Verrückte vor meinem Kleiderschrank auf und ab gelaufen. Am liebsten hätte ich sie nun wieder ausgepackt und doch andere Kleidungsstücke eingepackt, doch ich wusste, dass ich dann völlig durchgedreht wäre. Ich war nervös, und das war noch untertrieben.

Andi lehnte mit einer Kaffeetasse in der Hand im Türrahmen und beäugte mich kritisch. »Bist du dir sicher?«

Ich stöhnte. »Lass es gut sein. Ich weiß, was du davon hältst, aber ich habe meine Entscheidung getroffen und werde mich auch nicht davon abbringen lassen, nur weil es dir nicht gefällt. Ich mag ihn sehr und möchte ihn näher kennenlernen. Es ist mir vollkommen egal, dass er nicht laufen kann, und ich bin keine fünfzehn mehr, sondern weiß genau, worauf ich mich einlasse.«

»Wow, das war eine Ansage«, erwiderte sie zerknirscht und deutete dann zur Küche. »Ich habe Frühstück gemacht. Muss gleich los zur Arbeit.«

Ich nickte, doch ich hatte nicht vor, ihr in die Küche zu folgen. Nach ihren Worten war mir jeglicher Appetit vergangen.

›Ich warte unten.‹

Mit rasendem Herzschlag las ich Erics Nachricht

und schloss für einen Moment die Augen, um mich zu sammeln. Es war nur ein Wochenende.

Ich atmete tief durch, griff nach meiner Reisetasche und verabschiedete mich von Andi, die mir seufzend viel Spaß wünschte. Anhand ihrer Tonlage konnte ich erkennen, dass sie es nicht ernst meinte.

Als ich vor die Tür trat, staunte ich nicht schlecht, da ein Lamborghini vor dem Haus stand …

ERIC

Sie haben ein Taxi in die Hamptons bestellt?«, fragte ich und blickte in Merediths weit aufgerissene Augen, als ich mit dem Lamborghini vor ihrem Haus hielt. Wahrscheinlich hatte sie den Van erwartet, doch für die Reisen in die Hamptons benutzte ich gern meine schnellen Autos.

»Das ist so CEO!«, rief sie, während ich den Kofferraum per Knopfdruck öffnete, so dass sie ihre Tasche darin verstauen konnte. Ein wahrer Gentleman wäre ausgestiegen und hätte ihr die Tasche abgenommen, aber schon das konnte ich nicht leisten.

»Wo um alles in der Welt ist dein Rollstuhl?«, fragte sie, als sie neben mir Platz nahm. Sie trug ein geblümtes weißes Sommerkleid und ihre Haare fielen ihr in offenen Wellen über die Schultern.

Nichts an ihr erinnerte mich an die immer korrekt angezogene persönliche Assistentin. Sie war so noch viel schöner. Sehr viel schöner. Mit dem dezenten Make-up und den roséfarbenen Lippen.

Sie hatte mir eine Frage gestellt. Ich durfte sie nicht so anstarren.

»Ich habe einen zweiten in den Hamptons. In dem Wagen ist kein Platz für so einen Kram«, erwiderte ich.

Lange hatte ich überlegt, ob ich es wirklich so handhaben sollte. Der Gedanke, dass Boris mich vor ihren Augen aus dem Lamborghini hob, war mir peinlich und doch ging es an diesem Wochenende darum, nichts zu beschönigen.

»Eric!«, rief Meredith erschrocken, als ich das Gaspedal mit der Hand durchdrückte, um den Lamborghini zu beschleunigen, und ich bremste sofort ab.

»Alles in Ordnung?«, fragte ich besorgt und sah, wie sie sich krampfhaft in ihren Sitz krallte. So wie ich damals, als ich nach meinem Unfall wieder in einem Auto gesessen hatte. Ich würde dieses grauenvolle Gefühl niemals vergessen.

»Ich habe lange nicht in cincm Auto gesessen und definitiv noch nie als Beifahrerin in so einem Monster von einem Auto.«

Ohne zu zögern, griff ich nach ihrer Hand und drückte sie sanft, was Meredith dazu bewog, mich anzusehen. »Ich werde langsam fahren, okay? Du brauchst keine Angst zu haben.«

Sie nickte und so fuhren wir in die Hamptons, ohne dass ich noch einmal so rasant beschleunigte.

Dort angekommen, war ich erleichtert, zu sehen, dass Boris bereits aus dem Haus kam, als ich den Wagen anhielt.

»Ah, da ist also der Rollstuhl geblieben«, sagte Meredith und holte unsere Taschen aus dem Kofferraum, während Boris sich zu mir ins Auto beugte. Er begrüßte mich mit einem kurzen »Sir« und hob mich dann heraus. Meredith, die neben dem Auto stand, beobachtete das Ganze ohne wahrnehmbare Regung. Erst als ich vor ihr in Richtung Haus fuhr, wurde mir bewusst, dass sie mich jetzt wahrscheinlich zum ersten Mal wirklich im Rollstuhl wahrnahm. Im Büro hatte sie mich nur immer kurze Sekunden darin gesehen oder aber während ich meine Beine unter einem Tisch versteckte.

Boris hatte ihr die Taschen abgenommen und als ich mich umdrehte, sah ich, dass sie mich weder angestarrt hatte noch mir gefolgt war. Sie stand noch immer neben dem Lamborghini und starrte hinaus auf das Meer.

»Zu dem Teil des Hauses kommen wir später!«, rief ich und blickte nur Sekunden später in ihre strahlenden Augen.

»Das ist das wunderschönste Fleckchen Erde, das ich jemals gesehen habe«, sagte sie aufrichtig und folgte mir dann ins Haus.

Wir wurden von den Angestellten begrüßt und ich beobachtete lächelnd, wie Meredith jedem von ihnen die Hand reichte und sich höflich vorstellte.

»Was möchten Sie zum Lunch zu sich nehmen?«, fragte meine Köchin und ich überließ Meredith die Auswahl.

»Soll ich dir das Haus zeigen?«, fragte ich, was sie mit einem Nicken beantwortete. »Hier ist alles auf meine Bedürfnisse abgestimmt, so dass es im ganzen Haus keine Stelle gibt, die ich aus irgendwelchen Gründen nicht erreichen kann. Selbst der Zugang zum Strand ist mir möglich«, erklärte ich und fuhr dann voran in die große offene Küche mit angeschlossenem Essbereich.

»Okay. Das ist in etwa so groß wie unsere Wohnung«, sagte Meredith lachend und schüttelte den Kopf. Gedankenverloren fuhr sie mit den Händen über den großen Glastisch, der die Mitte des Raumes zierte. Ich hatte hier noch nie zusammen mit einer Frau gegessen und es auch niemals für möglich gehalten. »Die Innenarchitektin oder der Innenarchitekt hat einen tollen Geschmack bewiesen.«

»Ich habe alles selbst eingerichtet. Es ist ja schließlich mein Zuhause und es reicht, wenn ich in New York in so einem perfekten Designobjekt lebe«, erwiderte ich und sah in Merediths überraschte Augen. »Tja, ich besitze wohl so etwas wie Geschmack.«

»Das kann man so sagen. Es ist wunderschön hier.«

»Warte, bis du die wirklich wundervollen Seiten des Hauses siehst«, sagte ich und fuhr voran in das große Wohnzimmer, das mit einer Glasfront ausgestattet war und so einen uneingeschränkten Blick auf das Meer bot.

»Oh mein Gott!«

»Ich liebe es, einfach nur hier zu sitzen und aufs Wasser zu schauen.«

»Das würde ich ebenfalls lieben.«

Ich öffnete die Tür, so dass wir hinaus auf den Balkon konnten. Meredith schloss die Augen und lauschte dem lauten Rauschen der Wellen, das alle anderen Geräusche übertönte.

»Komm, wir sind noch nicht fertig.«

Ich fuhr wieder ins Haus und nach oben, wobei ich Merediths zweifelnden Blick bei dem Fahrstuhl sehen konnte. Es war eine Art Treppenlift, nur dass ich komplett mit dem Rollstuhl auf die Plattform fahren konnte. Zum ersten Mal meinte ich, ein leichtes Unbehagen in ihr Gesicht erkennen zu können.

»Es sieht schlimmer aus, als es ist. Komm, fahr mit mir.«

Mit einem Ruck zog ich sie auf meinen Schoß, was Meredith ein leichtes Quieken entlockte und mir die Hitze ins Gesicht trieb. Ihren perfekten Körper zu umfassen, sie so nah zu spüren … Verdammt, ich hatte seit Ewigkeiten keine Frau mehr derartig angefasst.

Meredith drehte sich mit einem strahlenden Lächeln zu mir um und zum ersten Mal in meinem Leben konnte mir diese Fahrt nach oben nicht lange genug dauern. Ich studierte ihr Gesicht und mir fielen die kleinen Sommersprossen auf ihrer Nase auf, die sie sonst immer perfekt überdeckt hatte. Sie ließen sie noch hinreißender aussehen, als es ohnehin schon der Fall war. Unsere Gesichter waren nur wenige Zentimeter voneinander entfernt und ich konnte ihren Atem auf meiner Wange spüren, während wir hier saßen und uns betrachteten, als würden wir uns zum ersten Mal wirklich ansehen. Ich würde sie nicht küssen. Nicht jetzt und nicht hier. Sie hatte noch nicht alles von meinem Leben gesehen, es noch nicht erlebt. Sie kannte die glitzernde Seite, aber nicht die Wahrheit.

»Da wären wir«, sagte ich, als der Lift mit einem kleinen Ruckeln zum Stehen kam.

Meredith, die mir noch immer tief in die Augen blickte, nickte abwesend und erhob sich langsam, fast schon zögerlich, von meinem Schoß.

»Das hier ist mein Schlafzimmer«, sagte ich und deutete auf die erste Tür rechts. Hauptsache, ich konnte dieses sonderbare Schweigen unterbrechen, das sich zwischen uns gelegt hatte. Ich öffnete sie nicht, sondern deutete auf die Tür daneben. »Und das wäre dann dein Schlafzimmer für dieses Wochenende. Geh ruhig rein. Ich hoffe, es gefällt dir. Sonst haben wir natürlich noch andere Zimmer zur Auswahl.«

Meredith öffnete die Tür und ich genoss den Ausdruck auf ihrem Gesicht, als sie die Glasfront mit dem Blick aufs Meer entdeckte. »Eric«, flüsterte sie. Es klang wie Musik in meinen Ohren, wie sie meinen Namen aussprach.

»Ich habe mir gedacht, dass es dir gefallen wird.«

»Es ist … Ich …«

Sie wirkte erschlagen von diesem Haus und all den materiellen Dingen, die mich umgaben, doch spätestens beim Badezimmer sah ich auch in ihren Augen, dass wir zum ursprünglichen Thema dieses Wochenendes zurückkehrten.

Die Griffe an der Toilette, der Lift, damit ich in die Badewanne gelangen konnte, die Haltegriffe und die Bank in der Dusche …

»Dir steht angrenzend an dein Zimmer ein eigenes voll ausgestattetes Badezimmer zur Verfügung. Ich wollte dir nur zeigen, wie meine Welt aussieht.«

Wieder wartete ich auf Verunsicherung und wieder lag ich falsch.

»Und das Ding hält?«, fragte Meredith, während sie mit den Fingern über die Vorrichtung des Badewannenlifts fuhr.

»Glaub mir, es ist jedes Mal aufs Neue ein Nervenkitzel, aber bis jetzt hat es jedes Mal durchgehalten. In meinem New Yorker Apartment habe ich ein stabileres Gerät.«

»Badest du gern?«

»Es tut meinem Körper gut und entspannt mich, von daher: Ja, sehr gern.«

»Diese Massagen von Wade … brauchst du die nicht jeden Tag?«

»Doch, wieso?«

»Weil er nicht hier ist.«

»Normalerweise nehme ich meinen Bruder mit, der das alles ebenfalls leisten kann. Für dieses Wochenende habe ich eine Physiotherapeutin hier engagiert, mit der ich ebenfalls schon einige Male zusammengearbeitet habe. Sie wird morgen und am Sonntag vorbeikommen und mit mir die Übungen machen.«

»Das ist gut. Ich hatte mir Gedanken darüber gemacht. Nicht, dass du wieder Schmerzen hast.«

»Die habe ich andauernd und diese richtig schlimmen Schmerzen und die Spastiken … das kann passieren. Jederzeit. Von jetzt auf gleich. Ganz egal, was ich geplant habe oder was ich dagegen tue. Ich kann es nicht aufhalten.«

»Oh«, sagte Meredith leise, ließ sich aber sonst nichts anmerken.

Ich fuhr mit ihr zum Ende des Flurs, wo wir durch das Fenster den riesigen Außenbereich des Hauses überblicken konnten.

»Ist das ein verdammter Infinity Pool?«, rief Meredith beinahe erschrocken und ich lachte.

»Den habe ich extra bauen lassen. Es ist atemberaubend, darin zu schwimmen. Ich hoffe, du hast an Schwimmsachen gedacht?«

»Da ich auf jeden Fall ins Meer gehen möchte, habe ich natürlich daran gedacht!«

»Na dann los. Es ist herrliches Wetter. Wir treffen uns unten am Pool«, sagte ich und fuhr in mein Zimmer, um mich umzuziehen, was bekanntlich ein paar Minuten länger dauerte.

Als ich ankam, hielt ich mit dem Rollstuhl ein paar Meter von der Tür entfernt und starrte zu Meredith, die gerade dabei war, ihr Handtuch auf eine der Liegen zu legen. Sie trug einen glitzernden goldenen Bikini, der ihre perfekten vollen Brüste noch mehr in Szene setzte. Ihr Bauch war so flach, wie ich es erwartet hatte. Ihr gesamter Körper war atemberaubend, genau wie sie.

Ich holte tief Luft, bevor ich nach draußen fuhr. In den Pool zu gehen, war etwas, das für mich nicht leicht war. Ich hatte ihn zwar nach meinen Bedürfnissen bauen lassen und doch würde ich ohne Merediths Hilfe nicht zurechtkommen.

»Hey«, sagte ich und schmiss mein Handtuch auf die Liege neben ihr, bevor ich mit dem Rollstuhl ganz nah an den Rand des Pools fuhr. Ich löste meine Klettverschlüsse und stieß mich dann einfach nach vorn ab, so dass ich mit einem lauten Platschen im Pool landete.

»Das ging jetzt schnell!«, rief Meredith und statt den langsamen Einstieg zu wählen, der immer tiefer ins Wasser hineinführte, sprang sie ebenfalls hinterher. Als sie neben mir auftauchte, strich sie sich ihre langen Haare glatt nach hinten und blinzelte mich mit ihren vollen Wimpern an.

Ich trug eine kleine Schwimmhilfe um meine Hüften, damit ich nicht die ganze Zeit wie ein Geisteskranker herumpaddeln musste, doch ich griff zusätzlich nach der Poolnudel, die ich mir unter die Arme klemmte. So konnte ich den Aufenthalt im Pool genießen.

Meredith betrachtete meine Konstruktion kurz, wobei ich das Gefühl hatte, dass sie sich davon überzeugte, ob ich auch nicht unterging.

»Komm, Poolnudel«, rief sie und zog mich langsam hinter sich her an den Rand des Infinity Pools, wo man das Gefühl hatte, direkt im Meer zu landen. »Und so was nennst du dann also Ferienhaus, ja?«, fragte sie lächelnd und drehte sich zu mir um, um mich anzusehen.

»Diese ganze Arbeit muss ja für irgendwas gut

sein, und das hier ist mein kleines Paradies. Hier kann ich mich frei fühlen, im Gegensatz zu New York.«

»Es ist wunderschön hier, Eric. Wirklich. Ich habe selten ein so schönes, so wundervoll konstruiertes Haus gesehen. Und auch die Einrichtung … Falls es die Firma irgendwann nicht mehr bringt, solltest du Innenarchitekt werden.«

»Oh ja! Das war schon immer mein Traum.«

Ich lachte laut und verharrte an meinem Platz, während Meredith ein paar Bahnen durch den Pool zog. Ich dagegen ließ die Sonne auf meinen Körper scheinen und genoss die Wärme.

Als ich meine Augen wieder öffnete, sah ich, dass Meredith den Pool verlassen hatte und sich fröstelnd in ein Handtuch hüllte. Es war zwar sommerlich und warm, allerdings war der Pool doch noch recht frisch.

»Frierst du etwa?«, rief ich, was Meredith zum Lachen brachte.

»Ich friere immer. Das ist etwas, das du über mich wissen solltest.«

»Apropos über mich wissen … jetzt kommen wir zu dem peinlichen Teil«, sagte ich und sah, wie sich ihre Gesichtszüge veränderten. Wahrscheinlich hatte sie es bereits geahnt.

»Dann sag mir einfach, was ich tun soll«, erwiderte sie locker.

Ich befreite mich von der Poolnudel und auch von der Schwimmhilfe, was ein kleines Untertauchen meinerseits zur Folge hatte.

»Eric!« Meredith klang erschrocken, doch ich lachte nur.

»Arme habe ich noch, keine Angst«, konterte ich und schwamm bis zu dem Punkt, an dem meine Arme den Grund des Pools berührten. Langsam drehte ich mich auf den Rücken, so dass ich nun im Wasser saß.

»Soll ich dich retten?«

»Noch nicht.«

Ich zog mich Stück für Stück immer weiter nach oben, bis ich am Rand des Pools angekommen war.

»Jetzt bräuchte ich meinen Rollstuhl und ein Handtuch.«

»Nichts leichter als das.«

Ich sah dabei zu, wie Meredith mit dem Rollstuhl und dem Handtuch auf mich zukam, und noch bevor ich etwas sagen konnte, landete das Handtuch bereits in meinem Gesicht, da sie es mir zugeworfen hatte. Ich trocknete mich notdürftig ab und legte das Handtuch dann auf den Sitz meines Rollstuhls. Für hier draußen hatte ich extra einen anderen, damit ich nicht den ganzen Tag im Nassen sitzen musste.

Wie im Büro, in meiner gefühlt dunkelsten Stunde, stellte sich Meredith vor mich und griff mir unter die Armbeugen. Eigentlich musste sie mir nicht helfen, doch ich hielt sie nicht davon ab. Sie sollte alles sehen. Auch das hier.

»Und wo war jetzt der peinliche Teil?«, fragte sie und brachte mich damit zum Lächeln.

»Der kommt jetzt, wenn wir wirklich beschließen, noch ans Meer oder besser gesagt ins Meer zu gehen.«

»Wir sind einmal nass und mir ist einmal kalt, also los. Worauf warten wir noch?«

»Wir müssten noch etwas mitnehmen, okay?«

»Okay.«

Meredith folgte mir ins Haus, wo ich auf eine Tür neben der Terrassentür mit dem direkten Zugang zum Meer deutete.

»Dort drin steht ein Rollstuhl, mit dem ich ins Meer gelangen kann«, sagte ich und wieder entfleuchte Meredith ein leises »Oh«. Mittlerweile deutete ich es als ihren Ausdruck, wenn sie mit etwas nicht gerechnet oder es nicht erwartet hatte.

»Stylisches Gerät«, sagte sie, als sie das Gestell mit den überdimensionalen Luftreifen aus dem

Raum fuhr. »Willst du dich jetzt schon reinsetzen?«

»Normalerweise mache ich das erst am Wasser. Das Teil kann ich nicht selbst fahren.«

»Ich könnte dich doch schieben. Oder magst du das nicht?«

Ich lächelte und zuckte mit den Schultern. »Kommt ganz drauf an, wer mich schiebt. Bei dir könnte ich es mir vorstellen.«

»Ich fasse das dann mal als ein Ja und ein Kompliment auf.«

»Darfst du. Hilfst du mir, mich reinzusetzen?«

»Klar.«

Gemeinsam schafften wir es, mich in das wirklich unförmige Teil zu setzen, und erst als sich Meredith hinunterbeugte, schien ihr aufzufallen, dass es keine Klettverschlüsse an diesem Rollstuhl gab.

»Ich werde mich festhalten, dann falle ich nicht raus, selbst wenn meine Beine wieder Samba tanzen, okay?«

»Okay«, sagte sie nickend und schob mich dann langsam und vorsichtig vorwärts.

»Es ist ein beschissenes Gefühl, sich nicht selbst fortbewegen zu können. Das ist auch der Grund, weshalb ich seit dem Unfall nicht mehr fliege. Der

Gedanke, nicht vom Sitz aufstehen zu können, ist grauenhaft.«

»Darüber habe ich noch nie nachgedacht.«

»Wie auch. Wenn es einen nicht betrifft, denkt man auch nicht darüber nach. Das habe ich früher auch nicht getan.«

»Soll ich dir deinen anderen Rollstuhl holen? Fühlst du dich dann besser?«

»Nein, das war nicht auf jetzt bezogen. Jetzt geht es mir gut. Ich vertraue einfach darauf, dass du mich hier nicht stehen lassen würdest. Und wenn doch, bin ich mir sicher, dass der gute Boris ein Auge auf uns hat. Man sieht ihn zwar meistens nicht, aber er scheint immer da zu sein.«

Wir lachten beide, während Meredith kurz vor dem Wasser stoppte.

»Fahr ruhig rein. Ich bin bereit«, sagte ich, so dass Meredith vorsichtig weiterging.

»Warte. Versprich mir, dass du mit dem Ding weder untergehen noch ertrinken wirst.«

Ich lachte. »Versprochen. Halt einfach an, wenn ich bis zur Brust im Wasser bin, okay?«, sagte ich.

»Okay. Sag Stopp, dann halte ich an.«

»Stopp«, sagte ich kurze Zeit später und deutete auf das unendlich wirkende Meer vor uns. »Tu dir keinen Zwang an und schwimm.«

Mit einem lauten Quieken stürzte Meredith sich in die Wellen und ich lachte bei all der Lebensfreude, die sie ausstrahlte.

»Warum war ich nur so lange nicht mehr am Meer?«, fragte sie strahlend und ich beobachtete, wie sie ein wenig weiter rausschwamm und dann zu mir zurückkam. Allein für diese pure Freude in ihren Augen hatte sich dieser Ausflug gelohnt.

Wir blieben nicht lange im Meer, da es viel zu kalt war.

»Ich werde ein heißes Bad nehmen müssen, um wieder aufzutauen.«

Meredith zitterte neben mir, obwohl ich ihr bereits mein Handtuch überlassen hatte.

»Geh ruhig schon. Treffen wir uns um sieben zum Abendessen?«

»Gern. Soll ich dir noch helfen?« Sie deutete auf meinen Rollstuhl.

Gern hätte ich abgewunken, doch allein würde ich niemals aus dem Strandrollstuhl kommen. Also nickte ich und ließ mir von Meredith helfen, die mich mittlerweile bereits wie ein Profi umfasste, um mir zu assistieren.

»Sieben Uhr?«, fragte sie, was ich mit einem Nicken beantwortete.

Auch ich legte mich in die Badewanne und

genoss die Wärme, die meinen Körper umschloss. Hier hatte ich genug Zeit, über Meredith und unseren gemeinsamen Tag nachzudenken. Nichts von all dem, was sie heute mit mir erlebt hatte, schien sie abzuschrecken. Ganz im Gegenteil. Sie schien aufzublühen, mit jeder einzigen Minute, die wir zusammen verbrachten. Ich war bereits unten, als ich Merediths Schuhe auf den Fliesen klappern hörte. Ihr Anblick ließ mich die Augen aufreißen. Sie trug ein eng anliegendes pfirsichfarbenes Kleid, das ihre Rundungen perfekt in Szene setzte. Durch den Neckholder schienen ihre Brüste noch voller, noch wunderbarer, als ich sie heute bereits im Bikini erahnt hatte. Was ich dafür geben würde, sie zu berühren …

»Wow!«, sagte ich und deutete auf den freien Platz neben mir am Tisch. »Du siehst hinreißend aus.«

»Vielen Dank. Ich wusste nicht, ob ich ein schickes Kleid brauche, da habe ich es vorsichtshalber eingepackt.«

»Es ist wunderschön. Du bist wunderschön.«

»Ich werde rot, Eric.«

»Und auch das steht dir.«

Meredith senkte den Blick und zum ersten Mal seit einer halben Ewigkeit ließ ich mich nicht von meinem Verstand bremsen und umfasste Merediths Hand, die neben meiner auf dem Tisch lag. Ich verfolgte ihren Blick. Für einige Sekunden starrte sie auf unsere Hände, bevor sie ihre Finger mit meinen verschränkte und mich ansah.

»Das alles ist viel für mich«, sagte sie offen.

»Ich rechne es dir hoch an, dass du das zugibst. Ich kann mir vorstellen, dass es abschreckend ist und …«

»Sag das nie wieder!«, unterbrach sie mich und schüttelte heftig den Kopf. »Nichts davon ist abschreckend. DU bist nicht abschreckend. Gott, Eric, wie kannst du so etwas überhaupt denken, geschweige denn aussprechen? Als ich meinte, dass alles viel für mich ist, habe ich eher an das hier gedacht. Dieses Haus, dieses Leben, das du führst. Das überfordert mich weitaus mehr als die Tatsache, dass du im Rollstuhl sitzt. Du meisterst dein Leben so wunderbar. Ich meine, sieh dich doch an! Du lebst in einem Penthouse in New York, hast dir ein Imperium aufgebaut. Du besitzt das alles hier … Es ist unfassbar, wie du dein Leben lebst. Mit oder ohne Beine. Ich bin kein materieller Typ. Dieses Haus, diese Aussicht, die Tatsache, dass man nur mit dem Finger schnipsen muss, um bedient zu werden. Das ist vollkommen verrückt und absolut nicht meine Welt.«

Ich lauschte ihren ehrlichen Worten, auch wenn sie mich überraschten. Es war meine Welt, die sie überwältigte, nicht die Tatsache, dass ich im Rollstuhl saß? Über einen solchen Aspekt hatte ich noch niemals zuvor nachgedacht.

»Und was du da gerade gesagt hast, Eric … Natürlich bin ich unsicher, was deine Situation betrifft. Natürlich weiß ich nicht, ob ich dich lieber lassen soll oder ob ich einfach frage, ob du meine Hilfe möchtest. Ich vertraue dabei einfach auf mein Gespür, aber ich weiß nicht, ob das richtig ist.«

»Es ist goldrichtig. Ich habe mich heute nicht ein Mal unwohl gefühlt und ich sage dir, das ist nicht selbstverständlich.«

»Du solltest dich niemals unwohl fühlen müssen. Du kannst deine Beine nicht spüren, du kannst sie nicht bewegen, und doch lebst du ein ziemlich eigenständiges Leben. Das ist beeindruckend, nicht abschreckend.«

»Ich habe Angst, dass sich eine Frau an meiner Seite nicht wie eine Frau fühlen kann, sondern wie eine Pflegerin«, sprach ich nun offen aus, was mich die ganze Zeit beschäftigte.

»So ein Blödsinn!« Meredith schüttelte verständnislos den Kopf.

»Nein, das ist es nicht. Du kennst die schlechten Tage nicht, oder nur ansatzweise. Ich will nicht von dir verlangen müssen, dass du mir beim Anziehen hilfst oder dabei, in meinen Rollstuhl zu kommen. Das ist …«

»Normal, denn so etwas tun Menschen in einer Beziehung füreinander, wenn sie sich lieben. In guten wie in schlechten Zeiten.«

»Ja, nur dass es viele schlechte Zeiten gibt, Mer.«

Sie lächelte und blickte mir wieder in die Augen. »Ich mag es, wenn du mich so nennst«, sagte sie leise. »Ich glaube, du hast dir so fest eingeredet, dass du nicht liebenswert bist, dass du es selbst wirklich glaubst. Ich kann dir nur sagen, dass es nicht stimmt. Du bist ein wundervoller Mann und ein wirklich außergewöhnlicher noch dazu.«

Ich wollte etwas erwidern, doch die Köchin und die Hausdame servierten uns den ersten Gang, so dass ich schwieg. Ich würde Meredith zeigen, was ich von ihren Worten hielt. Später.

Wir wechselten zu weitaus fröhlicheren und belangloseren Themen, aßen, tranken und genossen die Zweisamkeit, bis … ja, bis meine

Beine uns einen Strich durch die Rechnung machten. Das Zucken wurde schlimmer und auch die Schmerzen, doch das ließ ich mir natürlich nicht anmerken. Zumindest gab ich alles dafür, dass Meredith es nicht merkte.

»Wir sollten ins Bett gehen«, sagte sie genau in diesem Moment. Keiner von uns beiden wollte, dass dieser Abend endete. Das spürte ich genau. Meredith deutete auf meine Beine, die zwar fixiert waren, aber trotzdem unübersehbar zuckten. »Ich glaube, du solltest dich etwas ausruhen.«

Seufzend nickte ich, denn es gab nichts, wobei ich ihr widersprechen konnte. Mein Körper gab das Tempo vor und er war am Ende. Eindeutig.

Meredith erhob sich von ihrem Stuhl und ging langsam neben mir zum Lift, wo ich sie wieder einmal auf meinen Schoß zog. Wir fuhren nach oben und ließen uns dabei nicht eine Sekunde lang aus den Augen, bis ich vor Merediths Zimmer stoppte.

Am Morgen war ich noch nicht bereit dazu gewesen, sie zu küssen, jetzt allerdings hatte sich das Blatt komplett gewendet. Sie war noch immer hier und alles, was wir heute zusammen erlebt hatten, war nicht unangenehm gewesen.

Sanft strich ich ihr eine Strähne aus der Stirn

und beugte mich etwas vor, um ihren heißen Atem auf meinem Mund spüren zu können. Ich schloss die Augen und lächelte, als sich unsere Lippen zaghaft berührten. Es war ein kleiner, unschuldiger Kuss, der doch so viel mehr aussagte und so viel besiegelte.

»Es war ein wunderschöner Tag. Schlaf gut«, sagte ich leise und küsste Meredith noch einmal, bevor sie sich langsam erhob und in dem Gästezimmer verschwand, direkt neben meinem Zimmer. Mein Herz klopfte schnell, doch ich wollte nichts überstürzen. Sie sollte mich besser kennenlernen und Zeit haben, zu überdenken, was ein Leben mit mir bedeutete. Egal, wie sehr ich mich nach ihr sehnte. Es lag nicht an mir, diese Entscheidung zu treffen, denn mein Herz hatte ich schon lange an Meredith Armstrong verloren …

MEREDITH

Eric fuhr davon und ich blieb zurück. Ich lächelte wie eine Verrückte und berührte mit meiner Hand meine Lippen, wo mich zuvor noch seine berührt hatten.

Als ich mich ins Bett legte, konnte ich nicht aufhören, daran zu denken, was in mir vorgegangen war, als er mich geküsst hatte. Mein Herz raste immer noch in meiner Brust und ich konnte mich nicht erinnern, je so empfunden zu haben, wenn mir ein Mann näher gekommen war. Dennoch konnte ich den Gedanken nicht abschütteln, dass er mir immer noch nicht verraten hatte, ob er Sex haben konnte. Sex war nicht alles und doch gehörte er dazu.

Ich verfluchte mich selbst dafür, dass ich zum ersten Mal zweifelte, ob ich das Richtige tat. Andis

Worte gingen mir durch den Kopf und ich seufzte.

Ich wollte kein schlechter Mensch sein, und abstreiten, dass ich Gefühle für Eric hatte, konnte ich nicht, und doch …

Der Tag war wunderschön gewesen und wieder wurde mir vor Augen geführt, was für ein witziger und unterhaltsamer Mann er war.

Trotz meiner Zweifel schlief ich relativ schnell ein, was vielleicht auch daran lag, dass ich ziemlich erschöpft war.

Am nächsten Morgen betrat ich das Esszimmer, doch von Eric war nichts zu sehen. Ich runzelte die Stirn und warf einen Blick auf die Uhr. Normalerweise wollten wir gemeinsam frühstücken, doch er war in keinem der Zimmer zu sehen.

Ich wartete noch einige Zeit ab, doch er tauchte nicht auf. Ich rang kurz mit mir, doch dann machte ich mich auf den Weg in sein Zimmer. Die Tür stand einen Spalt offen und was ich dort sah, ließ mir das Blut in den Adern gefrieren. Eric lag in seinem Bett, seine Beine zuckten vollkommen unkontrolliert. Dabei verzog er schmerzvoll das Gesicht.

»Mister Hunt, es wird gleich wieder besser. Ich habe Ihnen die starken Medikamente verabreicht und sie sollten zeitnah wirken.«

Eric antwortete nicht und ich schluckte. Diese Schattenseite zu sehen, ließ mich wortlos zurück und ich war nicht darauf vorbereitet gewesen. Es schreckte mich ab, ihn so hilflos sehen zu müssen. In diesem Moment war er nicht mehr der Mann, den ich kannte, er war jemand völlig anderes. Könnte ich mit so etwas umgehen? Wahrscheinlich nicht …

Meine Augen füllten sich mit Tränen und ich fühlte mich furchtbar, weil ich so empfand. Seine Physiotherapeutin stand neben seinem Bett und redete weiter auf ihn ein, um ihn zu beruhigen, doch das Blut rauschte so laut in meinen Ohren, dass ich keine Silbe davon mitbekam. Eine unglaubliche Übelkeit stieg in mir auf und ich entfernte mich rückwärts von der Tür, um Abstand zu nehmen.

Ich ging in mein Zimmer und stellte mich vor das riesige Fenster, mit dem Blick aufs Meer. Konnte ich irgendwann so viel Liebe für Eric aufbringen, dass mir sein Gesundheitszustand nichts mehr ausmachte? War ich für so etwas bereit?

So viele Fragen schossen durch meinen Kopf und auf keine einzige fand ich eine Antwort.

Es dämmerte und ich saß auf der riesigen Terrasse. Meine Beine hatte ich an meine Brust gezogen, während ich mich in meinen Gedanken verlor. Ich wusste nicht, wie viel Zeit vergangen war, und vermutlich hätte ich nach Eric sehen sollen, doch ich konnte nicht. Die Zweifel ließen mich erstarren und ich wusste nicht, wie es weitergehen sollte.

»Meredith?«

Ich blickte erstaunt auf, als ich Erics Stimme neben mir vernahm. Mit einem zerknirschten Gesichtsausdruck saß er in seinem Rollstuhl.

»Es tut mir leid, mir ging es heute nicht besonders gut. Ich hoffe, du hattest dennoch einen schönen Tag.«

Nein, ganz und gar nicht.

»Ja, den hatte ich.«

Ich versuchte mich an einem Lächeln, doch anhand Erics Reaktion erkannte ich, dass er dem ebenso wenig Glauben schenkte wie ich. Ich setzte mich auf und er rollte ein Stück weiter zu mir. Sein Blick fesselte mich, trotzdem war ich nicht bereit, dort weiterzumachen, wo wir gestern aufgehört hatten. Er beugte sich zu mir vor, um mich zu küssen, doch ich wich zurück.

Dann ging alles so schnell, dass ich es nicht verhindern konnte. Eric verlor in seinem Rollstuhl das Gleichgewicht und landete mit einem lauten Knall auf dem Boden, genau vor meinen Füßen.

»Eric, ist alles in Ordnung?«

Ich sprang von meinem Stuhl auf und kniete mich zu ihm, doch er schlug meine Hand fort, als ich ihn am Arm berührte.

»Verschwinde!«

»Was … Wie …«, stammelte ich. »Lass mich dir doch helfen.«

»Ich will, dass du gehst. Sofort.«

Seine Stimme zitterte und ich vermutete, dass ihm der Vorfall unglaublich unangenehm war, doch ich machte mir Sorgen. Es tat mir so leid, dass ich ihn zurückgewiesen hatte, dass ich die Tränen spürte, die sich in meinen Augen sammelten und über meine Wangen liefen.

»Eric …«

Ich fühlte mich schrecklich und wollte noch etwas sagen, doch Eric hatte die Mauer zwischen uns wieder so hochgezogen, dass ich nicht die Möglichkeit hatte, zu ihm durchzudringen.

»Wende dich an meinen Fahrer, er fährt dich zurück nach Hause.«

»Könntest du bitte mit mir sprechen? Es tut mir so leid.«

Er schnaubte. »Ich brauche dein Mitleid nicht.«

Der abwertende Tonfall ließ mich zusammenzucken und bewirkte, dass ich noch mehr weinte.

Meine Tränen regten ihn auf.

»Geh!« Jetzt schrie er und ich hatte ihn noch nie so ungehalten erlebt.

Schluchzend lief ich nach oben und packte meine Tasche. Es erstaunte mich nicht, dass unten bereits ein Fahrer auf mich wartete, der mich zurück nach New York bringen würde.

Ich hatte es versaut, indem ich gezweifelt hatte. Doch wieso fühlte es sich dann so furchtbar an?

ERIC

Fuck!«, schrie ich laut und schlug mit meinen Fäusten wild auf meine nutzlosen Beine ein. Sie war gegangen, Meredith war weg. Genau so, wie ich es von Anfang an erwartet hatte, nur dass es mich jetzt weitaus härter traf. Jetzt, wo ich mich bereits so sehr auf sie eingelassen hatte.

Wieso hatte ich mich nicht besser geschützt, verdammt noch mal? Es war meine eigene Schuld, dass ich mich jetzt so beschissen fühlte. Tränen brannten in meinen Augen, doch ich schluckte sie herunter. Ich würde nicht weinen. Ich weinte nie. Es war ein Ausdruck der Schwäche, und Schwäche zeigte ich bei Weitem schon genug.

Verdammt, nach dem gestrigen Abend war ich wirklich davon ausgegangen, dass ich nach all den Jahren endlich so weit war, wieder eine Frau in mein Leben zu lassen. Oder besser gesagt, dass es wirklich eine Frau gab, die trotz meines erbärmlichen Zustands dazu in der Lage war, mich anziehend zu finden.

Und dann fiel ich auch noch vor ihren Augen aus diesem verdammten Rollstuhl.

Ich drehte mich auf den Rücken und starrte an die Wohnzimmerdecke. Manchmal musste man hart fallen, um wieder in der Realität anzukommen …

»Sir?«

Boris' Stimme erklang im Wohnzimmer. Augenscheinlich war er darauf bedacht, mir zu helfen, doch ich schüttelte heftig mit dem Kopf, was ihn allerdings nicht zu beeindrucken schien. Er kam auf mich zu und wollte mir beim Aufstehen behilflich sein, doch ich schrie ihn an, mich in Ruhe zu lassen und abzuhauen. Zu meinem Elend befolgte er die Befehle, die ich ihm gab, so dass ich nur Minuten später wieder ganz allein war. Auf dem kalten Fußboden meines Wohnzimmers.

Ich wusste nicht, wie lange ich einfach nur dort gelegen und die Decke angestarrt hatte. Als ich mich wieder aufrichtete, dämmerte es bereits draußen. Seufzend positionierte ich mich vor meinem Rollstuhl, doch gerade als ich mich hochhieven wollte, spürte ich starke Arme, die unter meine griffen und mich nach oben zogen. Boris. Unsichtbar wie immer, war er scheinbar die ganze Nacht nicht von meiner Seite gewichen. Ich bedankte mich mit einem stummen Nicken und als er mir kurz auf den Rücken klopfte, wusste ich, dass er verstand.

Ich fuhr runter zum Meer, selbst wenn es noch kühl war, im Morgengrauen, ohne die wärmende Sonne, doch ich spürte die Kälte gar nicht. Ich musste einen klaren Kopf bekommen und diesen Wirbel von Gefühlen wieder dahin verbannen, wo er hingehörte. Weit weg von meinem Herzen, weit weg von meinen Gedanken.

Seit dem Unfall hatte ich keine Frau mehr an mich herangelassen und in Zukunft würde ich auch nicht mehr so unglaublich dumm und leichtsinnig handeln. Ganz sicher nicht. Dafür tat es zu weh.

Ich rollte zurück zum Haus, wo ich meine Sachen packte und Boris anrief, der mich in meinen Lamborghini setzte. Ich drückte das Gas hart durch und ließ einen lauten Schrei aus meiner Kehle entweichen. Ich konnte diesen ganzen Scheiß nicht länger ertragen. Morgen würde ich sie auf der Arbeit wiedersehen müssen. Es war definitiv Zeit, dass ich mich um eine neue persönliche Assistentin kümmerte.

Im Rückspiegel sah ich, dass Boris Schwierigkeiten hatte, mit meinem Tempo mitzuhalten, weshalb ich es drosselte. Ohne ihn kam ich in New York noch nicht mal aus diesem Auto, also war es schlauer, ihn nicht abzuhängen.

New York … Gleich würde ich wieder mit dem Aufzug in mein selbst erschaffenes Gefängnis fahren. Gut, dass ich mich jederzeit mit dem Haufen Arbeit ablenken konnte, der immer auf mich wartete.

Ich hatte dieses Leben verdient, dieses Eingesperrtsein, nach dem, was mit ihr passiert war. Ich kniff die Augen zusammen und schüttelte mich.

Nein, ich würde jetzt nicht an Emilia denken!

In der Tiefgarage wartete ich darauf, dass Boris mit meinem Rollstuhl aus dem Penthouse zurückkam und mich hineinsetzte. Es war gerade einmal Mittag. Ich hatte noch viel Zeit, bis ich Meredith am nächsten Morgen sehen würde.

Doch die Zeit reichte nicht aus. Als Meredith mit einem zaghaften »Guten Morgen« mein Büro betrat, spürte ich nichts als Wut und blanke Enttäuschung. Doch sie richtete sich nicht gegen Meredith. Ich konnte ihr keinen Vorwurf machen, dass sie ein Leben ohne mich wählte, denn für sie war es so wahrscheinlich das Beste.

»Guten Morgen«, erwiderte ich knapp, vertiefte mich allerdings in die Unterlagen, die sich vor mir auf dem Schreibtisch befanden.

»Eric, ich …«

»Mister Hunt, meinten Sie, nicht wahr?«, fragte ich mit strenger Stimme und blickte sie dann an. In ihren Augen konnte ich Tränen schimmern sehen.

»Entschuldigung.«

Sie ließ dieses Wort im Raum hängen, doch ich reagierte nicht darauf, sondern blickte wieder auf meine Unterlagen. Verdammt, ich wollte und konnte jetzt nicht mit ihr reden. Dafür hatte sie mich viel zu sehr verletzt.

Seufzend rieb ich mir mit den Händen über mein Gesicht, als Meredith die Tür hinter sich geschlossen hatte. Heute würde ein langer Tag werden, doch wie lang, davon machte ich mir bis jetzt noch gar kein Bild.

Ein schrilles Piepen riss mich aus meinen düsteren Gedanken und licß mich aufblicken. Wahrscheinlich wieder einmal ein Fehlalarm, da einer der Mitarbeiter … Meine Gedanken verstummten, als ich mich etwas zur Seite drehte und den dunklen Rauch aufsteigen sah, der direkt an meiner Fensterscheibe vorbeizog. Oh nein, bitte nicht …

Wie oft hatte ich mir dieses Szenario ausgemalt, es aber immer wieder an einen sicheren Ort zurückgeschoben. Ein Feuer. Ich saß in diesem beschissenen Rollstuhl im 52. Stock …

Die Erkenntnis ließ mich die Augen schließen und ich versuchte, gegen die Panik anzukämpfen, die in mir ausbrechen wollte. Es gab kein Entkommen mehr und wenn nun der Tag der Tage angebrochen war … Ich würde nichts in diesem Leben vermissen.

»Eric!«

Ich blickte in die schockierten Augen von Meredith, die in mein Büro gestürmt war. Sie lief direkt zu meinem kleinen Abstellraum und holte meinen Rollstuhl hervor.

»Wir müssen hier raus. Oh Gott!«

Auch sie sah den schwarzen Rauch. Es schien genau unterhalb meines Büros zu brennen. Oder zumindest in der Nähe.

»Mach, dass du hier rauskommst!«, sagte ich, doch Meredith beugte sich bereits unter meinen Schreibtisch, um meine Beine zu lösen.

»Eric, wir sollten uns wirklich beeilen. Die Sache sieht ernst aus. Sehr ernst.«

»Mer …« Ich atmete tief durch und umfasste ihr Gesicht mit meinen Händen. »Bring dich in Sicherheit, bitte! Es gibt für mich kein Entkommen und das wissen wir beide. Soll ich 52 Stockwerke auf dem Hintern hinunterrobben? Es ist vorbei, aber das ist in Ordnung.«

»Was redest du denn da? Verdammt noch mal, Eric, wir müssen hier raus. Wo ist Boris? Er könnte dich tragen und …«

Ich sah auf die Uhr an der gegenüberliegenden Wand. Boris war in der Frühstückspause, in der er sich jeden Morgen einen Kaffee holte. Ich selbst hatte ihm diese Pause aufgezwungen, selbst wenn er mich nie ohne Schutz lassen wollte. Heute wäre es besser gewesen.

»Du musst jetzt von hier verschwinden! Ich könnte nicht damit leben, wenn dir wegen mir etwas passiert. Also los. Lauf hier raus, okay? Ich hänge so oder so nicht mehr besonders an diesem Leben. Es ist okay. Es ist wirklich okay.«

Ich konnte sehen, wie Tränen in Merediths Augen stiegen. Sie schüttelte heftig mit dem Kopf und erhob sich, so dass sie sich auf meinen Schoß setzen konnte. Schluchzend vergrub sie ihren Kopf an meiner Brust und ich hielt sie fest. So fest ich nur konnte.

»Es tut mir alles so leid, Eric. Das alles war mir plötzlich zu viel, aber ich weiß, dass ich dich will, nur dich. Es kann nicht vorbei sein, bevor es angefangen hat. Ich kann dich jetzt nicht verlieren.« Sie weinte bittere Tränen, die auf meine Schulter tropften.

»Jetzt geh, Meredith. Tu es für uns und lauf! Bring dich in Sicherheit.«

Ich spürte, wie sich mein Herz krampfhaft zusammenzog, als sie sich erhob und loslief. Sie sah nicht noch einmal zurück und ich wusste, dass es besser so war. Sie würde leben, denn sie hatte ein wundervolles Leben vor sich. Ganz im Gegensatz zu mir …

MEREDITH

Ich konnte nicht glauben, dass er aufgeben wollte. Wie konnte er sein Leben so sehr hassen, dass er wirklich sterben wollte? Hatte ich ihn so falsch eingeschätzt? Ich hatte geglaubt, dass er ein Kämpfer war, den nichts so leicht aus der Bahn werfen konnte, doch jetzt …

Ich konnte ihn nicht zurücklassen. In der letzten Nacht war mir bewusst geworden, wie viel ich für ihn empfand und dass es so verrückt gewesen war, ihn in den Hamptons zurückzulassen. Wie könnte ich ihn hier, in diesem Moment, allein lassen? Er bedeutete mir unglaublich viel, selbst wenn er nicht laufen konnte.

Ich hatte sein Büro schon verlassen, doch diese Erkenntnis ließ mich umdrehen. Ich konnte nicht ohne ihn gehen.

»Meredith, was tust du? Du solltest dich doch in Sicherheit bringen!«, schrie er mich an, doch ich ließ ihn verstummen, indem ich ihn küsste. Verflucht, wie hatte ich so blind sein können, nicht zu merken, was ein einziger Kuss bei mir bewirkt hatte? Ich wollte diesen Mann.

Eilig lief ich zurück zur Tür, schloss sie und sah mich dann nach einer Möglichkeit um, die Schlitze abzudichten. Eric rief mir etwas zu, doch ich war so in meine Gedanken vertieft, dass seine Worte nicht in mein Bewusstsein drangen. Ich lief ins Badezimmer, zog alle Handtücher hervor und hielt sie kurz unter den Wasserhahn, um sie nass zu machen.

»Was tust du da?«, fragte Eric aufgebracht, als ich zurückkehrte.

»Damit der Rauch nicht so schnell durchdringen kann«, beantwortete ich seine Frage und legte die Handtücher um die Tür herum. »Nimm dir schnell eines der Plakate, die du letzte Woche bekommen hast. Dreh sie um, schreib etwas darauf, was wir an die Fensterscheibe halten können. Damit die Leute wissen, dass wir noch hier eingeschlossen sind.«

Eric musterte mich einen Moment lang, doch dann zog er eines der Papiere hervor und schrieb

›HELP‹ darauf. Ich griff nach dem Klebeband und befestigte das Plakat am Fenster. Nun blieb uns nichts anderes übrig, als zu warten … und zu hoffen.

»Wieso hast du das getan?«, fragte er leise und ich zuckte mit den Schultern.

»Wieso wohl? Damit die Feuerwehrmänner auf uns aufmerksam werden können. Sonst wissen sie ja gar nicht, dass wir uns hier …«

»Das meine ich nicht«, unterbrach er mich. »Wieso bist du zurückgekommen?«

Ich lächelte und setzte mich auf seinen Schoß. Mit einem Mal verdrängte ich die Angst, dass wir beide sterben könnten, in den Hintergrund. Wenigstens würde ich nicht sterben, bevor er all meine Gefühle kannte.

»Jeder braucht einen Menschen, bei dem er sich fallen lassen kann. Und ich bin dieser Jemand für dich.«

Eric schüttelte verständnislos den Kopf. »In den Hamptons bist du davongelaufen.«

Ich umarmte ihn und hielt ihn für einen Moment fest, dann seufzte ich. »Ich hatte Angst. Wahrscheinlich hätte ich sturer sein sollen, aber ich glaube, dass ich die letzte Nacht zu Hause gebraucht habe, um mir über ein paar Dinge bewusst zu werden. Ich habe gesehen, wie du unter heftigen Schmerzen im Bett lagst, und es hat mich verschreckt.«

Eric wollte etwas erwidern, doch ich hielt ihn zurück und legte meinen Zeigefinger auf seine Lippen.

»Ich habe gedacht, dass ich nicht damit klarkommen würde. Aber wenn ich ehrlich bin, hatte ich nur zu viel Angst vor der Wahrheit.«

»Und was ist die Wahrheit?«

Ich lächelte. »Dass ich mich schon längst in dich verliebt habe.«

»Oh Meredith«, hauchte er und legte seine Lippen auf meine. Ich genoss es, ihm wieder nah sein zu können.

»Jetzt, da wir uns in dieser ehrlich besorgniserregenden Lage befinden: Gibt es irgendetwas, was du schon immer einmal tun wolltest? Wenn wir wirklich nur noch ein paar Minuten zu leben haben, kannst du ehrlich sein.«

Eric verdrehte die Augen. »Sag so etwas nicht. Aber ich glaube, es gibt nichts, was ich mir wünsche. Vielleicht, wieder laufen zu können, aber das ist, glaube ich, kein Geheimnis. Ich meine, sieh mich an.«

Ich zog eine Grimasse. »Ja, ich sehe dich an. Ständig.«

»Ich habe schon lange die Hoffnung auf ein gemeinsames Leben mit einer Frau aufgegeben. Heiraten, Kinder … das ist nicht möglich.«

»Und wieso nicht?«

Er sah verständnislos zu mir auf. »Ich kann nicht laufen.«

»Was ist denn, wenn ich genau das will? Ein Leben mit dir und nichts anderes sonst?«

Es wirkte, als würde Eric mich plötzlich mit ganz anderen Augen sehen. Zumindest glaubte ich das. Wir blickten uns intensiv an und weder ich noch er sagten ein einziges Wort. Ich lehnte meine Stirn gegen seine und in diesem Moment kam es mir beinahe lächerlich vor, dass ich so dagegen angekämpft hatte. Gründe gesucht hatte, um nicht mit ihm zusammen sein zu können.

Ich war in meinen Boss verliebt, verflucht, und diese Tatsache zauberte mir ein Lächeln auf die Lippen. Doch als ich wieder daran dachte, in welcher Situation wir uns befanden, schluckte ich und Tränen sammelten sich in meinen Augen.

»Und was, wenn wir sterben?«

Eric presste seinen Kiefer aufeinander und fuhr

mir beruhigend durchs Haar. »Sie werden uns retten, bevor Schlimmeres passieren kann.«

»Wie kannst du das wissen?«, fragte ich und konnte ein Schluchzen nicht mehr unterdrücken. Das Adrenalin, das ich zuvor verspürt hatte, ebbte ab und plötzlich wurde ich mir darüber bewusst, dass wir uns in einer ausweglosen Lage befanden.

»Ich vertraue darauf, dass wir gerettet werden.«

Ich konnte seinen Optimismus nicht teilen und klammerte mich daher an ihm fest. Die Zeit verging, ich wusste einfach nicht, was ich sagen sollte. Die Angst war viel zu groß. Davor, dass wir nie ein gemeinsames Leben führen konnten, weil wir zu früh hinfortgerissen wurden. Ich wollte mir nicht vorstellen, wie schrecklich es war, im Feuer umzukommen.

»Glaubst du …«

Eric wurde unterbrochen, als die Tür aufgestoßen wurde und einige Feuerwehrmänner vor uns standen.

»Sind Sie Mister Hunt? Unsere Kollegen haben Ihr Schild von der Straße aus gesehen. Ist hier alles in Ordnung?«, wollte sich einer von ihnen vergewissern und Eric nickte. »Wir konnten den Brand löschen, bevor er zu einem Problem geworden wäre. Wir würden Sie dennoch bitten, das Gebäude zu verlassen, bis wir unsere Arbeiten abgeschlossen haben.«

Ich deutete auf Erics Rollstuhl. »Dann benötigen wir aber Ihre Hilfe. Ich denke, dass die Aufzüge immer noch nicht funktionieren?«

Der Feuerwehrmann schüttelte den Kopf und wies dann zwei seiner Kollegen an, Eric zu helfen. Ich blieb die ganze Zeit an seiner Seite, während sie ihm nach unten halfen.

»Kommst du noch mit zu mir?«, fragte Eric und ich nickte. Nichts lieber als das.

ERIC

Der Whisky brannte in meiner Kehle, doch ich brauchte nun einen Drink, um mich zu beruhigen. Diese Achterbahnfahrt der Gefühle hatte selbst bei mir ihre Spuren hinterlassen.

Meredith, die mir gegenüber auf dem Sofa saß, kämpfte sichtlich darum, nicht die Fassung zu verlieren, auch wenn ich immer wieder Tränen in ihren Augen schimmern sehen konnte.

Auf dem Fernseher liefen Bilder vom Brand und ich konnte nur von außen beurteilen, wie der Schaden am Gebäude ausfallen würde. Normalerweise musste ich jetzt vor Ort sein, mich um die Mitarbeiter kümmern, begutachten, wie schlimm es wirklich war … Nichts davon würde ich tun können!

»Die Hauptsache ist, dass es keine Verletzten

oder gar Schlimmeres gibt! Den Rest werden wir schon wieder repariert bekommen«, sagte ich, was Meredith mit einem Nicken beantwortete. Ich schenkte mir einen weiteren Drink ein, nicht ahnend, wie sehr ich ihn gleich brauchen würde.

»Sir!«

Es war Boris, der den Raum betrat. In seinem Gesicht konnte ich ablesen, dass er beunruhigt war. Und Boris war nie beunruhigt.

»Könnte ich kurz mit Ihnen sprechen?«

»Sprechen Sie. Es gibt nichts, das ich vor Meredith verheimlichen möchte.«

Boris sah mich einen Augenblick skeptisch an, bevor er nickte. »Wir haben allen Grund, davon auszugehen, dass es sich bei dem Brand nicht um einen Unfall handelt.«

»Bitte was?« Es war Meredith.

»Es hat vor dem Brand eine Explosion gegeben. Nur dem sehr effizienten und guten Brandschutz in der Firma ist es zu verdanken, dass es nicht schlimmer ausgegangen ist. Sir, der Brand ist direkt unter Ihrem Büro ausgebrochen, zu einer Zeit, in der ich mich in meiner Pause befand …«

»Ein Anschlag?«, fragte ich und biss die Zähne aufeinander.

»Sehr wahrscheinlich ja, Sir. Zum jetzigen Zeitpunkt müssen wir davon ausgehen.«

»Eric!« Merediths Stimme war tränenerstickt und ich rollte zu ihr, um ihre Hand zu umfassen.

»Ich möchte Personenschutz für alle Mitglieder meiner Familie, inklusive Meredith. Solange wir nicht wissen, wer hinter diesem Anschlag steckt, gehen wir auf Nummer sicher. Kümmern Sie sich bitte darum, Boris.«

»Das werde ich, Sir.«

»Und ich möchte sämtliche Bilder aller Überwachungskameras auf meinem Rechner haben, um sie sichten zu können.«

»Ja, Sir.«

»Fuck!«, rief ich laut, als Boris die Tür wieder hinter sich geschlossen hatte. Meredith war in Tränen aufgelöst und ich zog sie auf meinen Schoß, wo sie das Gesicht an meiner Brust vergrub.

»Wer macht denn so was?«

»Ich bin ein wohlhabender Kerl und habe bei Weitem nicht nur Freunde dort draußen.«

»Du hättest tot sein können!«

»Da muss er schon früher aufstehen. Unkraut vergeht nicht so leicht.«

»Wie kannst du das so locker nehmen?«

Meredith blickte mich mit ihren großen Augen an und schüttelte den Kopf.

»Ich nehme es nicht locker, versprochen. Ab jetzt werden wir vorerst keinen Schritt ohne Security machen. Es tut mir nur leid, dass du jetzt ebenfalls da durchmusst. Ich kann und will nicht riskieren, dass dir etwas geschieht. In Ordnung?«

Meredith nickte und beugte sich zu mir, um mich zu küssen. »Ich hatte mir den Start in eine Beziehung mit Eric Hunt aufregend vorgestellt, aber das ist wirklich ein bisschen zu viel des Guten.«

Ich lachte und presste meine Stirn gegen ihre. Gerade als ich etwas erwidern wollte, hörte ich den Schlüssel in meiner Haustür. Meredith fuhr erschrocken herum, während ich schon damit gerechnet hatte, meinen Bruder zu sehen. Er sah mitgenommen aus, besorgt, doch als er Meredith und mich erblickte, riss er kurz die Augen auf und all seine Besorgnis wich einem süffisanten Grinsen.

»Okay, also geht es dir gut. Augenscheinlich sogar sehr gut«, sagte er, während Meredith sofort aufgestanden war und sich verlegen ihr Kleid glatt strich.

John ließ es sich nicht nehmen, mich für einige Sekunden in eine feste brüderliche Umarmung zu ziehen. Als er zurücktrat, konnte ich Tränen in seinen Augen schimmern sehen.

»Als mich meine Kollegin über den Brand in deinem Bürogebäude informiert hat und ich dann die Bilder im Fernsehen sah …«

»Es geht mir gut, John. Ehrlich. Es ist alles in Ordnung.«

»Weiß man, wie es passiert ist?«

»Okay. Eins nach dem anderen. John, das ist Meredith. Meredith, das ist mein Bruder John«, sagte ich, auch wenn die beiden sich bereits im Büro kurz kennengelernt hatten.

»Klar, entschuldige. Es ist gerade etwas viel.«

John reichte ihr freundlich die Hand und ließ sich dann auf die Couch uns gegenüber fallen. Ich fuhr zur Minibar und schenkte ihm einen Drink ein, den er mit weit aufgerissenen Augen betrachtete. »So schlimm also?«, fragte er.

»Du wirst ab sofort einen Bodyguard haben, der dich begleitet. Ich weiß, was du davon hältst, aber dieses Mal haben wir wirklich keine andere Wahl. Wir müssen Mom und Dad darüber informieren, dass auch bei ihnen Leute positioniert werden.«

»Fuck, Eric, was geht denn hier vor?«

»Es war vermutlich ein Anschlag. Ein ziemlich

gezielter. Davon müssen wir zumindest zurzeit ausgehen.«

John schüttelte den Kopf und spülte den Drink in einem Zug runter, bevor er das Glas klirrend auf dem Tisch abstellte. »Dafür wirkst du ziemlich gefasst.«

Ich zuckte mit den Schultern. »Was soll ich denn tun? Ausrasten? Ich wusste, dass die Wahrscheinlichkeit hoch ist, dass ich irgendwann die Aufmerksamkeit von irgendjemandem auf mich lenke. Dann soll es so sein. Ich verfüge über den Besten der Besten in der Securitybranche und Boris hat mein vollstes Vertrauen, das alles schon zu regeln«, sagte ich, während das Handy in meinem Jackett zu klingeln begann.

Ich hatte damit gerechnet, dass nun ein Sturm losbrechen würde, und ich sollte recht behalten. Ein Anruf jagte den nächsten. Die Polizei kam im Penthouse vorbei, um mir Fragen zu stellen, Boris rotierte, um so schnell wie möglich geeignete Personenschützer zu finden.

Ich war gerade im Begriff, ein Telefonat mit einem Detective zu beenden, als meine Beine und mein Rücken zeitgleich ein Feuerwerk aus Schmerzen zu zünden drohten.

»Eric!«, sagte John streng und ich blickte von

meinem Telefon auf, das ich gerade zurück auf den Wohnzimmertisch gelegt hatte. Meine Beine kämpften hart gegen die Klettverschlüsse an und meine Hände waren zu Fäusten geballt. Auch Meredith, die noch immer an meiner Seite war, blickte mich besorgt an.

Ein weiteres Telefonat ließ es nicht zu, dass ich auf die beiden einging, doch die Spastiken wurden schlimmer. Viel schlimmer. Meine Beine waren knüppelhart und auch mein Rücken fühlte sich vollkommen verspannt an.

»John!«, rief ich, als eine erneute Welle von Schmerz durch meinen Körper fuhr und mir den Magen umdrehte. Ich musste aus diesem beschissenen Rollstuhl raus und meine Körperhaltung verändern, sonst würde ich in wenigen Minuten ohnmächtig werden.

»Komm!«, sagte John nur, als er mich erblickte, und ich sah zu Meredith, die ihm folgte. Er fuhr mich zum Physiotherapiezimmer und half mir dabei, mich auf die Liege zu legen, während Meredith meine Hand nahm.

»Hast du etwas dagegen, wenn ich hierbleibe?«, fragte sie, doch ich schüttelte nur den Kopf. Selbst wenn ich Angst hatte, dass sie wieder gehen würde, gehörte auch dieser Teil zu einem Leben mit mir. Ohne Beschönigungen.

John presste meine Beine gegen meinen Körper und ich stöhnte laut auf. Es tat weh und gleichzeitig wurden die Schmerzen auch schon besser.

»Stress ist der größte Feind meines Bruders, doch sein noch größeres Problem ist, dass er davon nichts hören und es auch nicht wahrhaben will. Wenn es so schlimm ist wie jetzt, winkelst du seine Beine an und drückst sie nacheinander fest gegen seinen Körper. Das hilft den Muskeln, sich wieder zu lockern und nicht vollkommen zu verkrampfen, wie sie es gerade getan haben«, erklärte John an Meredith gewandt, die aufmerksam zuhörte. »Komm, versuch es mal.«

»John! Mer, du musst das nicht machen!«

»Das weiß ich, aber ich möchte es gern lernen. Ich will dir auch helfen können, wenn du meine Hilfe denn mal brauchst, verstanden?«

»Verstanden«, erwiderte ich mit einem Lächeln und schloss meine Augen wieder, während John und Meredith abwechselnd meine Beine lockerten. Es dauerte nur ein paar Minuten, bis ich mich wieder aufsetzen und zurück in den Rollstuhl wechseln konnte. Ohne Medikamente und ohne weitere Schmerzen.

Ich zog Meredith auf meinen Schoß, wo wir uns leidenschaftlich küssten. Es bedeutete mir viel, dass sie nicht nur an meiner Seite war, sondern sogar mitgeholfen hatte, denn es zeigte mir noch einmal, dass sie keine Berührungsängste hatte und keine Angst vor einem Leben mit mir. Auch mit all den Schattenseiten, die ich bot. Wobei sie die dunkelste Seite meiner Persönlichkeit noch nicht einmal erahnen konnte. Ich würde alles dafür geben, dass sie mein Geheimnis niemals herausfand. Dass sie niemals damit konfrontiert wurde, was mit Emilia geschehen war.

»Ich werde dann mal gehen und euch zwei Turteltäubchen einander überlassen.«

»Warte, wir müssen erst mit Boris abklären, ob er jemanden hat, der dich begleitet«, sagte ich und nahm mein Handy zur Hand. Wenig später umarmte John mich und verließ mit einem Kerl namens Jason das Haus. Ich war mir nicht sicher, ob mein Bruder den Personenschutz tatsächlich akzeptieren würde. Dafür war er eigentlich viel zu freiheitsliebend, aber wenigstens hatte er jetzt erst einmal nicht protestiert.

Ich blickte zu Meredith, die etwas unsicher im Raum stand und mich fragend musterte. »Okay, was geht in deinem schönen Köpfchen vor?«

»Es ist nichts!«, winkte sie ab und setzte sich lachend wieder auf meinen Schoß, doch ich kaufte ihr nichts von diesen Worten ab.

»Na los. Es ist wichtig, dass wir über alles sprechen, okay?«

»Ich weiß nicht, wie ich diese Frage stellen soll. Ich will nicht, dass es komisch wird, dass du dich …«

»Mer …«

»Kannst du noch … Ich meine …«

Meine Mundwinkel verzogen sich zu einem Grinsen, als ich dahinterkam, was sie mich fragen wollte. Oh Gott, wieso hatte ich nicht selbst daran gedacht, mit ihr darüber zu sprechen?

»Finde es doch heraus«, flüsterte ich in ihr Ohr und fuhr langsam mit ihr zum Schlafzimmer, wo ich sie von meinem Schoß auf das Bett schmiss, was Meredith ein lautes Quieken entlockte. Ich hievte mich von meinem Rollstuhl auf das Bett, wo Meredith mir dabei half, mich von meinen Sachen zu befreien. In ihren Augen konnte ich die Erregung sehen, das Feuer, mit dem sie so sehr nach mir verlangte. Seitdem ich gelähmt war, hatte es ein paar One-Night-Stands gegeben, doch mit ihr hier zu liegen, war etwas vollkommen anderes. Ich konnte nicht abstreiten, eine kleine Welle von

Scham und Angst durch meinen Körper rollen zu fühlen. Ich war von der Hüfte abwärts gelähmt und wahrscheinlich würde es eine Weile dauern, bis es mit uns richtig funktionieren würde.

Ich blickte auf Merediths nackte Brüste und endlich, nachdem ich es mir schon so oft vorgestellt hatte, umschloss ich sie mit meinen Händen. Sie waren noch viel wunderschöner und viel praller, als ich es für möglich gehalten hatte.

»Gott, du bist so wunderschön!«, flüsterte ich und zog sie ein Stück zu mir runter, so dass ich ihren Hals mit heißen Küssen bedecken konnte, bevor ich ihre Nippel mit meinen Lippen umschloss und leicht daran saugte. Meredith stöhnte auf, was wahrhaftige Musik in meinen Ohren war. Heute würde ich es langsam angehen lassen, denn wir mussten uns erst einmal kennenlernen … und Meredith musste meinen Körper verstehen, denn die Lähmung hatte Auswirkungen auf die Art und Weise, wie ich Sex haben konnte.

Meredith erforschte meinen Körper ebenfalls und ließ ihre Hände über meinen Oberkörper wandern, bevor sie zu meinem Schwanz glitt. Ich konnte ihre Hände nicht darauf spüren, ich konnte sie nur sehen.

»Ich habe nicht sehr viel Gefühl dort unten«,

sagte ich und blickte in ihre liebevollen Augen. »Wahrscheinlich werde ich es nicht schaffen, in dir zu kommen, denn ich spüre nur etwas, wenn du ihn richtig hart umfasst«, musste ich nun einräumen.

Und Meredith umfasste ihn hart. »So?«, fragte sie, was mich aufstöhnen ließ. Ja, genau so. Sie hatte wirklich keine Angst, zuzupacken.

Sanft schob sie meine Beine etwas auseinander und positionierte meinen Schwanz vor ihrem Eingang. Ich konnte nicht sagen, ob sie besonders feucht oder besonders eng war, doch das würde ich mit meinen Fingern schon noch erkunden.

Sie senkte sich auf mich und stöhnte dabei laut auf. Ich spürte sie nicht. Meredith bewegte sich auf mir und es turnte mich an, zu sehen, dass sie voller Lust und Erregung war.

»Spürst du es gar nicht?«, fragte sie, doch ich lächelte nur. Ich wollte die Stimmung nicht zerstören. »Eric, bitte. Es ist mir wichtig, das zu wissen.«

»Nein, ich kann dich nicht spüren«, gab ich zu, selbst wenn es mich innerlich zerriss. Noch immer war die berechtigte Angst da, dass Meredith mich verlassen würde.

Sie kletterte von meinem Schwanz und sah mich mit ihren großen Augen an. Sie wirkte ratlos, genau das hatte ich befürchtet. Ich konnte zwar meine Beine nicht bewegen und auch meinen Schwanz nicht wirklich spüren, aber Sex war für mich dennoch kein Fremdwort.

»Leg dich zu mir«, bat ich sie und wartete, bis sie sich auf meinen ausgestreckten Arm gelegt hatte. Mit meinen Händen fuhr ich über ihren Körper, bis hin zu ihrer Mitte. Sanft streichelte ich über ihren Kitzler und ließ sie aufstöhnen. Sie war feucht, sie war bereit. Diese Dinge musste ich mit meinen Fingern erfühlen. Ich drang sanft in sie ein, erforschte, wie sie gebaut war. Diese angenehmen Enge, diese feuchte, willige Lust. Meredith wand sich unter meinen Berührungen und griff wieder nach meinem Schwanz, den sie hart drückte, um mich ebenfalls aufstöhnen zu lassen. Erneut rutschte sie auf mich und begann, sich langsam zu bewegen. Jetzt wusste ich, dass sie feucht und eng war. Ich knetete ihre Brüste mit meinen Händen und zwischendurch, je nachdem, wie Meredith sich bewegte, meinte ich sogar, etwas spüren zu können. Mein Schwanz pulsierte voller Lust, als Meredith kraftlos auf mich sank und meinen Schwanz sofort wieder in ihre Hand nahm. Sie rieb ihn, drückte ihn und schon nach wenigen Sekunden gab auch ich mich meinem Orgasmus hin. Doch wir waren noch nicht fertig, dafür gab es noch viel zu viel am Körper des anderen zu erkunden.

»Lass uns duschen gehen«, schlug ich vor und fuhr mit Meredith auf meinem Schoß ins Badezimmer. Sie half mir auf die Bank in meiner Dusche und setzte sich mit gespreizten Beinen rittlings auf mich, so dass ich ihren Rücken liebkosen und massieren konnte. Wir wuschen uns gegenseitig, duschten die Spuren unserer Leidenschaft ab, nur um uns dabei erneut zu erregen.

»Leg dich aufs Bett!«, befahl ich ihr, nachdem wir wieder im Schlafzimmer angekommen waren. »Ganz nach oben.«

Meredith gehorchte mir und ich manövrierte mich ebenfalls aufs Bett, wo ich mich langsam nach oben zog, bis ich mit meinem Kopf zwischen ihren Beinen angekommen war. Mein Schwanz mochte vielleicht nicht mehr vollkommen funktionieren, aber meine Zunge tat es. Und genau mit dieser würde ich Meredith jetzt vollkommen um den Verstand bringen.

Wieder schrie sie ihren Orgasmus heraus und ich war beinah froh um die Lage des Penthouses, denn hier hatten wir keine Nachbarn, die uns zuhören konnten.

»War es in Ordnung für dich?«, fragte

Meredith, nachdem sie für eine Weile still auf meiner Brust gelegen und sich erholt hatte.

»Wie meinst du das?« Ich zog fragend die Stirn in Falten und blickte dann in Merediths Augen, da sie sich zu mir umgedreht hatte.

»Ich habe Angst, dass du nicht genug auf deine Kosten kommst, während du mich so sehr verwöhnst.«

Ich lachte laut auf. »Nein, darum brauchst du dir keine Gedanken zu machen, es ist alles in Ordnung. Es macht mir sehr große Freude, dich zum Höhepunkt zu bringen, und es turnt mich an, weißt du? Sex ist seit meiner Lähmung anders. Ich genieße es, deine Erregung zu sehen, das bedeutet mir viel und erregt mich ebenfalls. Viele Dinge, die mein Schwanz nicht mehr leisten kann, übernehmen jetzt meine Finger. Für mich ist es wichtig, dich mit ihnen zu erforschen. Das turnt mich an.«

»Kannst du es spüren, wenn ich ihn in meinen Mund nehme?«, fragte Meredith und ich hob kurz die Augenbrauen. Allein der Gedanke ließ meinen Schwanz zucken.

»Ich weiß es nicht.«

»Darf ich es versuchen?«

Ich nickte und zog mich mit den Armen ein Stück nach oben, so dass Meredith genug Platz hatte. Sie schob meine Beine auseinander, bevor sie mit ihrer Hand meinen Schwanz stimulierte. Es war ein dumpfes Gefühl, doch es erregte mich genauso sehr, wie es mich erregte, als sie ihn in sich aufnahm. Wahrscheinlich saugte sie daran oder umspielte ihn mit ihrer Zunge, doch ich konnte es nicht spüren. All ihre Mühen in dieser Hinsicht waren umsonst.

Meredith schien dies ebenfalls zu merken, denn schon bald rutschte sie wieder nach oben und umfasste ihn mit der Hand, während ich ebenfalls mit den Fingern in sie eindrang. Dafür, dass es unsere ersten intimen Male miteinander waren, erstaunte es mich, wie gut wir bereits miteinander funktionierten, denn auch sie brachte mich wieder zum Orgasmus, genau wie ich sie.

Dieses Mal landeten wir in der Badewanne, wobei es für mich schwierig war, mich vor ihr mit dem Lift niederzulassen, doch Meredith störte sich gar nicht daran. Ganz im Gegenteil. Immer und immer wieder bedeckte sie meine nackte Haut mit ihren Küssen, bis wir endlich in der Badewanne lagen und uns dort vollkommen entspannen konnten. Meredith half mir zurück in den Rollstuhl und trocknete mich sogar ab, während ich mit dem Lift in der Luft hing. Zwischen uns herrschte ein unfassbares Vertrauen, und das bereits nach so kurzer Zeit.

Als wir einschliefen, geschah dies vor lauter Erschöpfung, doch voller Glück und Befriedigung. Der Stress des Tages, die Angst davor, was vielleicht hinter diesem Anschlag auf das Gebäude, hinter diesem Anschlag auf mich, steckte, waren vergessen. Zumindest für diese paar Stunden. Wir würden uns noch früh genug wieder damit auseinandersetzen müssen.

MEREDITH

Ich war überwältigt und glücklich. Der Sex war anders gewesen, als ich ihn zuvor gekannt hatte, doch das schreckte mich nicht ab. Im Gegenteil. Mein Problem bestand nur darin, dass ich mir Gedanken darüber machte, wie es für Eric sein musste.

Was, wenn er irgendwann genug von mir hatte und mich wieder von sich stieß? Mittlerweile wusste ich nicht mehr, ob ich es verkraften könnte. Viel zu sehr hatte ich mich in diese Beziehung gestürzt.

Ich spürte Erics Hand in meinem Gesicht, die mich sanft berührte. »Worüber denkst du nach?«

Ich seufzte. »Du wirst mich für verrückt halten«, erwiderte ich und er schüttelte den Kopf.

»Sicher nicht, aber sprich mit mir.«

»Ich habe Angst, dass ich es gegen die Wand

fahre. Dass du eines Morgens aufwachst und merkst, dass du eine falsche Entscheidung getroffen hast, als du mich in dein Leben gelassen hast.«

Eric lachte und ich hob eine Augenbraue. So viel zum Thema, dass er mich nicht für verrückt halten würde. Als er meine Irritation bemerkte, räusperte er sich. »Ich lache dich nicht aus. Es ist eher, dass ich gerade eben den gleichen Gedanken hatte.«

»Hattest du?«

Er nickte. »Ja, aber andersherum wäre es wahrscheinlicher. Also ich meine, dass du irgendwann genug von mir hast. Ich kann dir nicht gerade viel geben.«

»Wie kommst du denn auf so etwas?«

»Meredith, mit mir zu leben, ist anstrengend, glaub mir. Meistens kommen die Schmerzen völlig unerwartet und dann brauche ich Hilfe.«

Ich zuckte mit den Schultern. Ich fürchtete mich nicht davor, was noch kommen würde. Ich war bereit, mich darauf einzulassen, denn Eric bedeutete mir so unglaublich viel.

»Lassen wir es einfach auf uns zukommen, in Ordnung?«, meinte ich und Eric hauchte mir einen Kuss auf die Stirn.

»Das werden wir.«

Irgendwann schlief ich erschöpft und glücklich in seinen Armen ein. Mir war zuvor nicht bewusst gewesen, wie sehr mir diese Zärtlichkeiten gefehlt hatten.

In der Nacht schreckte ich auf, als ein Handy klingelte.

»Schlaf weiter, das ist meins«, meinte Eric rau und nahm das Telefonat entgegen.

Ich hatte das kleine Licht neben dem Bett angestellt und erkannte sofort, dass etwas nicht stimmte.

»In Ordnung, vielen Dank. Bis gleich.«

»Was ist los?«, fragte ich besorgt und Eric atmete tief durch.

»Das war mein Securitychef. Sie konnten in Erfahrung bringen, dass es nicht nur Brandstiftung war, sondern eine klare Botschaft, dass man mich zur Strecke bringen wollte.«

»Oh mein Gott.« Ich setzte mich auf. »Wie haben sie das herausfinden können?«

»Anscheinend hat man einen Zettel gefunden. Das Securitypersonal ist bereits auf dem Weg hierher. Wir sollten uns etwas anziehen, hilfst du mir?«

Ich nickte und gerade als wir beide angezogen waren, trat die Security ein. Sie drückten Eric einen

Zettel in die Hand und er wurde augenblicklich bleich im Gesicht. Ich hatte bereits Sorge, dass er aus seinem Rollstuhl kippen könnte, und machte mich bereit, ihn im Notfall aufzufangen.

»Was steht auf dem Papier?«, wollte ich wissen und er reichte ihn mir.

›Mord verjährt nicht.‹

»Was zum Teufel hat das zu bedeuten?«, wollte ich atemlos wissen, doch Eric zuckte nur mit den Schultern. Eine Leere hatte sich in seinen Blick geschlichen, die ich so noch nie gesehen hatte. Ich spürte, wie Angst sich in meinem Körper breitmachte, und wusste nichts mehr zu sagen. Wahrscheinlich gab es eine Erklärung für all das, doch ich ahnte, dass ich heute keine Antworten erhalten würde. Nicht, wenn Eric wieder seinen Schutzpanzer hochgefahren hatte.

Er sprach noch einige Zeit lang mit seiner Security und stellte mir dann am nächsten Tag einen Bodyguard zur Seite, der mich nach Hause begleitete. Ich wusste nicht, wie ich all das auffassen sollte.

Schwebte auch ich in Gefahr? Es war eine

furchtbare Vorstellung, was ich auch Andi ansah, als sie bemerkte, dass sich mein Bodyguard in unserer Wohnung umsah, bevor er nickte und sie dann verließ. Wie besprochen würde er sich davor bereithalten, um bei etwaigen Komplikationen sofort eingreifen zu können.

»Was zum Teufel ist hier los?«, wollte sie wissen und ich zuckte mit den Schultern. Wenn ich es doch selbst wüsste … »Was soll das heißen?« Sie machte meine Geste nach.

»Das heißt, dass ich es nicht weiß, Andi.«

»Wofür ist dann der bullige Kerl da, der sich gerade hier umgesehen hat, als würde in einer Ecke irgendein Mörder lauern?«

»Das Feuer gestern ist bewusst gelegt worden.«

Andi riss ihre Augen weit auf. »Bitte was? Was hat das zu bedeuten?«

»Jemand hat es auf Eric abgesehen. Um mich zu schützen, muss ich nun eben mit diesem Bodyguard herumlaufen, mit dem du eben Bekanntschaft gemacht hast.«

»Wow.« Andi setzte sich auf den Stuhl in der Küche. »Lass mich das zusammenfassen. Du gehst, so wie es für mich aussieht, eine Beziehung mit einem Mann ein, der querschnittsgelähmt ist, und verbaust dir so einen Teil deiner Zukunft. Und als würde das nicht ausreichen, hat er Feinde, die nicht davor zurückschrecken, ihn zu töten. Da du ja nun seine Freundin bist, schwebst du ebenfalls in Gefahr. Was zum Teufel, Mer?! Hast du völlig den Verstand verloren? Was ist, wenn du einmal mit Eric allein bist und dieser Irre oder diese Irre auftaucht und euch beide töten will? Wie soll er dich denn verteidigen? Er spürt seine verdammten Beine nicht.«

Ich biss die Zähne aufeinander und baute mich vor ihr auf. »Was ist eigentlich dein Problem? Ich finde es selbst nicht gerade prickelnd, dass so etwas passiert ist, aber Eric tut alles, was in seiner Macht steht, um mich zu beschützen. Du redest, als würde ich etwas Falsches tun.«

Andi lachte laut auf. »Ja, weil du wirklich etwas Falsches tust. Ich glaube, du lebst in deiner Traumwelt, wenn dir nicht einmal bewusst wird, was für einen Bullshit du tust. Du solltest dich von ihm trennen und so weit wegrennen, wie es dir nur möglich ist. Das ist mein Rat, und auch wenn du nicht oft auf mich hörst, solltest du dir meine Worte unbedingt zu Herzen nehmen.«

»Was ist nur mit dir los? So kaltherzig kenne ich dich nicht«, spie ich ihr entgegen und verschränkte die Arme vor meiner Brust. »Anstatt dich für mich zu freuen und darauf zu vertrauen, dass Eric und ich das überstehen, stellst du dich mir in den Weg.«

»Ich vertraue ihm nicht, Meredith. Er ist nicht gut für dich, aber das merkst du selbst nicht, weil du eine rosarote Brille trägst. Verdammt!« Sie sprang von der Couch auf und umfasste meine Oberarme. »Geh in dich und du wirst merken, dass du einen Fehler machst. Ich habe mir zuvor Sorgen um dich gemacht, aber jetzt ist es die pure Angst. Wenn dir etwas passiert, ich wüsste nicht, was ich tun soll. Wieso begibst du dich freiwillig in Gefahr? Ist es das wert? Ist *er* das wert?«

Ich löste Andis Hände von meinen Armen und trat einen Schritt zurück. »Ja, Andi. Eric ist genau das wert und noch so viel mehr. Du magst es vielleicht nicht verstehen, aber ich werde um das kämpfen, was wir haben. Mehr als einmal habe ich in meinem Leben einen Fehler begangen, doch jetzt will ich das nicht tun. Denn ihn zu verlassen, wäre der Fehler. Was wäre das für eine Beziehung, wenn ich den Schwanz einziehe, sobald es schwierig wird?« Ich schüttelte den Kopf. »Also versuch nicht, mich davon abzubringen, denn es wird nicht funktionieren.«

Damit ging ich in mein Schlafzimmer und schloss die Tür hinter mir. Ich atmete tief durch. Verdammt.

ERIC

Ich hatte nicht eine Sekunde geschlafen, seit der Anruf von Boris mich mitten in der Nacht aus dem Schlaf gerissen hatte. Zuvor war mir bewusst gewesen, dass der Anschlag mir hätte gelten können, doch seitdem ich das Schreiben gelesen hatte, war es klar.

Ich machte mir keine Sorgen um mein eigenes Wohlergehen. Das war für mich komplett zweitrangig. Wenn ich allerdings an meine Familie dachte, wenn ich an Meredith dachte, dann drohte diese Bürde mich beinahe zu erdrücken. Ich konnte nicht riskieren, dass ihnen etwas passierte, und schon gar nicht meinetwegen!

Seufzend massierte ich meine Schläfen. Mein Kopf hämmerte, da sich die Gedanken darin überschlugen. Mein Handy klingelte erneut und ich erblickte die Gesichter meiner Eltern auf dem Display. Natürlich wollten sie ebenfalls wissen, was hier vor sich ging, doch mich jetzt mit meiner Mutter auseinanderzusetzen, verlangte mir einiges ab. Und natürlich protestierten sie gegen den Personenschutz, genau wie John es heute Morgen getan hatte. Wieso konnten sie nicht verstehen, dass ich sie einfach nur beschützen wollte?

Wieder dachte ich an Meredith. Wo hatte ich sie da nur mit hineingezogen? Unsere Beziehung war noch so unglaublich frisch und schon sahen wir uns einer solchen Krise gegenüber! Ich brachte ihr Leben in Gefahr …

Gegen Mittag brach ich ins Büro auf, da man mir versichert hatte, dass ab jetzt der normale Arbeitsbetrieb wieder losgehen konnte. Stanley, ein Bodyguard, der in Zukunft für Meredith zuständig sein würde, begleitete mich dorthin. Er würde erst für eine Weile bei mir bleiben, bis ich sicher sein konnte, dass er so gut wie Boris war. Wenn mir etwas geschah, dann wahrscheinlich aus einem guten Grund, doch Meredith hatte mit alldem nichts zu tun.

»Hey!«, sagte sie, als sie mein Büro betrat, und küsste mich leidenschaftlich. Sie schien komplett aufgewühlt und ich konnte es ihr nicht verübeln.

Auch ihr Leben hatte sich seit dem Anruf in der Nacht vollkommen verändert. »Irgendwie hatte ich mir unseren ersten gemeinsamen Morgen anders vorgestellt«, sagte sie und wir lachten beide.

»Tja, langweilig war es auf jeden Fall nicht!«, stimmte ich zu, doch Meredith wurde sofort wieder ernst.

»Du solltest Boris wieder zu dir nehmen. Du bist derjenige, der bedroht wird. Ich will nicht, dass …«

Sie unterbrach sich selbst und ich umfasste ihr Gesicht mit meinen Händen. »Mir wird nichts geschehen, okay? Alles wird gut. Versprochen.«

»Ich hoffe es. Ich habe Angst, Eric.«

»Das weiß ich, aber ich werde alles tun, um dich zu beschützen. Außerdem mache ich mir wirklich keine großen Gedanken. Es ist nicht das erste Mal, dass jemand meint, mich bedrohen zu können, aber die Polizei und meine Security werden das schnell wieder in Ordnung bringen und den Kerl schnappen.«

»Hast du dir die Überwachungsbänder schon angesehen?«

»Mach dir nicht so viele Gedanken, Mer.«

»Bitte! Du hast selbst gesagt, dass wir über alles reden müssen, also bitte rede mit mir. Lass mich nicht im Dunkeln. Ich möchte wissen, was hier vor sich geht.«

Müde fuhr ich mir mit der Hand über mein Gesicht. »Jedes einzelne, Hunderte Male. Der Typ kannte sich entweder hervorragend aus oder er war gut. Ich habe ihn nicht erkennen können.«

»Verdammt.«

Nickend stimmte ich ihr zu. »Kannst du mir einen Gefallen tun?«

»Aber natürlich. Welchen?«

»Kannst du dir für mich ein Bild von dem Schaden machen und es für mich dokumentieren? Ich muss dringend sehen, was passiert ist.«

»Aber natürlich.«

»Und Mer?«

»Ja?«

»Nimm Boris mit!«

Meredith seufzte und nickte mir dann zu, bevor sie wieder aus meinem Büro ging. Nur Minuten später bekam ich die ersten Bilder auf meinen Rechner.

Drei Büroräume und ein Aufenthaltsraum waren komplett zerstört, allerdings beschränkte sich der Schaden nur darauf. Nichts, das man nicht schnell renovieren und wieder geradebiegen konnte, was mich erleichterte.

Im Gebäude hatte ich nun ebenfalls die Security immens erhöht, weshalb ich mich hier relativ sicher fühlen konnte. Selbst unten in meiner kleinen privaten Tiefgarage waren Männer postiert. Für die Geheimhaltung meiner Querschnittslähmung war es jedoch zeitgleich ein großes Wagnis.

Ich versuchte, den Tag so normal wie möglich erscheinen zu lassen. Auch gegenüber meinen Geschäftspartnern war ich locker und aufgeschlossen wie immer. Offiziell handelte es sich um ein Feuer, das durch einen technischen Defekt verursacht worden war. Und bei der Variante blieb ich ebenfalls.

Erst gegen Abend verließ mein letzter Geschäftspartner das Büro, doch ich blieb nicht lange allein, da Meredith den Raum betrat.

»Ich dachte, du möchtest nach diesem Marathon vielleicht in deinen Rollstuhl wechseln«, sagte sie und ging in den kleinen Abstellraum.

»Das ist eine gute Idee. Und dann fahren wir am besten sofort nach Hause. Ich hätte dich gern in meiner Nähe, zumindest bis die Gefahr gebannt ist.«

»Und ich wäre gern in deiner Nähe, denn nur da fühle ich mich wirklich sicher.«

Ich schloss Meredith, die wie so oft auf meinem

Schoß Platz genommen hatte, in die Arme und küsste sie. »Ich werde nicht zulassen, dass dir etwas passiert«, versicherte ich ihr noch einmal.

Zu Hause angekommen, schob ich uns das Essen in die Mikrowelle, während Meredith den Tisch deckte. Es gab noch so viele Dinge, über die wir sprechen mussten, doch auch heute war es die Leidenschaft, die uns schon bald nach dem Essen überrollte. Meredith hatte sich wieder auf mich gesetzt und ich hatte angefangen, meine Hände über ihren Körper gleiten zu lassen. Danach brauchte es keine Worte mehr. Ein einziger Blick und ein stummes Nicken ließen mich mit ihr zum Schlafzimmer fahren.

Sanft drückte ich Meredith auf das Bett und betrachtete ihren wunderschönen nackten Körper. Vielleicht war sie bereit, einen Schritt weiterzugehen? Ich würde es ausprobieren.

»Darf ich dich verführen?«, fragte ich und sah in ihre willigen Augen.

»Ich bitte darum.«

»Vertraust du mir?«

»So wie keinem anderen Menschen.«

Lächelnd fuhr ich zu der kleinen Kommode

und holte zwei Krawatten hervor. Zuerst nahm ich Merediths linken Arm in meine Hand und führte ihn nach oben zum Bett, wo ich ihr Handgelenk mit der Krawatte ans Bett band. Dann fuhr ich zu ihrer rechten Seite und wiederholte das Prozedere. Meredith sah mich noch immer mit diesem unglaublichen Verlangen in den Augen an.

»Wenn ich aufhören soll, sag es mir bitte und ich werde sofort aufhören, verstanden?«

Meredith nickte und ich fuhr zurück zur Kommode, wo ich einen Vibrator herausholte. Ich konnte es ihr mit meinem eigenen Körper nicht so besorgen, wie ich es wollte, aber das bedeutete noch lange nicht, dass ich es ihr nicht anderweitig besorgen konnte.

»Eric«, flüsterte Meredith mit geweiteten Augen und biss sich auf die Lippe, während ich mich zu ihr aufs Bett manövrierte und mich von meinen Klamotten befreite.

»Dir Lust bereiten zu können, ist für mich das größte Geschenk«, erwiderte ich und lehnte mich zurück, um ihre Mitte zu küssen. Ich rieb ihren Kitzler und drang mit meinen Fingern in sie ein, bis sie mir ihr Becken feucht und willig entgegenstreckte. »Bist du bereit?«, fragte ich und grinste bei ihrem hektischen Nicken.

Sanft führte ich den Vibrator in sie ein und schaltete ihn an. Ich würde sie um den Verstand bringen, so wie ich sie sonst mit meinem Körper um den Verstand gebracht hätte.

»Eric. Oh Gott, Eric!«, schrie Meredith und krallte sich an die Metallstreben des Bettes, bevor sie laut aufschrie und ihr Becken nach oben wölbte.

Ich reizte sie noch ein paar Sekunden länger, bevor ich den Vibrator ausschaltete und langsam herauszog. Erst dann zog ich mich zu ihr hoch und befreite sie von den Krawatten, so dass ich ihren entkräfteten Körper in meine Arme ziehen konnte. Ich selbst spürte die brennende Lust um meine Lenden und so musste ich bereits aufstöhnen, als Meredith ihn in ihre Hand nahm. Ich würde nicht lange brauchen und so war es auch. Ihr dabei zuzusehen, wie sich die Lust langsam in ihr aufbaute, war genug Erregung für mich gewesen.

Wieder gingen wir duschen, wobei Meredith heute bei Weitem schweigsamer war. Sie war müde und erschöpft und das gefiel mir, denn ich wusste, dass ich für ihren Zustand auf sehr positive Art und Weise verantwortlich war.

Im Bett schlief sie schnell ein, doch für mich war nicht an Schlaf zu denken. Ich musste herausfinden, wer hinter diesem Anschlag steckte, bevor noch etwas Schlimmeres geschah. Außerdem hatte ich noch ein Treffen mit Boris verabredet, selbst wenn es schon spät war. Wir mussten das neue Sicherheitskonzept durchsprechen, denn ich wollte für jedes einzelne Mitglied meiner Familie und auch für alle Mitarbeiter in meiner Firma die größtmögliche Sicherheit garantieren können.

»Hey, bist du schon auf?«

Es war Merediths Stimme, die mich am nächsten Morgen von meinem Computerbildschirm losriss, den ich die ganze Nacht über angestarrt hatte.

»Dein Wecker hat geklingelt. Stehst du immer um vier Uhr auf?«, fragte sie weiter.

Ich lächelte müde und zog sie auf meinen Schoß, um ihr einen Kuss zu geben. »Ich habe die ganze Nacht die Überwachungsbänder studiert und versucht, irgendetwas herauszufinden, allerdings ohne Erfolg.«

»Hast du nicht geschlafen? Oh Eric. Du weißt, dass du heute so einen langen Tag auf der Arbeit hast.«

»Ach, das schaffe ich schon. Geh doch noch mal ins Bett. Wir haben noch zwei Stunden Zeit, bevor wir frühstücken müssen. Wade kommt in einer Stunde. Normalerweise brauche ich die Zeit davor, um mich zu rasieren, zu duschen und all diese Dinge zu erledigen, die bei mir etwas länger dauern.«

»Okay«, flüsterte Meredith und ich brachte sie zurück ins Bett, bevor ich ins Badezimmer fuhr, um mich in den perfekten CEO zu verwandeln.

»Mister Hunt, das gefällt mir gar nicht!«, sagte Wade, nachdem er mir heute massiv helfen musste, damit ich auf die Behandlungsliege kam.

»Es ist momentan kompliziert«, erwiderte ich lediglich und ließ ihn seine Arbeit verrichten, selbst wenn es heute kaum auszuhalten war.

Meredith wartete bereits am Frühstückstisch auf mich und ich zwang mich, wenigstens etwas zu essen, so dass ich meine tägliche Ration Medikamente nehmen konnte, bevor wir ins Büro aufbrachen. Es war das erste Mal, dass wir zusammen fuhren. Das erste Mal, dass Meredith mit meinem Van fuhr.

»Ob wir es wohl irgendwann schaffen werden, morgens zusammen aufzuwachen?«, fragte sie, doch ich lächelte nur.

»Das verspreche ich dir«, entgegnete ich, während sie auf meinem Platz in der Tiefgarage parkte. Kurz begrüßte ich die Securitymitarbeiter dort und fuhr mit Meredith nach oben. Ich blieb in meinem Rollstuhl, zumindest bis zu meinem ersten Termin, der heute bereits um halb 9 begann. Es würde ein langer und harter Tag werden. Wenigstens war Meredith heute bei drei Terminen dabei. Dann hatte ich wenigstens etwas fürs Auge.

Ich fluchte leise, als eine neue Welle von Spastiken meine Beine durchschüttelte, gerade in dem Moment, als Meredith den Raum betrat. Ich hatte meinen Rollstuhl neben den Bürostuhl geschoben, da es an der Zeit war, mich hineinzusetzen, doch gerade konnte ich mich kaum bewegen, geschweige denn mich auf den Bürostuhl setzen.

»Eric?«, fragte Mer besorgt, doch ich lächelte es weg. Ich wollte ihr diese Seite an mir nicht schon wieder zeigen.

»Würdest du mir kurz helfen?«, fragte ich, was sie mit einem Nicken beantwortete.

Zusammen schafften wir es, dass ich sicher in den Bürostuhl gelangte, doch die Spastiken in meinen Beinen waren so stark, dass Meredith mir helfen musste, sie unter dem Schreibtisch zu fixieren.

»Eric, bist du dir sicher, dass es eine gute Idee

ist, wenn du jetzt so tust, als wäre alles in Ordnung? Ich sehe doch, wie schlecht es dir geht!«

»Wir haben keine andere Wahl. Ich muss dafür sorgen, dass niemand Verdacht schöpft, denn das kann ich für die Firma nicht riskieren. Ich habe schon mit schlimmeren Spastiken Gespräche überstanden, also schick sie einfach rein. Ich schaffe das schon«, sicherte ich Meredith zu und griff in meine Schreibtischschublade, sobald sie die Tür hinter sich geschlossen hatte. Ich nahm weitere Schmerztabletten und spülte sie mit einem Schluck Wasser runter. Nur so würde ich es schaffen, durch die hohe Zahl an Besprechungen und durch den Tag zu kommen. Gedanklich ging ich die Termine noch einmal durch. Es war nicht einer dabei, den ich hätte verschieben können. Ganz egal, wie, aber ich musste mich durch diesen Tag kämpfen.

MEREDITH

Immer wieder sah ich besorgt zu Eric, während ich auf meinem Stuhl in der Ecke des Raumes saß und Notizen zum Meeting machte, so wie dies öfter der Fall war. Es gehörte zu meinem Job, gerade wenn es um so wichtige Geschäftsabschlüsse ging wie in diesem Meeting.

Eric saß wie immer hinter seinem Schreibtisch und führte die Besprechung von dort aus. Ein Umstand, über den sich noch nie jemand öffentlich gewundert hatte, wenngleich es eine eher sonderbare Position war. In einem Artikel hatten sie ihm den Titel ›Der Mann hinter dem eisernen Schreibtisch‹ verliehen. Es war ein Bild von Eric gewesen, der hinter seinem Schreibtisch saß. Wie ich zu Anfang, so ahnten auch all die Leute dort draußen nicht, welches Geheimnis Eric wirklich hinter diesem Schutzschild versteckte.

Ich sah auf, als er mitten im Satz den Faden verlor, denn das sah Eric nicht ähnlich. Er war stets professionell, bestens vorbereitet und unheimlich wortgewandt. Ein Blick in sein Gesicht reichte mir, um zu sehen, dass er wieder einen dieser grauenvollen Schmerzschübe hatte, die ihn durch seine Spastiken oder die Unfähigkeit, sich zu bewegen, ab und an überkamen.

»Mister Hunt?«, fragte einer der Anwesenden und ich hielt die Luft an. Eric war immer darauf bedacht, dass niemand etwas von seinem Zustand mitbekam.

»Gentlemen, jetzt ist mir doch glatt entfallen, was ich sagen wollte«, überspielte Eric die Situation, doch man musste kein Profi sein, um zu sehen, wie schlecht es ihm ging. Schweißperlen standen auf seiner Stirn und er war weiß wie eine Wand.

»Mister Hunt, es ist sechzehn Uhr. Wir müssen das Gespräch an dieser Stelle unterbrechen, da wir den Anschlusstermin mit *Baker Holdings* nicht verpassen können«, meldete ich mich zu Wort. Wie viel Glück wir hatten, dass es gerade wirklich genau Punkt sechzehn Uhr war.

»Meine Damen und Herren, wir vertagen auf

einen neuen Termin. Ich werde mir die vorgetragenen Daten und Handlungsstrategien durch den Kopf gehen lassen und mich dann mit einem entsprechenden Angebot bei Ihnen melden«, sagte Eric, ganz CEO, und entließ damit die Herrschaften, die von dem abrupten Ende des Meetings nicht amüsiert zu sein schienen. Trotzdem verabschiedeten sie sich höflich, denn natürlich wollte es sich niemand von ihnen mit dem großen Eric Hunt verscherzen. Sie alle waren heiß auf den Vertragsabschluss mit seiner Firma.

Mein Blick blieb an Eric hängen, der sich mit einer unbändigen Willenskraft zusammenriss und seine Maske erst fallen ließ, als ich die Tür hinter dem letzten Verhandlungspartner geschlossen hatte.

Nun konnte ich den Schmerz und die Erschöpfung in seinem weißen Gesicht erkennen. Ich fragte ihn nicht, ob es schlimm war, denn das erkannte ich auch so. Ohne Umschweife schob ich seinen Rollstuhl neben ihn, löste seine Beine aus den Halterungen und half ihm, sich in den Rollstuhl zu setzen. Die Muskeln in seinen Beinen hatten sich so stark zusammengezogen, dass es beim Anfassen spürbar war.

»Ich fahre dich nach Hause«, sagte ich und Eric schwieg.

Mit dem Rollstuhl schob ich ihn in den Van und er blieb darin sitzen.

»Willst du John anrufen? Er weiß besser, was zu tun ist. Oder Wade?«, fragte ich und blickte in den Rückspiegel, als ich keine Antwort bekam. Erics Miene war versteinert und ich musste ihn noch einmal ansprechen, damit er mir endlich antwortete.

»John«, presste er lediglich hervor.

Ich betätigte die Freisprecheinrichtung und atmete tief durch, als John das Gespräch bereits nach kurzem Freizeichen entgegennahm.

»Hey, Bruderherz, was machen die Millionen?«, fragte John lachend.

»John, hier ist Meredith.«

Für ein paar Sekunden herrschte Schweigen.

»Was ist passiert? Ist Eric okay?« John klang alarmiert, und das zu Recht.

»Er hat starke Schmerzen. Könntest du vielleicht ins Apartment kommen? Wir sind gerade auf dem Weg«, erklärte ich und hörte, wie John sich bereits in Bewegung setzte.

»Ich bin so schnell wie möglich da«, sagte er, was mich erleichtert aufatmen ließ.

Dank des New Yorker Verkehrs schaffte John es sogar, noch vor uns im Penthouse zu sein.

»Hey, was machst du für Sachen?«, fragte er an Eric gewandt und beugte sich kurz zu seinem Bruder, bevor er mich in eine Umarmung zog. »Vielen Dank, dass du mich angerufen hast, Meredith.«

Mit sorgenvoller Miene sah ich dabei zu, wie John Eric in sein Bett legte. Eric hatte seit einer halben Stunde kein Wort mehr gesprochen, was mich ängstigte. Es zeigte mir, wie schlecht es ihm ging.

John verabreichte ihm einen Haufen Medikamente und versäumte dabei nicht, es mir genau zu erklären. Ich versuchte, mir alles zu merken, auch wenn das aussichtslos war. Ich würde mir alles aufschreiben, damit ich in einer solchen Situation für Eric da sein konnte.

John streckte Erics Beine, der schmerzerfüllt aufstöhnte, und für den Bruchteil einer Sekunde fragte ich mich, ob ich das wirklich konnte. Ob ich mir vorstellen konnte, dass so mein Leben aussehen sollte. Was, wenn sich diese Schmerzanfälle weiter häufen würden? Was, wenn es Eric schlechter ging? Ich war noch so jung, ich hatte mein ganzes Leben noch vor mir … Konnte ich es wirklich mit ihm verbringen?

Und dann, als ich ihn ansah, wie er mich trotz

der Schmerzen, die er durchlitt, anlächelte, wusste ich, dass ich alles auf mich nehmen würde, nur um für immer bei ihm sein zu können. In seinem Blick lag so viel Geborgenheit, so viel Gutmütigkeit. Verdammt, Eric Hunt hatte sich schon viel zu sehr in mein Herz geschlichen, als dass ich mir diese Fragen noch stellen konnte!

Dafür war es längst zu spät.

»Möchtest du auch einen Drink?«, fragte John, nachdem ich Erics Zimmertür leise hinter mir geschlossen hatte. Ich war bei ihm geblieben, bis ihn der Schlaf übermannt hatte.

»Nein danke!« Ich schüttelte den Kopf und blickte zu dem attraktiven Mann vor mir. Wie Eric mit Maßanzug, vollem dunklen Haar und Augen, in denen man nicht lesen konnte, wenn man sie nicht kannte. Er war attraktiv, doch laut Eric hatte er keine Frau an seiner Seite.

»Manchmal habe ich das Gefühl, dass es immer schlimmer wird«, sagte John und spülte den restlichen Bourbon mit einem Schluck hinunter, während ich mich auf die Couch ihm gegenüber sinken ließ. »Es ist ein Teufelskreis, aber Eric ist einfach viel zu dickköpfig, um es einzusehen. Er hat sich seinen verdammten Rücken gebrochen, tut aber noch immer so, als wäre alles in Ordnung. Er gönnt sich keine Pausen, weißt du? Obwohl sein Körper sie ihm eigentlich abverlangt. Je mehr Stress er hat, desto schlimmer werden die Spastiken. Je schlimmer die Spastiken werden, desto größer werden die Schmerzen, bis hin zu dem Punkt, an dem wir jetzt wieder angelangt sind.«

»Würdest du mir aufschreiben, was ich ihm wie geben muss, wenn das noch mal passiert? Ich meine … Ich weiß nicht, wie sich das zwischen uns entwickelt, aber …«

John lächelte. Ein schelmisches Lächeln, das ich nicht deuten konnte, weshalb ich fragend die Augenbrauen hob.

»Du bist noch nicht gegangen und ich weiß, dass mein werter Bruder alles unternommen haben wird, um dich abzuschrecken. So ist er nun mal. Aber die Tatsache, dass wir hier zusammen in seiner Wohnung sitzen … Ich denke also, es lohnt sich, dir das alles mal aufzuschreiben.«

Mit diesen Worten erhob John sich aus dem Sessel, was ich ihm gleichtat.

»Normalerweise sollte jetzt alles gut gehen. Sorg einfach dafür, dass er liegen bleibt und schläft, aber das erledigen die Medikamente eigentlich schon von allein. Es kann sein, oder besser es wird so sein, dass er morgen früh nicht gut allein klarkommt. Natürlich wird er das nicht zugeben und es dich auch nicht wissen lassen, aber durch all die Medikamente, die er so ungern nimmt, verringert sich die Leistungsfähigkeit in seinen anderen Muskeln. Sprich, auch in seinen Armen. Sei also lieber zur Stelle, wenn er sich von A nach B begibt, bevor er noch hinfällt, okay?«

Ich nickte, denn das würde ich natürlich tun.

»Oh, und Meredith?«

Ich hob meinen Blick, um John anzusehen.

»Eric ist ein toller Typ. Er wird alles für dich geben. Bitte brich ihm nicht das Herz, es hat ihn viel Überwindung gekostet, dich überhaupt erst hineinzulassen.«

Mit diesen Worten ließ John mich zurück.

Ich räumte noch etwas auf, auch wenn es eigentlich überhaupt nichts aufzuräumen gab, und bediente mich dann an Erics Kleiderschrank, da ich nicht mehr Zeit als nötig in meinem Bleistiftrock und der weißen Bluse verbringen wollte. In seinem XXL-T-Shirt, das mir als Kleid diente, fühlte ich mich schon besser. Es ließ mich erahnen, wie groß Eric wirklich war. Mir wurde bewusst, dass ich seine gesamte Größe noch nie gesehen hatte. Wie auch

… Im Bett kam er mir auf jeden Fall immer groß vor. In jeglicher Hinsicht.

Ich schob diese Gedanken beiseite und setzte mich auf den Sessel neben seinem Bett, um ihn beim Schlafen zu beobachten. Es war warm, weshalb er ohne Decke schlief. Ich ließ meinen Blick über seine Beine schweifen. Für mich war es unbegreiflich, wie es sein musste, sie nicht mehr spüren zu können.

Ich ging zu Erics Rollstuhl und ließ mich vorsichtig hineinsinken. Vielleicht war es eine totale Grenzüberschreitung, die ich hier gerade betrieb, doch ich wollte die Welt mit seinen Augen sehen. Aus seiner Position. Und was ich sah, erschreckte mich. Alles wirkte riesig. Ja, wahrscheinlich wirkte ich sogar riesig für ihn. Und so vieles war unerreichbar, für einen Mann, der schon so viel erreicht hatte.

Ich stellte den Rollstuhl wieder so neben das Bett, dass Eric ihn auf jeden Fall erreichen konnte, und seufzte leise. Allein die Tatsache, dass er ohne Rollstuhl nicht mal aus dem Bett kam …

Mit einem Mal überraschten mich Tränen, die ich eigentlich zurückhalten wollte. Ich weinte darüber, wie ungerecht das Leben zu ihm war, während Eric sich zumindest in meiner Gegenwart noch nicht ein einziges Mal beschwert hatte. Bis jetzt hatte ich mich nicht getraut, ihn zu fragen, wie es dazu gekommen war, dass er im Rollstuhl saß. Die Tatsache, dass er aber auch von sich aus nicht darüber sprach, verriet mir genug. Wenn er so weit war und mir genug vertraute, würde er es mir bestimmt erzählen.

»Guten Morgen«, sagte ich und legte meinen Kopf auf Erics Brust. Er lächelte mich an und sein gesamtes Erscheinungsbild wirkte so viel erholter und entspannter als noch am gestrigen Tag. Sanft küsste ich ihn und strich ihm über die Wange, da ich mich wieder so positioniert hatte, dass ich ihn ansehen konnte. Stundenlang war ich gestern wach gewesen und hatte ihn einfach nur beobachtet und versucht, mir vorzustellen, wie sein Leben war.

»Den wünsche ich dir ebenfalls«, entgegnete er und zog sich mit seinen Armen nach oben in eine sitzende Position. Es war Samstag und ich ging einfach davon aus, dass wir nicht arbeiten würden.

»Hättest du Lust, mit mir zu Andi zu fahren?«, fragte ich und sah in Erics überraschtes Gesicht. Ich wollte ihn nicht auf gestern ansprechen, denn ich wusste, dass ihm das wahrscheinlich genug zu schaffen machte.

»Sag mir, ob das funktionieren würde.« Er deutete mit dem Kinn in Richtung Rollstuhl und ich nickte.

»Fast vollständig barrierefrei.«

»Fast ist nie gut«, erwiderte er lachend.

»Nein, es wird passen, da bin ich mir sicher. Und wenn nicht, können wir immer noch wieder umkehren. Was meinst du, wollen wir es versuchen? Ich fände es schön, wenn du siehst, wo ich wohne, und auch Andi kennenlernst.«

»Klar, wieso nicht?«, antwortete Eric und ich strahlte freudig. Er zog seinen Rollstuhl etwas näher zum Bett und ich dachte darüber nach, was John mir am gestrigen Tag mit auf den Weg gegeben hatte, weshalb ich neben seinem Rollstuhl stand, als er sich hineinzog. Und ich konnte erkennen, was John gemeint hatte. Trotz all der Muskeln in seinen Armen brauchte Eric heute länger und auch beim Rasieren machte er zwischendurch eine Pause, was vollkommen unüblich für ihn war. Ich sagte nichts, denn wahrscheinlich sollte ich von all den Problemen gar nichts wissen.

»Andi, wir sind da!«, rief ich fröhlich und half Eric über die kleine Unebenheit in die Wohnung. Er würde mit dem Rollstuhl definitiv nicht alle Räume erreichen können, aber für das große Wohnzimmer reichte es. Beim Badezimmer würde es deutlich schwieriger werden, doch das hatte ich auf dem Weg hierhin ganz offensiv angesprochen.

»Mister Hunt«, sagte Andi förmlich und reichte Eric die Hand, die er schüttelte.

»Nennen Sie mich bitte Eric. Die Förmlichkeiten können wir uns ja für die nächste Leitungsrunde aufsparen«, sagte Eric und lächelte, doch das Lächeln auf dem Gesicht meiner Freundin blieb aus. Sie musterte ihn mit einem komischen Ausdruck, den ich bei ihr noch nie gesehen hatte. Ich fragte mich, ob es damit zu tun hatte, dass Eric ihr Boss war und sie nun Dinge über ihn wusste, die sie lieber nie erfahren hätte. Wie die Tatsache, dass er im Rollstuhl saß.

Ich hatte lange mit Eric darüber gesprochen, dass ich gegen die Verschwiegenheitsvereinbarung verstoßen hatte, doch dass ich jemanden zum Reden gebraucht hatte. Und trotz seines anfänglichen Zorns hatte er es verstanden und für gut befunden. Jetzt, in diesem Moment, fragte ich mich, ob es wirklich eine gute Idee gewesen war.

Unangenehmes Schweigen kehrte ein, bis Andi das Wort ergriff. Und was sie sagte, ließ mich die Luft anhalten. Sie erzählte Eric von mir, doch nur Dinge, die ihn verletzten, auch wenn er keine Miene verzog.

»Weißt du, Eric, ich mache vielleicht alles kaputt, aber so bin ich nun mal. Ich bin nicht auf den Mund gefallen und spreche Wahrheiten aus, auch wenn es unbequeme Wahrheiten sind. Meredith ist meine beste Freundin. Sie ist spontan, sie liebt es, feiern zu gehen und Spaß zu haben. Das Leben zu leben und in vollen Zügen zu genießen. Aber eine Sache liebt sie besonders, neben der Natur, in der sie sich gern aufhält und stundenlange Wanderungen unternimmt: Meredith liebt es, zu tanzen. Vorzugsweise Standardtänze, mit Männern, die sie auf ihren Hüften umherwirbeln können.«

Ich wusste, dass mir der Mund weit offen stand. Ich war perplex und vollkommen überrumpelt. Wie konnte sie das nur tun? Was fiel ihr ein?

»Andi!«, unterbrach ich sie und schüttelte den Kopf, während ich mich wieder Eric zuwandte. »Es … Ich weiß auch nicht, es tut mir leid. Das ist vollkommen dumm rübergekommen und …«

»Er kann dich nicht glücklich machen,

Meredith. Irgendwer muss das doch mal aussprechen!«

Mit diesen Worten drehte sich Andi um und verschwand in ihr Zimmer, während ich vollkommen überfordert mit Eric zurückblieb.

»Du solltest ihr hinterhergehen. Ich glaube, ihr habt viel zu besprechen«, sagte er, seine Miene war wie versteinert. Als er mich ansah, blickte ich in die Augen des CEO, der mich bei unserer ersten Begegnung mit aller Macht auf Abstand gehalten hatte.

»Eric, bitte.«

Er lächelte. Ein falsches, aber bestimmendes Lächeln. »Regel das mit ihr. Ich verstehe das«, sagte er und schob sich langsam in Richtung Tür.

Ich wollte nicht, dass er ging. Nicht so. Ihre Worte hatten ihn verletzt, auch wenn er das niemals zugeben würde.

»Ruf mich einfach später an.«

»Eric, ich will nicht, dass du so gehst!«

»Hey, es ist alles in Ordnung. Du kannst nichts dafür, was sie gesagt hat oder dass sie mich ablehnt. Sie ist deine beste Freundin und wünscht sich nur das Beste für dich. Augenscheinlich ist sie der Meinung, dass ich dir all das, was du brauchst, nicht bieten kann. Schade ist nur, dass sie mir keine Chance gegeben hat, sie vom Gegenteil zu überzeugen. Zwischen uns ist alles in Ordnung. Sieh zu, dass du auch zwischen Andi und dir wieder alles geradebiegst, okay? Ruf mich einfach an, wenn du so weit bist«, sagte er.

Mein Herz schmerzte, als ich ihm nachsah, bis er im Aufzug verschwunden war. Voller Wut stapfte ich in Andis Zimmer und stemmte die Hände in die Hüften. »Was fällt dir eigentlich ein?«

»Mach jetzt keine große Sache daraus«, meinte Andi gelangweilt und verdrehte die Augen. »Ich habe nur das ausgesprochen, was du dich einfach nicht traust, zu sagen.«

Ich war so wütend, dass meine Hände zitterten und ich mich nur schwer beruhigen konnte. »Was zum Teufel redest du da für einen Bullshit? Woher willst du wissen, was das Beste für mich ist oder was ich denke? Ich liebe Eric! Ich kann mir nichts Schöneres vorstellen, als an seiner Seite zu sein, und du? Du versaust es. Bist du dir eigentlich darüber im Klaren, was du getan hast?«

»Meine Güte, Mer. Komm mal wieder runter.«

»Ich soll runterkommen?« Ich biss die Zähne fest aufeinander und stand kurz davor, ihr eine Ohrfeige zu verpassen. Das war sonst überhaupt nicht meine Art, was nur noch mehr zeigte, wie wütend sie mich gemacht hatte.

»Ja, das sollst du! Denn habe ich unrecht? Nein! Du liebst das Tanzen! Was willst du denn tun, wenn du das Verlangen danach verspürst? Willst du dich dann auf seinen Schoß setzen und soll er dann im Kreis mit seinem Rollstuhl fahren?«

Ich machte noch einen bedrohlichen Schritt auf sie zu. »Du hast völlig den Verstand verloren! Natürlich werde ich weiter tanzen können. Denkst du wirklich, dass man, wenn man ein Paar ist, nicht mehr Dinge allein unternehmen kann? Es geht hier um etwas ganz anderes, habe ich recht? Du bist eifersüchtig!«

Andi sprang vom Bett auf und stemmte wütend die Hände in ihre Hüfte. »Eifersüchtig? Ich? Du bist vollkommen verrückt.«

»Das sagt die Richtige«, spie ich ihr entgegen. »Ich garantiere dir, Andi: Wenn deine Worte irgendetwas an dem Verhältnis zu Eric geändert haben sollten, werde ich dich zur Rechenschaft ziehen. Du kannst dir nicht alles erlauben und damit bist du eindeutig zu weit gegangen.«

Ich rannte aus ihrem Zimmer und versuchte, ruhig zu atmen, meine Gefühle unter Kontrolle zu bekommen, doch da hatte ich die Rechnung ohne Andi gemacht, die mir ins Wohnzimmer folgte.

»Wir waren noch nicht fertig!«

Ich schnaubte. »Und wie wir das sind! Ich werde darüber nachdenken, mir eine eigene Wohnung zu suchen. Wenn du wirklich meine beste Freundin wärst, hättest du das eben nicht getan. Dann wärst du vielleicht auf mich zugekommen, wenn wir allein sind, und hättest mir das gesagt … aber doch nicht … Verflucht, Andi! Mir war bis gerade eben nicht bewusst, wie verletzend du sein kannst. Du solltest dich schämen!«

Mit diesen Worten griff ich nach meiner Jacke und verließ fluchtartig die Wohnung. Doch selbst als ich die frische Luft einatmete, ging es mir nicht besser. Im Gegenteil. Ich hatte das Gefühl, dass etwas zwischen Eric und mir kaputtgegangen war, und ich hoffte bloß, dass ich mich täuschte …

ERIC

Ich atmete erleichtert auf, als ich die Tür meines Vans endlich hinter mir schließen konnte. Dieses Treffen war mit Abstand das unangenehmste und schlimmste gewesen, das ich seit Langem gehabt hatte.

Andi hatte mehr als deutlich gemacht, was sie von mir und dieser Beziehung hielt, und ich konnte ihr in allen Punkten nur recht geben. All diese Dinge, die Meredith so gern tat, würde ich ihr nehmen, oder zumindest würde sie sie nicht mit mir gemeinsam erleben können.

Fuck, warum hatte Meredith nie mit mir über all diese Dinge gesprochen? Wahrscheinlich weil sie mich nicht verletzen wollte, denn genau so war Meredith.

Ich fuhr nach Hause, wo mich einer der Securityguards darüber informierte, dass mein Bruder auf mich wartete. Ich hatte keine Lust auf Gesellschaft, keine Lust auf Gespräche. Ich wollte einfach nur meine verdammte Ruhe haben.

»Was ist, John?«, fragte ich also sofort und blickte in sein überraschtes Gesicht.

»*Was ist, John?* Ernsthaft? Was ist das denn bitte für eine Begrüßung?«

»Entschuldige, du hast recht. Ich hatte einen echt beschissenen Vormittag.«

»Geht es um den Anschlag? Habt ihr etwas rausgefunden?«

»Nein, es geht um Meredith.«

»Sie war gestern sehr besorgt um dich, und nicht nur sie, deshalb bin ich auch hier.«

»Wir waren gerade bei ihrer besten Freundin in ihrer Wohnung. Es war ein komplettes Desaster! Meredith liebt es, zu tanzen und an den Wochenenden in Clubs zu gehen. Ganz zu schweigen davon, dass sie das Leben genießt, spontan ist und all diese Dinge, die ich ihr niemals bieten kann.«

»Ja und?«

»Ja und? Sag mal, hast du mir gerade nicht zugehört?«

»Was bist du denn plötzlich für ein weinerlicher Jammerlappen? Das kann doch wohl nicht wahr sein! Du ziehst doch jetzt nicht den Schwanz ein, nur weil ihre beste Freundin dir etwas von ihren Hobbys erzählt. Ich dachte, Meredith hätte sich bewusst für dich entschieden, und du hast definitiv alles dafür getan, dass sie diese Entscheidung nicht überstürzt. Dafür kenne ich dich gut genug. Du hast dir ein verdammtes Imperium aufgebaut, du machst alle Geschäftspartner und Konkurrenten mit nur einem Blick fertig, wenn sie sich dir in den Weg stellen, aber wenn die beste Freundin von Meredith versucht, dich aus irgendwelchen Gründen auf die Palme zu bringen, lässt du dir das einfach gefallen? Hast du schon mal darüber nachgedacht, dass sie vielleicht eifersüchtig ist und Meredith ihr Glück nicht gönnt?«

Ich atmete tief durch.

»Jetzt tritt dir in den Arsch oder ich werde es tun. Nimm sie mit in die Hamptons und lauft ein bisschen weg von dieser ganzen Scheiße hier!«

»Vielleicht hast du recht.«

»Nicht nur vielleicht. Ihr habt gerade erst zueinandergefunden und schon stellen sich euch solche Schwierigkeiten in den Weg. Das ist nicht einfach, das sehe ich ein. Deshalb solltet ihr versuchen, etwas rauszukommen und abzuschalten. Du hast mir selbst erzählt, wie gut es Meredith in den

Hamptons gefallen hat. Also mach, dass du deine Sachen gepackt kriegst, und los. Die Geschäfte können auch mal einen Tag ohne den großen Big Boss laufen.«

Nickend nahm ich mein Handy hervor und wählte Merediths Nummer, die sich sofort meldete. Sie wollte sich für Andi und ihr Verhalten entschuldigen, doch ich unterbrach sie. Das war nicht ihre Aufgabe und wahrscheinlich war es sogar gut, dass ich nun all diese Dinge von ihr wusste. Wir würden uns nur überlegen müssen, wie wir damit umgehen wollten.

»Fahr mit mir in die Hamptons!«

»Was? Jetzt? Wie lange?«

»Bis Dienstag. Ich muss ein paar Tage raus und es gibt keinen schöneren Ort dafür als die Hamptons.«

»Was ist mit den Meetings, all den Terminen?«

»Sag sie ab und pack deine Sachen. Ich werde dich in zwei Stunden abholen.«

Meredith lachte. »Das ist vollkommen verrückt, weißt du das eigentlich?«

Ich lachte ebenfalls. »Ja, das weiß ich, aber es ist mir scheißegal. Ich möchte jetzt ein wenig Zweisamkeit mit dir genießen und das werden wir unter diesen Umständen hier in New York niemals schaffen. Bis gleich.«

»Siehst du! Bitte, gern geschehen, großer Bruder! Falls du noch einmal einen Rat brauchst, kannst du dich natürlich jederzeit vertrauensvoll an mich wenden.«

»Gott, aus irgendwelchen Gründen vergesse ich zwischendurch immer wieder, dass du ja der heimliche Beziehungsprofi in unserer Familie bist.«

»Jaja, du mich auch«, erwiderte John und erhob sich von meiner Couch. »Und vergiss nicht, mir Bescheid zu geben, wenn ich den Wachhund endlich wieder abgeben kann. Ich fühle mich beobachtet und verfolgt.«

»Wahrscheinlich weil du beobachtet und verfolgt wirst.«

»Witzig. Viel Spaß mit deinem Baby in den Hamptons! Lasst es euch gut gehen. Dass ich hinterher nicht wieder Klagen höre.«

Ich lächelte und blickte noch für einige Minuten auf die Tür, die John hinter sich geschlossen hatte. Was würde ich nur ohne meinen Bruder tun? Er war mein Ruhepol und immer für mich da.

Zwei Stunden später hielt ich mit dem Van vor Merediths Apartment.

»Oh, heute keinen schicken Sportwagen, Mister Hunt?«, fragte sie, doch ich schüttelte nur den Kopf. Ich wollte jederzeit selbst aus dem Auto kommen können, sollte etwas sein. Doch das sagte ich Meredith natürlich nicht.

In den Hamptons war das Securitypersonal ebenfalls verdoppelt worden, so dass wir uns auch dort in dem so oder so schon recht geschützten Komplex noch sicherer fühlen konnten.

»Schlafe ich eigentlich wieder in diesem wunderschönen Gästezimmer?«

Ich lachte laut. »Ganz sicher werde ich dich nicht im Gästezimmer schlafen lassen. Du gehörst zu mir«, sagte ich und fuhr mit ihr auf meinem Schoß ins Haus.

»Weißt du, dass ich Angst habe, zu einer bemitleidenswerten dicken Frau zu werden? Du verwöhnst mich mit diesem guten Essen und nimmst mich immer auf deinem Schoß mit«, stellte Meredith lachend fest.

Ich genoss ihre Ausgelassenheit, als sie die Balkontüren meines Schlafzimmers aufriss und die frische Meerluft tief einatmete.

»Seit wann steht diese wundervolle Liege da am Strand?«

»Es ist ein Daybed. Ich habe es für uns besorgen und aufstellen lassen.«

»Natürlich hast du das!«

»Es wird eine warme Sommernacht. Wir könnten einfach dortbleiben, direkt am Wasser, unter dem Sternenhimmel.«

»Oh Eric. Das ist das Romantischte, was je ein Mann für mich getan hat.«

»Das will ich aber auch hoffen!« Ich lachte und küsste Meredith sanft, die sich auf mein Bett legte und sich lasziv darauf rekelte. »Wenn wir heute Abend dort draußen schlafen, würde ich sagen, wir ziehen den heißen Teil schon einmal vor. Was meinst du?«

»Lasset die Spiele beginnen!«

Merediths Lachen war ansteckend und sie schrie laut auf, als ich bei meinem Transfer halb auf ihr landete. Natürlich war das Ganze kein Unfall und das wusste sie genauso gut wie ich.

Unser Sex war seit unserem ersten Mal anders geworden, denn Meredith wusste nun, was ich brauchte, und vor allem, wie ich es brauchte.

Wir verbrachten viel Zeit im Bett und gingen dann nach einer ausgiebigen Dusche, die sich hier zu zweit nicht als so einfach herausstellte wie in New York, gemeinsam nach unten, wo ein opulent gedeckter Tisch auf uns wartete. Natürlich verwöhnte uns die Köchin wieder über alle Maßen. Wie immer, wenn wir hier waren.

»Ist alles vorbereitet?«, fragte ich beiläufig und sie nickte mir zu. Wahrscheinlich dachte Meredith, dass wir über das Essen sprachen, doch das war es nicht.

Nachdem wir den letzten Gang zu uns genommen hatte, bat ich sie wieder, auf meinem Schoß Platz zu nehmen, was sie bereitwillig tat, nur dieses Mal bat ich sie, sich mit dem Rücken zu mir zu setzen. Langsam schob ich den Rollstuhl nach draußen und als Boris die Tür für uns öffnete, konnte ich hören, wie Meredith ein kleiner entzückter Laut entfuhr. Wie besprochen waren Fackeln aufgestellt, bis runter zum Meer und dem Bett, welches unser Ziel für diese Nacht war. Das Bett war erhellt von Kerzen, ganz so wie ich es gewünscht hatte.

»Oh mein Gott, Eric!«

»Seitdem wir uns füreinander entschieden haben, ist leider alles drunter und drüber gegangen. Ich wollte uns an diesem Wochenende ein bisschen Ruhe und Romantik gönnen.«

»Es ist wunderschön. Danke«, flüsterte sie und wir hielten an, so dass sie mich küssen konnte.

Beim Bett angekommen, betrachtete ich verunsichert die Distanz, die ich vom Rollstuhl überwinden musste. Es war unmöglich, das allein zu schaffen.

»Ich kann dir helfen. Ich bin stark«, sagte Meredith, die meine Gedanken scheinbar lesen konnte.

»Einen Versuch ist es wert«, erwiderte ich und fuhr den Rollstuhl so nah an das Bett, wie es nur möglich war. »Auf drei?«, fragte ich und zählte dann langsam runter. Mit aller Kraft versuchte ich, mich auf das Bett zu ziehen, doch auch Merediths Unterstützung half mir dabei nicht. Statt auf dem weichen Bett landeten wir geradewegs im Sand. Ich wollte mich entschuldigen, doch Meredith lachte laut und ich stimmte mit ein.

»Das hat wundervoll geklappt. Weich gelandet sind wir so oder so«, sagte sie und stützte sich auf ihre Ellbogen, um mich anzublicken.

»Betten werden eh vollkommen überbewertet.«

Wir lachten wieder. Ich war gerade kläglich gescheitert, an einem einfachen Transfer, und doch amüsierten wir uns darüber.

Sanft strich ich ihr die Haare aus dem Gesicht

und zog sie ein Stück zu mir runter, um sie zu küssen. Wir mussten das Beste aus diesem so unglücklichen Moment machen.

»Da ich nicht scharf darauf bin, die ganze Nacht in diesem Sand zu liegen, werde ich, denke ich, Boris fragen, ob er uns helfen kann, oder was meinst du?«

»Eine hervorragende Idee«, stimmte ich zu und setzte mich, so gut es mir möglich war, auf. Es war erbärmlich, dass mein Bodyguard mich nun aus dieser Lage befreien musste, doch weder aus eigener Kraft noch mit Merediths Hilfe würde ich es sonst schaffen.

»Geht es Ihnen gut, Mister Hunt?«, fragte Boris, was ich mit einem Nicken beantwortete.

»Am besten halten Sie ihn kurz hoch, Boris, damit ich die halbe Tonne Sand abklopfen kann«, schlug Meredith vor, was Boris mit einem »Ja, Ma'am« kommentierte. Ich ließ mich von Boris nach oben ziehen, der mich nach kurzem Abklopfen von Meredith auf das Bett setzte.

»Sonst noch etwas, Sir?«, fragte er, doch ich schüttelte den Kopf. Ab jetzt würden wir allein klarkommen. Zumindest so lange, bis ich wieder in den Rollstuhl musste.

»Das war romantisch«, sagte ich und wieder

lachte Meredith, während sie mir ein Champagnerglas reichte.

»Dann starten wir noch einmal neu mit der Romantik.«

»Mer, ich muss mit dir über etwas reden«, sagte ich, nachdem wir eine Weile einfach nur still dagelegen und in den Sternenhimmel geschaut hatten. Meredith lag wie immer mit ihrem Kopf auf meiner Brust, doch mein Tonfall schien sie aufgeschreckt zu haben, da sie mich sofort verunsichert anblickte.

»Das hört sich ernst an«, sagte sie, doch ich lächelte.

»Es geht um das Treffen mit Andi …«

»Für das ich mich immer noch in aller Form entschuldigen wollte. Das, was sie gesagt hat und wie sie sich verhalten hat … Es ist mir unheimlich peinlich und ich habe wirklich keine Ahnung, was in sie gefahren ist.«

»Sie sorgt sich um ihre beste Freundin und will nur das Beste für sie. Es ist gut, so eine Freundin an seiner Seite zu haben. Augenscheinlich ist sie nicht davon überzeugt, dass ich das Beste für dich bin, und nach dem, was sie erzählt hat, kann ich ihre

Einstellung diesbezüglich auch absolut nachvollziehen.«

»Nein! Ihr Verhalten dir gegenüber war unmöglich und es ist definitiv durch nichts zu entschuldigen.«

»Sie hat gesagt, dass du gern auf Partys gehst und dass es eine Passion von dir ist, zu tanzen. Weder das eine noch das andere wirst du mit mir erleben können.«

»Ja und? Dafür erlebe ich mit dir andere Dinge. Ich gehe jetzt auch mit ihr feiern und tanzen, wieso sollte ich das nicht in Zukunft so beibehalten, nur weil wir ein Paar sind? Ich schätze dich nicht so ein, als würde dich das stören.«

»Das tut es nicht. Nicht im Geringsten.«

»Siehst du. Ich kann doch mein Leben weiterleben und mir gleichzeitig ein wundervolles Leben mit dir aufbauen. Glaubst du nicht, dass ich mittlerweile verstanden habe, dass ich Abstriche machen muss? Dass es wirklich Dinge gibt, die nicht so einfach gehen? Dass Spontanität ein Problem mit einem Mann im Rollstuhl ist? Du gibst dir große Mühe, mir ein komplettes Bild von dir und deiner Welt zu geben, und nach und nach lerne ich sie wirklich kennen. Auch die Schattenseiten. Doch es schreckt mich nicht ab und ich will auch nicht weglaufen. Ganz im Gegenteil. Du bist perfekt. Du redest mit mir, du hörst mir zu, du versuchst, mir jeden Wunsch von den Lippen abzulesen. Mit dir kann ich lachen und gleichzeitig vollkommen ernsthafte Gespräche führen. Du hast vielleicht keine funktionsfähigen Beine mehr, aber ein verdammt großes Herz. Bei dir fühle ich mich wohl und geborgen wie niemals zuvor. Ganz egal, wie oft ich dich vom Boden aufheben muss oder wie oft ich dir bei einem Transfer helfen muss, ich will dich und du bist alles, was ich brauche.«

»Gott, Mer«, entfuhr es mir und ich zog sie an mich, so eng es nur ging. Solch wunderschöne Worte hatte noch nie jemand zu mir gesagt. Nie hatte ich gedacht, dass ich für einen Menschen jemals genug sein würde, doch für sie war ich das.

Wir schliefen mit dem Rauschen der Wellen ein und betrachteten am nächsten Morgen den Sonnenaufgang, der das Meer in ein wunderschönes Licht tauchte.

»Danke für diese wunderschöne Nacht«, flüsterte Meredith und küsste mich sanft.

»Ich hoffe, du bist bereit für einen außergewöhnlichen Tag? Der Kerl im Rollstuhl würde dir gern noch ein paar Dinge zeigen, wenn es okay wäre? Und bevor du fragst, was ich vorhabe: Das wird mein Geheimnis bleiben.«

»Ich vertraue dir«, flüsterte Meredith und küsste mich erneut.

»Würdest du jetzt noch einmal Boris für mich holen? Damit ich nicht wieder Sand essen muss?«

Wir frühstückten ausgiebig, bevor ich Meredith bat, sich eine Jeanshose anzuziehen und eine Jacke mitzunehmen. Sie blickte mich verständnislos an, ging dann allerdings nach oben, um sich umzuziehen. Schließlich war es eine Überraschung, was ich heute für sie geplant hatte.

Gemeinsam mit Meredith ging ich rüber zur Garage, wo sie ungläubig die Augen aufriss.

»Du willst jetzt aber nicht …«

»Oh doch! Ich dachte, wir drehen eine Runde.«

»Mit einem Motorrad?«

»Klar. Wieso nicht? Ich verspreche dir auch, langsam und gesittet zu fahren. Wie klingt das?«

»Immer noch vollkommen verrückt.«

»Dann warte erst mal ab, was danach noch so kommen wird.«

Merediths Blick wurde noch zweifelnder.

»Du hast gesagt, dass du mir vertraust.«

»Das tue ich ja auch. Das tue ich wirklich! Aber scheiße, Eric, das ist ein verdammtes Motorrad!«

»Komm schon. Ich verspreche dir, dass es halb so schlimm wird.«

Ich fuhr mit dem Rollstuhl so nah wie möglich an das speziell für meine Bedürfnisse umgebaute Motorrad heran und schwang mich dann darauf. Ganz ohne Hilfe von Meredith. Ich reichte ihr ihren Helm und zog sie an mich, um ihn ihr unter dem Kinn fest zu machen.

»Bereit?«

»Ich werde tausend Tode sterben!«

»Nein, das wirst du nicht. Du wirst es lieben und dich amüsieren. Da bin ich mir sicher.«

Und ich behielt recht. Klammerte Meredith sich auch in den ersten Kilometern noch krampfhaft an mir fest, lockerte sich ihr Griff schon bald merklich, wenngleich sie sich noch immer festhielt. Nur entspannter.

»Es ist wundervoll!«, schrie sie zwischendurch zu mir nach vorn und ich lachte auf. Natürlich war es wundervoll. Sonst hätte ich sie niemals mit auf diese Spritztour genommen. Und wir hatten ein Ziel.

»Sieh mal da!«, rief Meredith, nachdem wir eine weitere halbe Stunde über das Land gebraust waren, und deutete mit ihrem Finger in den Himmel, wo unweit von uns entfernt ein paar Fallschirmspringer landeten. Sie hatte mir vor gefühlten Ewigkeiten davon erzählt, wie gern sie es auch einmal probieren würde, doch ihre Angst davor war zu groß. Meredith hatte mir in dieser kurzen Zeit bereits so viele Ängste genommen und nun war es an mir, mich endlich dafür zu revanchieren.

Sie schien erst zu verstehen, was ich vorhatte, als ich das Motorrad auf dem Parkplatz des Springclubs abstellte.

»Eric, was tun wir hier?«, fragte sie und stieg von dem Motorrad. Sie befreite sich von ihrem Helm und schüttelte ihre Haare aus, was sie unglaublich sexy machte. Zumindest in meinen Augen.

»Wonach sieht es denn aus?«, fragte ich zurück.

Boris hatte den Wagen neben dem Motorrad geparkt und ich sah im Augenwinkel, wie er meinen Rollstuhl zu uns schob.

»Ich kann das nicht!«

»So wie du Motorradfahren hassen wirst?«

Auf Merediths Gesicht bildete sich ein sanftes Lächeln, während sie mich kurz in den Arm nahm.

»Ich weiß nicht, ob ich dich in diesem Moment hassen oder lieben soll.«

»Lieben wäre schön«, erwiderte ich und wir blickten uns für einige Sekunden tief in die Augen. Es war noch zu früh für diese Worte und doch war ich mir sicher, noch nie so für einen Menschen empfunden zu haben wie für Meredith.

Boris half mir von dem Motorrad und ich fuhr voran in den Springclub, in welchem ich schon viele meiner Sprünge absolviert hatte. Natürlich konnte ich seit dem Unfall nicht mehr allein springen, doch in Simon hatte ich einen einzigartigen Tandempartner gefunden, dem ich vertraute.

»Hey, Eric! Mann, schön, dich zu sehen!«, rief er, als er uns erblickte, und klopfte mir auf die Schulter, bevor er Meredith ansah.

»Simon, darf ich dir meine Freundin Meredith vorstellen?«, fragte ich und sah, wie Meredith leicht errötete. Ich hatte sie zum ersten Mal offiziell als meine Freundin vorgestellt.

»Hey, schön, dich kennenzulernen! Ich habe gehört, du willst heute auch springen.«

»Ach, von wollen kann hier nicht so ganz die Rede sein«, erwiderte sie, doch ich nickte nur.

»Sie hat Angst. Was vollkommen normal ist.«

»Das ist es. Aber wir werden dir die Angst schon nehmen. Versprochen!«

Simon händigte uns die Anzüge aus und erst jetzt wurde mir bewusst, dass ich zum ersten Mal ohne John hier war, der mir normalerweise immer half. Fuck. Darüber hätte ich früher nachdenken sollen.

»Jetzt siehst du aus, als hättest du Angst«, bemerkte Meredith und ich zuckte mit den Schultern, während ich den Anzug hochhielt. »Normalerweise kümmert sich mein Bruder immer darum, dass ich dieses sperrige Teil angezogen bekomme.«

»Tja, dann werde ich das wohl heute übernehmen.«

Wir gingen in die Umkleidekabine, wo Meredith die Klettverschlüsse um meine Beine löste. Sanft führte sie zuerst das eine, dann das andere Bein in den Anzug und zog ihn dann etwas hoch. Normalerweise zog John mich jetzt nach oben und gleichzeitig den Anzug über meinen Hintern, doch so viel Kraft besaß Meredith nicht. Also versuchten wir zusammen, durch Hin- und Herrutschen, mich in den Anzug zu bekommen, was uns tatsächlich nach einer gefühlten Ewigkeit gelang. Es hatte mich viel Mühe und Kraft gekostet, genau wie das Motorradfahren, worauf meine

Beine natürlich wieder mit ihren üblichen Spastiken reagierten. Meredith verlor keine Zeit und schnürte meine Beine wieder fest, wofür ich ihr sehr dankbar war. Auch sie zog sich den Anzug an und beugte sich dann zu mir runter.

»Ich bin mir wirklich nicht sicher, ob ich das kann«, sagte sie, doch ich zog sie an mich und schüttelte den Kopf.

»Zusammen schaffen wir das schon. Das weiß ich.«

Während Meredith noch einige Instruktionen bekam und ein paar Trockenübungen absolvieren musste, sah ich ihr zu und versuchte, meine Beine unter Kontrolle zu bringen. Der Tag war noch nicht zu Ende, auch wenn mein Körper das wahrscheinlich gern hätte.

Heimlich, damit Meredith sich nicht wieder Sorgen machte, schluckte ich eine Tablette und hoffte, dass meine Spastiken dadurch wenigstens etwas abebben würden.

Gemeinsam mit Simon und Merediths Sprungpartner Andrew gingen wir hinaus auf das Rollfeld, wo das kleine Flugzeug stand, mit dem wir zum Absprungpunkt fliegen würden. Wie immer hoben mich Simon und Andrew in die Maschine und stiegen dann ebenfalls ein. Sie befestigten uns und ich ließ es mir nicht nehmen, Merediths Hand zu halten, während wir immer weiter in den Himmel flogen.

»Ich habe Angst!«, rief sie.

»Ich bin bei dir. Glaub mir, ich habe auch Angst, aber sobald wir aus diesem Flugzeug springen, ist alles wunderschön.«

»Eric, bereit?«, fragte Simon und ich nickte ihm zu. Gemeinsam robbten wir uns nach vorn zur geöffneten Flugzeugtür und ich schenkte Meredith ein kleines Lächeln, bevor ich den Ruck nach vorn gab und wir uns einfach fallen ließen.

Ich jubelte laut und genoss dieses unglaubliche Gefühl von Freiheit, das mich jedes Mal aufs Neue faszinierte. Hier oben war es egal, ob ich meine Beine spüren konnte oder nicht, denn ich flog!

Wir landeten routiniert auf dem Boden, wobei ich mich wie immer bei Simon bedankte, der meine Beine auch bei der Landung ersetzte. Simon war spezialisiert darauf, mit Menschen zu springen, die eine Behinderung hatten, so dass ich mich von Anfang an gut bei ihm aufgehoben gefühlt hatte.

Ich blieb auf dem Feld sitzen und sah dabei zu, wie Meredith langsam auf die Erde zu schwebte. Das Strahlen in ihrem Gesicht sah ich bereits aus der Entfernung. Es hatte ihr also genau so gut gefallen, wie ich es erwartet hatte.

»Oh mein Gott! Es war wundervoll!«, rief sie laut und ließ mich zufrieden auflachen. Sie kam direkt auf mich zugelaufen, nachdem sie von Andrew aus den Halterungen befreit worden war, und stürzte sich so wild in meine Arme, dass wir beide nach hinten umfielen. Lachend lagen wir im Gras, küssten uns und vergaßen für einige Minuten die Welt um uns herum. Und ich war froh darüber, denn jetzt folgte wie immer der Moment, den ich über alle Maßen hasste. Ich musste zurückgebracht werden, bis zu meinem Rollstuhl, der noch immer am Hangar stand.

Simon hob mich gemeinsam mit Andrew in das bereitstehende Golfcart, wobei meine Beine so unkontrolliert zitterten, dass ich beinahe wieder herausgefallen wäre.

»Alles gut, Eric?«, fragte Simon, doch nichts war gut, was nun auch Meredith mitbekam.

»Eric?«, fragte sie ebenfalls, während ich mir Mühe gab, die Situation runterzuspielen. Es gelang mir nicht.

»Könnt ihr ihn auf den Rasen legen?« Meredith sprach ruhig, genau so, wie ich sie eingeschätzt hätte. »Eric, wenn ich etwas falsch mache, musst du es mir sagen, okay?«, sagte sie und begann damit, meine Beine zu lockern und sie gegen meinen Körper zu drücken. Ganz so, wie John es ihr gezeigt hatte. Ohne sie wäre ich nun wahrscheinlich geliefert gewesen, doch dank ihres Eingreifens fühlte ich mich schon Minuten später besser.

»Es geht wieder«, sagte ich, während Meredith sich zu mir beugte.

»Wirklich?«, fragte sie skeptisch und ich zog sie runter, um sie küssen zu können.

»Versprochen. Danke, dass du das für mich getan hast.«

»Spinner«, erwiderte sie zwinkernd und wir machten uns erneut auf den Rückweg zum Hangar, wo ich erleichtert in meinem Rollstuhl Platz nehmen konnte. Merediths Freude und Enthusiasmus über ihren ersten Fallschirmsprung waren ebenfalls zurückgekehrt und so redete und schwärmte sie ununterbrochen von diesem Erlebnis, während sie sich aus ihrem Anzug befreite und mir anschließend half.

Wir fuhren mit dem Motorrad zurück zum Haus, doch statt noch Fahrrad zu fahren, wie ich es mir eigentlich vorgenommen hatte, landeten wir im

Pool, um uns nach dieser ganzen Aufregung etwas abzukühlen.

Und wir landeten im Bett, um uns zu lieben. Stundenlang. Bis wir beide vor Erschöpfung einschliefen.

Ich hatte mit diesem Tag versucht, Meredith zu zeigen, dass ich mehr war als der bemitleidenswerte Kerl im Rollstuhl, auch wenn einiges davon nach hinten losgegangen war. Doch während ich in den Schlaf abrutschte, fragte ich mich, ob ich ihr das eigentlich wirklich zeigen musste, denn sie machte nicht den Eindruck, als würde sie mich für bemitleidenswert halten. Noch immer nicht …

Am Morgen erwachte ich durch zärtliche Küsse, die Meredith auf meinem Oberkörper hinterließ. Wir waren noch immer nackt und als ich in ihre Augen sah, wusste ich, dass wir uns auf ganz spezielle Art und Weise einen guten Morgen wünschen würden. Und wie speziell es werden würde, musste ich erkennen, als etwas geschah, das ich in meinem Leben nie wieder für möglich gehalten hatte.

Meredith und ich hatten uns aufs Äußerste gereizt, mit verschiedenen Vorspielen und Liebkosungen, doch keiner von uns hatte den anderen von seinen lustvollen Qualen erlöst. Und dann nahm Meredith mich in sich auf und umfasste dabei meine Eier hart mit ihrer Hand. Sie bewegte sich rhythmisch auf mir und ich kam in ihr, während wir miteinander schliefen. Ohne dass sie meinen Schwanz dabei hart anfassen musste. Es geschah wie bei jedem normalen Paar, nur dass es für mich etwas ganz Besonderes war. Meredith kannte meinen Körper so gut, dass sie dieses Wunder vollbracht hatte.

Womit hatte ich diese Frau nur verdient?

MEREDITH

Auf dem Weg von den Hamptons nach Hause hielt ich die ganze Zeit Erics Hand. Es war verrückt, dass wir uns nun an diesem Punkt befanden, nachdem ich ihn als unnahbaren, kalten Mann kennengelernt hatte. Doch jetzt … Unser Wochenende war so unbeschwert gewesen, so wundervoll.

»Ich hoffe, dass wir das noch einmal wiederholen«, flüsterte ich, als wir beinahe vor dem Wohnkomplex ankamen, in dem ich wohnte. Es graute mir bereits davor, wieder Andi gegenübertreten zu müssen, denn meine Wut war immer noch nicht verraucht. Im Gegenteil. Sie hatte etwas getan, was sich so leicht nicht wiedergutmachen ließ. Wahrscheinlich würde ich ihr erst verzeihen können, wenn sie sich bei mir entschuldigte und dies auch wirklich ernst meinte.

»Das hoffe ich doch.« Erics Lächeln ließ die Schmetterlinge in meinem Bauch verrückt umherfliegen und ich wollte diesen Moment festhalten, so dass ich mich immer wieder an ihn zurückerinnern konnte. »Wir sind da«, meinte er mit einem Blick aus dem Fenster und ich seufzte.

»Wir sehen uns morgen?« Ich beugte mich zu ihm und hauchte ihm einen sanften Kuss auf die Lippen. Am liebsten wäre ich nicht ausgestiegen, seine Nähe machte süchtig. Ich wollte viel mehr davon.

»Ja, wir sehen uns morgen«, erwiderte er und lehnte seine Stirn gegen meine. »Ich kann es kaum erwarten.«

»Ich auch nicht«, meinte ich lächelnd, als ich mich abschnallte und aus dem Wagen stieg. Vor der Haustür drehte ich mich noch einmal zu ihm um und winkte ihm, was er erwiderte. Dann atmete ich tief durch, bevor ich die Wohnungstür aufschloss.

Ich wollte mir dieses Wochenende nicht kaputtmachen lassen, indem Andi mich mit ihrer Laune und Meinung über Eric herunterzog.

Ich erschrak beinahe zu Tode, als Andi bereits im Flur auf mich wartete.

»Hey«, meinte sie leise. Viel zu leise als für sie üblich. Die Schuld stand ihr ins Gesicht geschrieben und obwohl ich ihr auf der Stelle verzeihen wollte, blieb ich stumm und schloss die Tür hinter mir. Ich wollte schon an ihr vorbeigehen, als sie mich am Arm festhielt. »Können wir vielleicht kurz reden?«

Ich schnaubte. »Wenn du vorhast, mich davon zu überzeugen, dass Eric und ich nicht zusammenpassen, dann verzichte ich gern.«

Sie schüttelte den Kopf. »Nein, das ist es nicht. Ich möchte mich bei dir für mein Verhalten entschuldigen.«

Andi zog mich mit sich zur Couch und wir setzten uns beide.

»Hör zu. Ich weiß selbst nicht, was in mich gefahren ist. Das mit euch ging so schnell und ich hatte die Befürchtung, dass du dir etwas vormachst. In deiner letzten Beziehung wurdest du so verletzt und ich hatte einfach Angst, dass du einen Fehler begehst und irgendwann aufwachst und dir bewusst wird, dass du etwas verpasst.«

»Erstens solltest du dich eher bei Eric als bei mir entschuldigen, denn ich glaube, dass dir überhaupt nicht bewusst ist, dass du ihn damit verletzt hast. Er fühlt ebenso viel für mich wie ich für ihn und glaubst du nicht, dass er schon selbst damit zu kämpfen hat, dass er nicht laufen kann? Oder gar tanzen? Natürlich tut er das, aber du musstest ja noch nachtreten, wenn er bereits am Boden liegt.«

Andi sah mich gequält an. »Scheiße, es tut mir so leid.«

Ich zuckte mit den Schultern. »Es lässt sich nicht mehr rückgängig machen. Und es ist mir völlig egal, dass ich gewisse Dinge vielleicht nicht mit ihm tun kann. Was soll's? Mein ganzes Leben besteht nicht daraus, wilde Partys zu feiern oder in der Gegend herumzuwandern. Ich habe nach der Liebe gesucht und sie gefunden. Andi, ich habe nicht einmal für Hank so starke Gefühle gehegt, wie ich sie nun für Eric empfinde.«

Sie griff nach meiner Hand und ich ließ es geschehen. Andi wirkte so schuldbewusst, dass ich kaum anders konnte, als ihr zu verzeihen. Trotz dem, was sie getan hatte, war sie immer noch meine beste Freundin und ich konnte mir nicht vorstellen, dass sie böse Absichten gehabt hatte.

»Nimmst du meine Entschuldigung an? Es wird nie wieder vorkommen, das schwöre ich dir.«

Seufzend stieß ich die Luft aus. »Das letzte Mal, Andi.«

Ihre Miene hellte sich augenblicklich auf und ich konnte ihr nicht länger böse sein. Besonders nicht, als sie aufstand und mit einem riesigen Becher Eis zurückkehrte.

»Was gibt es Besseres als eine große Portion Eis, während wir uns unsere Lieblingsserie anschauen?«

Ich lächelte. »Vermutlich gibt es nichts Besseres.«

»Aber nun erzähl mir, wie es war«, forderte sie mich auf und blickte mich interessiert an. Es war nichts mehr davon zu sehen, dass sie meine Beziehung zu Eric missbilligte. Stattdessen sah ich wieder meine Seelenverwandte vor mir, die mit mir durch dick und dünn gehen würde.

»Es war unglaublich«, antwortete ich und ließ mich in die Kissen sinken. Verträumt blickte ich zur Decke und konnte selbst nicht glauben, wie schnell ich mich in meinen Boss verliebt hatte. »Eric ist aufmerksam, liebevoll und witzig. Alles Eigenschaften, die ich bei unserem ersten Treffen sicherlich nicht vermutet hätte.«

Andi grinste und stupste mich von der Seite an. »Wie ist es denn, wenn man mit jemandem zusammen ist, der ein Handicap hat?«

Ich verdrehte die Augen. »Andi …«

»Hey!«, verteidigte sie sich. »Das ist eine ernst gemeinte Frage und es interessiert mich wirklich.

Ich meine, funktioniert denn bei ihm noch alles da unten?«

Nun konnte ich mir ein Lachen nicht mehr verkneifen. »Verflucht, ja, das tut es. Und noch viel mehr als das. Es stört mich keineswegs, dass er diese Einschränkung hat. Er gibt mir mehr, als mir irgendein anderer Mann geben könnte.«

»Oh Mann, du bist total in ihn verschossen. So habe ich dich noch nie erlebt«, stellte sie fest und ich nickte.

»So geht es mir auch. Selbst jetzt … Er hat mich erst vor wenigen Minuten hier abgesetzt und schon fehlt er mir. Ist das nicht irgendwie krank?«

Andi schüttelte den Kopf. »Nein, ganz im Gegenteil. Genauso klingt die Liebe.«

ERIC

Ich schloss die Tür mit einem breiten Grinsen hinter mir und legte meine Schlüssel auf die kleine Anrichte, bevor ich weiterrollte.

Etwas war anders. Ich konnte das Gefühl nicht beschreiben, bis mein Blick auf den Tisch inmitten meines Wohnzimmers fiel und mein Herzschlag einen Moment aussetzte.

›Mister Hunt‹, stand dort mit großen roten Buchstaben geschrieben. Ich war nicht dumm genug, um weiter in mein Apartment vorzudringen.

»Boris!«, rief ich stattdessen und wartete, bis die Tür wieder aufging. Boris war heute wieder bei mir, da Meredith ihren eigenen Bodyguard zugeteilt bekommen hatte.

»Mister Hunt?«

Ich deutete auf den Brief und sah dabei zu, wie Boris seine Waffe zückte. Ich selbst blieb an der Tür stehen und wartete, bis er mir grünes Licht gab. Er hatte jeden Winkel des Penthouses durchsucht. Es befand sich niemand mehr im Apartment.

Boris sah als Erster in den Brief und drehte sich dann zu mir um. »Sie sollten sich das dringend ansehen, Mister Hunt«, sagte er und ich rollte näher.

Schon von Weitem konnte ich Merediths wunderschönes Gesicht erkennen, was mir das Blut in den Adern gefrieren ließ. Die Bilder zeigten Meredith beim Einkaufen, zusammen mit Andi, in einem Club, sogar in ihrem Zuhause. Er war ihr gefolgt. Verdammte Scheiße!

Ein kleiner weißer Zettel lag dabei, auf dem mit Computer etwas geschrieben war. Ich faltete ihn langsam auseinander und las die Zeilen durch.

›Bist du glücklich? Dann zähle die Stunden …‹

Mein Herz setzte einen Schlag aus. Meredith. Er bedrohte Meredith.

»Sir, bei allem Respekt, ich denke, es wäre vielleicht besser, wenn wir zur Polizei gehen würden, um über diesen Vorfall zu berichten.«

»Nein!«, stellte ich klar. Das Letzte, was wir gebrauchen konnten, war, dass diese Erpressung, oder auf was auch immer es hinauslaufen sollte, an die große Glocke gehängt würde. Trittbrettfahrer waren dann bereits vorprogrammiert. Ich verfügte über erstklassiges Sicherheitspersonal und gemeinsam würden wir das schon regeln.

»Danke, Boris, das war es erst einmal«, sagte ich und fuhr zur großen Panoramascheibe, durch die ich den Central Park sehen konnte. Ich musste handeln, ich musste eine Entscheidung treffen, und dabei durfte ich verdammt noch mal nicht an mich denken.

Seufzend nahm ich meine Schlüssel zur Hand und signalisierte Boris, dass wir noch einmal losmussten. Ich konnte nur hoffen, dass Meredith es irgendwann verstehen würde. Ich wollte nur das Beste für sie, egal was mit mir passierte.

Ich wartete eine geschlagene Stunde vor Merediths Apartment, nur um dann doch wieder zu fahren. Ich musste sie beschützen, aber war das der richtige Weg? Es zerriss mich innerlich.

Die ganze Nacht lag ich in meinem Bett und starrte in die Dunkelheit. Ich konnte Merediths Körper noch immer an meinem spüren. Ich spürte ihre Küsse auf meinem Mund, auf meiner Brust. Ich spürte ihre Wärme, und ja, ich spürte sogar ihre Enge, selbst wenn das nur Einbildung war. Wir hatten es geschafft, gemeinsam zum Höhepunkt zu kommen, weil wir unsere Körper erforscht hatten, weil wir uns kannten und vertrauten. Ich würde das alles zerstören müssen und es zerriss mich. Der pure Gedanke, auch nur einen Tag ohne Meredith zu sein, löste mich beinahe in meine Bestandteile auf. Ich konnte nicht atmen, denn schon jetzt fehlte sie mir. Das alles war so ungerecht, so aussichtslos, doch was war im Leben schon gerecht? War es gerecht, dass ich in diesem beschissenen Rollstuhl saß, mit Beinen, die nie wieder funktionieren würden? War es gerecht, dass ich so viel Geld hatte, während irgendwo auf der Welt Menschen verhungerten? Das ganze Scheißleben war einfach ungerecht, doch ich würde nichts daran ändern können. Alles, was ich jetzt noch tun konnte, war, mich selbst aufzugeben, um Meredith zu beschützen, und das würde ich tun. Ich musste mir einfach weiterhin einreden, wie viel besser sie es ohne mich hatte.

Das war meine leichteste Übung. Meredith verdiente einen Mann, der laufen und sie auf Händen tragen konnte. Der mit ihr tanzte, mit ihr wanderte, mit ihr spontan war. Und all das konnte ich ihr nicht bieten. Für Meredith war es besser so.

Mit diesem Gedanken stand ich nach einer schlaflosen Nacht auf und machte mich fertig für den Tag. Gerüstet mit einem perfekt sitzenden Anzug, meinen teuersten Manschettenknöpfen und der schwarzen Krawatte, war ich der perfekte CEO, denn genau das musste ich heute sein. Nicht Eric, sondern Mister Hunt würde heute zu Meredith sprechen.

Meredith betrat mit einer dampfenden Tasse Kaffee mein Büro, auf dem Gesicht ein strahlendes Lächeln, das ich ihr schon so bald nehmen würde. Ich fühlte mich grauenhaft, doch ich wusste, dass jetzt nicht die richtige Zeit und nicht der richtige Ort für Emotionen waren. Ich musste das alles hier tun, und ich tat es für sie. Koste es, was es wolle.

Langsam beugte sie sich zu mir, doch ich wich ihr aus. Selbst wenn ich alles dafür gegeben hätte, sie zu küssen und einfach an mich zu ziehen.

Ich hatte die ganze Nacht wach gelegen und versucht, eine Entscheidung zu treffen. Eine Entscheidung für uns oder für Merediths Sicherheit. Ich würde mir niemals verzeihen können, wenn ihr etwas passierte.

»Was ist denn los?«, fragte Meredith und trat unsicher einen Schritt zurück. Ich konnte sehen, dass ich sie bereits verletzt hatte, und ich würde sie noch sehr viel mehr verletzen …

»Meredith, ich hatte gestern viel Zeit zum Nachdenken. Ich habe dir mein Leben gezeigt, du weißt jetzt, wie es ist, mit einem Mann im Rollstuhl Zeit zu verbringen. Während der ganzen Zeit habe ich mich immer nur darauf konzentriert, dass ich dir vielleicht nicht genug sein könnte, aber ich habe dabei nie darüber nachgedacht, dass du nicht genug für mich sein könntest. Versteh mich nicht falsch, die Zeit, die wir miteinander verbracht haben, war nett, aber mehr auch nicht. Ich habe keinerlei Gefühle für dich entwickelt und das alles war in meinen Augen ein riesiger Fehler.«

Ich sah die Tränen, die bei meinen harten Worten über Merediths Wangen liefen, doch ich musste hart bleiben. Für Meredith. Ich würde alles dafür geben, sie zu beschützen. Absolut alles.

»Natürlich bedeutet das auch, dass du nicht mehr hier arbeiten kannst, aber ich denke, das ist dir bewusst.«

Ich musste meinen Blick von ihr abwenden und tat stattdessen so, als würde ich Unterlagen auf meinem Schreibtisch sichten. In Wahrheit war es mein verzweifelter Versuch, ihren Tränen und dem Schmerz standzuhalten, den ich ihr zufügte. Ich liebte sie so sehr. Ja, verdammt, ich liebte sie wirklich. Doch momentan gab es für uns keine andere Lösung. Ich wusste, dass ich so hart sein und sie verletzen musste. Ansonsten würde sie sich niemals von mir abwenden. Dafür kannte ich Meredith bereits gut genug.

MEREDITH

Ich hatte das Gefühl, als hätte Eric mir das Herz herausgerissen. In der einen Sekunde noch glaubte ich, alles zu besitzen, und nur wenige Momente später stürzte meine Welt in sich zusammen. Träumte ich? Ja, das musste es sein, denn ich konnte diesen Mann, der hier vor mir saß, und den, den ich am gestrigen Tag noch gesehen hatte, nicht miteinander in Einklang bringen.

»Das meinst du nicht ernst.«

Ich erwartete, dass er nun lachte und sich über meinen entsetzten Gesichtsausdruck lustig machte, doch nichts dergleichen geschah. Nein, Eric sah mich nicht einmal an.

»Über so etwas würde ich keine Scherze machen, Meredith.« Die Kälte in seiner Stimme war kaum zu überhören und ich verstand die Welt nicht mehr.

»Was ist denn nur in dich gefahren?«, wisperte ich. »Wir haben ein wunderschönes Wochenende miteinander verbracht und dann …«

»Was dann? Nichts. Ich habe dich zu Hause abgesetzt und da schon gespürt, dass es nicht passt.«

»Ach, hast du das, ja?« Ich wurde nun allmählich lauter, denn die Wut gewann die Oberhand. »Für mich sah es aber nicht danach aus, als hättest du keine Gefühle für mich. Wenn du das alles nur gespielt hast, sollte dir der nächste Oscar verliehen werden. Denn dann hast du deine Rolle wirklich außerordentlich gut gespielt, Mister Hunt.«

Eric sah zu mir auf und kniff die Augen zusammen. Sein Gesicht glich einer Maske und keinerlei Gefühl war dort mehr zu sehen. Nichts. Als wäre es überhaupt nie da gewesen. Hatte ich mich wirklich so täuschen können? Ich hatte nicht eine Sekunde daran gezweifelt, dass er genauso für mich empfand wie ich für ihn. Nicht einmal den geringsten Zweifel hatte ich gehabt.

»Ich habe dir gesagt, was gesagt werden musste. Ich habe keine Zeit, mir deine Anschuldigungen anzuhören. Es tut mir leid, wenn du etwas falsch verstanden hast, aber es ist nicht meine Aufgabe, damit zurechtzukommen, sondern deine. Also tu mir bitte den Gefallen und pack deine Sachen zusammen, die Kündigung werde ich dir schriftlich zusenden. Natürlich versteht sich von selbst, dass ich dir eine Empfehlung schreiben werde, denn es ist ja nicht deine Schuld, dass ich dich nicht liebe.«

Es war, als hätte er mir mit voller Wucht ins Gesicht geschlagen, so sehr trafen mich seine Worte. Und gerade verspürte ich den Drang, ihm seine Selbstgefälligkeit hinfortzuprügeln.

»Du kannst dir deine verdammte Empfehlung sonst wohin stecken«, schrie ich. »Wie kann ein Mensch nur so gefühlskalt sein? Du bist ekelhaft!« Ich zitterte vor Wut. »Du führst mir gerade vor Augen, dass man einen solchen Mann wie dich überhaupt nicht lieben kann. Gott, ich habe mich so getäuscht, weil du mir vorgespielt hast, dass ich dir etwas bedeute. Streite es nicht ab, denn das hast du!« Ich warf ihm einen mitleidigen Blick zu. »Hoffentlich gibt es irgendwann eine Frau, in die du dich verliebst, und dann bete ich, dass sie dir so dein Herz bricht, dass du nicht weißt, wo vorn und hinten ist!«

»Meredith«, knurrte er, doch es hielt mich nicht davon ab, weiterzusprechen.

»Glaubst du, du bist der Mittelpunkt dieser

Erde? Verflucht, du bekommst es ja nicht mal hin, der Welt zu erzählen, dass du nicht laufen kannst. Wo ist überhaupt das Problem? Würde das deinem Ego einen Knacks verpassen?«

»Ich darf dich an die Verschwiegenheitserklärung erinnern?«

Ich schnaubte. »Scheiß auf deine verdammte Verschwiegenheitserklärung!«

Eric lächelte bitter. »Mäßige deinen Ton. So spricht keine Frau mit Klasse.«

Mit einer einzigen Handbewegung fegte ich all die Unterlagen, die auf seinem Tisch lagen, herunter. »Ha! Wer hat etwas davon gesagt, dass ich Klasse habe?«

»Solltest du mit irgendjemandem darüber sprechen, dass ich dieses … Problem habe, werde ich dir dein Leben zur Hölle machen! Du wirst nie wieder einen Job bekommen, das garantiere ich dir! Ich werde dich verklagen, dir jeden Cent nehmen, den du besitzt. Und nun geh!«

»Mit Vergnügen, Mister Oberarsch. Auf Nimmerwiedersehen!«

Mit diesen Worten drehte ich mich um und ließ diesen eiskalten, ätzenden Mann zurück, den ich noch vor fünf Minuten zu lieben geglaubt hatte. Ich konnte kaum das Zittern meiner Hände kontrollieren und hoffte, dass ich nicht auf der Stelle zusammenbrach. Ich würde nicht weinen – niemals. Das würde ihm noch die Genugtuung geben, dass er mir wehgetan hatte.

»Scheißkerl«, fluchte ich, während ich meine wenigen Sachen zusammenpackte, und verließ dann, so schnell es mir möglich war, das Gebäude. Hinter mir bemerkte ich den Bodyguard, den Eric mir zugeteilt hatte, und ich blieb augenblicklich stehen und wirbelte zu ihm herum. »Lassen Sie mich in Ruhe. Haben Sie nichts Besseres zu tun? Ich bin fertig mit Eric Hunt, also verschwinden Sie!«

Er reagierte nicht, sondern folgte mir weiter wie ein ätzender Schatten. Gott, hatte sich die ganze verdammte Welt gegen mich verschworen?

Bis zu meiner Haustür wurde ich ihn nicht los und als ich die Treppen zu unserer Wohnung hinauflief, spürte ich, wie die Tränen flossen.

Ich schloss die Wohnungstür auf und lehnte mich dagegen.

»Mer?« Andi stand plötzlich vor mir und sah mich besorgt an. »Was ist denn los? Wieso bist du schon wieder zurück?«

Ich schüttelte den Kopf. Unfähig, etwas zu sagen.

»Hey!« Sie berührte mich sanft am Arm und ich schüttelte weiter den Kopf. Nicht reden. Nicht darüber nachdenken. »Mer?«

Ich riss mich von ihr los und rannte ins Wohnzimmer, wo ich hin und her lief. Es musste eine Erklärung für das Ganze geben. Was hatte ich übersehen? Zum Teufel noch mal, was?

»Meredith, sprich bitte mit mir. Du machst mir Angst.« Andis Stimme zitterte und ich konnte erkennen, dass sie sich sorgte.

»Er hat mich verlassen und entlassen. Er hat mir fiese Dinge an den Kopf geworfen und mir erklärt, dass er mir die ganze Zeit nur etwas vorgemacht hat. Wie … Wie kann ein Mensch nur so etwas tun? Ich dachte, ich kenne ihn. Ich dachte, er liebt mich auch. Ich dachte, ihm hätte das Wochenende auch etwas bedeutet. Doch jetzt? Ich weiß nicht, wo mir der Kopf steht. Ich habe das Gefühl, als könnte ich nicht atmen.« Mein Hals schnürte sich zu. »Ich habe das Gefühl … Andi, ich kann nicht atmen.« Ich rang hektisch nach Luft und meine Hände und Füße kribbelten. Mir wurde schwindelig. »Hilf mir, ich …«

Andi war sofort an meiner Seite und legte beruhigend ihre Hände auf meine Oberarme. »Mer, sieh mich an.« Sie suchte meinen Blick, doch ich blickte mich panisch im Raum um. »Sieh mich an, verdammt.« Ich tat es. »Gut, und jetzt beruhige dich. Atme tief durch, mach es mir nach.«

Sie holte langsam Luft und stieß dann geräuschvoll die Luft wieder aus.

»Genau so. Ruhig atmen. Du hast eine Panikattacke, das geht gleich wieder vorbei. Konzentrier dich einfach darauf, ruhig zu atmen, okay? Dann wird es schon bald besser sein. Dir kann hier nichts passieren.«

Ich konzentrierte mich auf ihre Stimme und der Schweiß stand mir auf der Stirn. Er war fort und er hatte mir mein Herz gebrochen. Ich wusste nicht, ob es je einen Moment in meinem Leben gegeben hatte, in dem ich mich so gefühlt hatte. So hilflos.

»Okay, das ist gut, Süße«, meinte Andi, als ich mich wieder etwas beruhigt hatte, und schob mich dann sanft zur Couch, wo wir uns gemeinsam hinsetzten. Sie ließ mich keine Sekunde lang aus den Augen.

»Es war alles nur gespielt.« Ich brach in Tränen aus und Andi zog mich in ihre Arme. Ich weinte so lange, dass ich nicht einmal wusste, wie viel Zeit vergangen war. Dieses schreckliche Empfinden zerriss mich innerlich.

Ich erzählte ihr alles, was er im Büro zu mir

gesagt hatte, und als ich geendet hatte, sah sie so wütend aus, dass ich Angst bekommen hätte, wenn ich sie nicht gekannt hätte.

»Er ist ein Volltrottel, und das ist noch milde ausgedrückt. Du kannst froh sein, dass du ihn los bist.«

»Wenn du jetzt sagst ›Ich habe es dir doch gesagt‹, werde ich mich aus dem Fenster stürzen«, meinte ich, doch sie verdrehte die Augen.

»Da ging es um etwas völlig anderes. Ich hätte im Traum nicht gedacht, dass das geschehen wird. Was willst du jetzt tun?«

»Schlafen. Ich muss unbedingt schlafen.«

Sie nickte. »In Ordnung. Dann leg dich etwas hin und wenn du etwas brauchst, ich bin hier, okay?«

Ich igelte mich drei ganze Tage in meinem Schlafzimmer ein und verließ es nur, wenn ich zur Toilette musste. Die ganze Zeit über versuchte Andi, mich dazu zu bringen, aus meinem Loch hervorzukriechen, und wandte alle erdenklichen Methoden an, um ans Ziel zu gelangen, doch ich wimmelte sie ab. Ich konnte nicht schlafen, wollte nichts essen und zum ersten Mal in meinem Leben wusste ich, was es bedeutete, Liebeskummer zu haben.

Meine Zimmertür öffnete sich, doch ich zog mir die Decke über den Kopf. »Andi, verschwinde. Ich will schlafen.«

Doch dieses Mal ging sie nicht. Stattdessen zog sie die Vorhänge auf und ich stieß einen erstickten Laut aus. »Andi! Nicht!«

Meine beste Freundin zeigte jedoch kein Erbarmen und zog mir die Decke weg. Sie stemmte ihre Hände in die Hüfte und sah mich entschlossen an. »Ich habe dir Zeit gegeben und drei Tage sind vergangen. Es ist genug! Du wirst jetzt aufstehen, dir eine Dusche gönnen und dich dann anziehen. Wir sind gleich im Club verabredet, ich fahre schon mal vor. Wenn du um spätestens neun Uhr nicht da bist, werde ich dich holen kommen. Und wir beide wissen, dass du das nicht herausfordern willst, oder?«

Ich seufzte. »Ich hasse dich.«

»Ich weiß, dass du mich liebst. Also hör auf, dich selbst zu bemitleiden, und lass uns Spaß haben.«

Dann verließ sie mein Zimmer endlich und ich stöhnte erschöpft auf. Ich wollte nicht raus, geschweige denn wollte ich in einem Club feiern gehen, doch ich kannte den Dickkopf meiner Freundin und ahnte, dass sie ihre Worte wahr machen würde, wenn ich nicht auftauchte. Es dauerte zwar noch mindestens eine halbe Stunde, bis ich mich endlich aufraffte, doch dann zog ich das ganze Programm durch.

Andi hatte Recht. Eric Hunt sollte es nicht schaffen, mich kleinzukriegen. Vielleicht würde es mir ja wirklich helfen, wenn ich aus meinem Schneckenhaus kriechen und etwas Spaß haben würde.

Nachdem ich mich geschminkt hatte, warf ich einen Blick in den Spiegel und seufzte. Die tiefen dunklen Augenränder ließen sich nicht überschminken, doch da ich keinen Mann aufreißen wollte, wäre es schon in Ordnung so.

Andi war bereits aufgebrochen und so machte auch ich mich auf den Weg nach unten, in der Hoffnung, ein Taxi zu bekommen.

Das Erste, was mir auffiel, war der Wagen dieses verfluchten Bodyguards, und ich war drauf und dran, zu seinem Auto zu laufen und ihm die Meinung zu geigen. Ich konnte nicht verstehen, wieso Eric diesen bulligen Kerl nicht endlich von mir abzog, jetzt, wo wir nicht einmal mehr ein Paar waren … wenn wir es überhaupt je gewesen waren.

Als das Taxi vor mir hielt, erklärte ich dem

Fahrer, dass er bitte alles in seiner Macht Stehende tun sollte, um den Wagen hinter uns abzuhängen. Er wäre ein Stalker, der mir keine Ruhe ließ, und ich wollte endlich mal einen Abend in Freiheit verbringen.

Zu meinem Glück war der Taxifahrer ein älterer Mann, der sich minutenlang über meinen angeblichen Stalker aufregte und dann durch die Straße raste, dass mir Hören und Sehen verging. Ich schaffte es gerade so, mein nicht gegessenes Essen nicht zu erbrechen, doch als ich nach hinten blickte, war das Auto des Bodyguards immer noch zu sehen.

Ich seufzte, denn dieser Mann war gut. Wahrscheinlich viel zu gut.

»Lassen Sie mich dort vorn raus. Ich werde versuchen, ihn zu Fuß abzuhängen.«

Seine Stirn legte sich in Falten, doch schließlich hielt er an und ich bezahlte ihn.

»Passen Sie gut auf sich auf, Lady. Solche Männer sind meist unberechenbar.«

Ich schnaubte. Es waren doch meist eher die, von denen man es nicht erwartete.

Ich stieg aus dem Wagen und lief los. Der Club lag ungefähr zehn Minuten zu Fuß entfernt und ich tat alles, um den Bodyguard auf eine falsche Fährte zu locken. Als ich in eine kleine Gasse einbog und einige Minuten wartete, war tatsächlich nichts mehr von ihm zu sehen. Ich atmete erleichtert auf. Ich wollte nicht, dass Eric wusste, wo ich mich aufhielt. Was zum Teufel ging es ihn an, was ich tat?

Ich lief die Straße entlang, um zum Club zu gelangen, als plötzlich ein schwarzer Wagen neben mir hielt. Bevor ich wusste, wie mir geschah, öffnete sich die Tür und ein Mann sprang heraus, direkt auf mich zu.

Ich wollte schreien, doch schon drückte er mir etwas aufs Gesicht und es dauerte nur wenige Sekunden, bis alles schwarz wurde.

ERIC

Meredith zu verlassen, riss mir den Boden unter den Füßen weg, und das nicht nur sprichwörtlich. Ich wusste, dass ich ein Leben ohne sie nicht leben konnte und auch nicht leben wollte, doch zu ihrem eigenen Schutz war es besser. Wenn ich sie nicht so sehr vermissen würde.

Zum ersten Mal, seitdem ich nach meinem Unfall in die Firma zurückgekehrt war, meldete ich mich krank und igelte mich zu Hause ein. Ich wusste, dass ich dieses Schauspiel kaum länger aufrechterhalten könnte. Und so verbrachte ich meine Tage damit, mich zu betrinken und mich in Selbstmitleid zu baden.

»Boris, sagen Sie mir, dass wir etwas rausgefunden haben. Irgendwas!«, sagte ich, als er zu unserer täglichen Besprechung im Penthouse erschien, doch er schüttelte lediglich den Kopf. Es gab keine neuen Erkenntnisse darüber, wer versuchte, mir das Leben zur Hölle zu machen … und es dieses Mal auch schaffte.

Ich hatte mich gerade vom Rollstuhl auf die Couch gesetzt, als mein Handy piepste. Lustlos sah ich darauf und erkannte eine Nummer, die nicht gespeichert war. Ich öffnete die Mitteilung und binnen Sekunden hörte mein Herz für einen kurzen Moment auf, zu schlagen. Es waren Bilder. Bilder von Meredith. Wie sie auf einem Stuhl saß, gefesselt, weinend, hilflos und in größter Gefahr. Mein Handy piepste erneut und auf dem Display erschien der Text ›Nimmst du mich jetzt ernst?‹.

Ich schluckte. Ich hatte die ganze Sache von Anfang an ernst genommen, doch jetzt gefror mir das Blut in den Adern. Ich hatte mit Meredith Schluss gemacht, um sie zu schützen. Wenn ihr jetzt durch mich etwas passieren würde …

Ich wartete keine Sekunde und rief die Nummer an, von der die Bilder gekommen waren.

»Da ruft er mich an. Der große CEO. Der glitzernde Geschäftsmann. Der ehrenwerte Mister Hunt!«

Ich erkannte die Stimme am anderen Ende sofort und musste kein Profi sein, um zu wissen, dass er Rache wollte. Rache für das Blut, das an meinen Händen klebte.

»Sie hat nichts damit zu tun!«, sagte ich drohend.

»Emilia hatte damals auch nichts damit zu tun! Du hast sie mir genommen! Du hast mir alles genommen und jetzt werde ich dir alles nehmen!«

Jack klang unberechenbar und tief in meinem Inneren wusste ich, dass ich ihm alles zutrauen musste. Seit dem Tod von Emilia hatte er Rache geschworen und nun war seine große Stunde gekommen.

»Sag mir, was du willst, und ich werde es dir geben. Ich werde alles tun, aber bitte lass Meredith da raus. Sie hat doch mit all dem, was zwischen uns vorgefallen ist, nichts zu tun!«

»Du hast recht. Sie ist es auch nicht, die ich will. Ich will dich, Eric. Du sollst endlich dafür bezahlen, dass du meine Schwester umgebracht hast.«

»Sag mir, wann und wo, und ich werde da sein. Du hast mein Wort«, versicherte ich ihm.

»Ich werde dir die Adresse mailen. Dass wir das ohne Polizei regeln werden, ist selbstverständlich, nicht wahr? Und auch deine Wachhunde würde ich an deiner Stelle zu Hause lassen. Es wäre doch schade, wenn ich einen von ihnen erblicke und

Meredith dann doch verletzen muss. Sie hat doch schon so große Angst.«

Ich hörte Meredith aufschreien, dann beendete Jack das Telefonat. So schnell es mir möglich war, manövrierte ich mich von der Couch zurück in meinen Rollstuhl und schnappte mir meine Autoschlüssel. Boris wies ich an, im Apartment zu bleiben, und ich wusste, dass er auf mich hören würde. Das hatten wir mehr als einmal ausgiebig besprochen, da ich weiterhin meine Freiräume haben wollte.

Wie ein Wahnsinniger fuhr ich in Richtung der Adresse, die Jack mir geschickt hatte. Ich würde Meredith da rausholen. Ich musste sie befreien. Selbst wenn das zeitgleich bedeutete, dass ich mich Jack auslieferte. Es war mir egal, was er mit mir anstellen würde, solange Meredith unversehrt blieb. Sie hatte schon genug durchmachen müssen. Wenn ich doch nur noch meine Beine hätte. Wie sollte ich Jack so bekämpfen? Damals wäre ich ihm um Längen überlegen gewesen, heute würde ich nichts mehr gegen ihn ausrichten können. Ich war ein elendiger Krüppel in einem Rollstuhl. Was sollte ich schon tun? Ihn überfahren?

Ich fuhr zu meiner eigenen Hinrichtung, doch für Meredith war ich bereit, auch mein eigenes

Leben zu geben. Sie war die Liebe meines Lebens und tief in meinem Inneren hoffte ich, dass ich noch die Gelegenheit haben würde, ihr diese Worte auch zu sagen. Was auch immer geschehen würde, ich tat es für sie.

MEREDITH

Mir dröhnte der Kopf, als ich die Augen öffnete. Ich war verwirrt, denn ich hatte keine Ahnung, wo ich war oder wie ich hierhergekommen war.

»Ah, da ist sie ja.«

Die unbekannte Stimme eines Mannes forderte meine Aufmerksamkeit und ich kniff die Augen zusammen, da immer noch alles verschwommen schien.

»Wer sind Sie? Wo bin ich?«

Der Mann lachte höhnisch und erst jetzt bemerkte ich, dass ich an einen Stuhl gefesselt war. Was zum …

»Du fragst dich sicherlich, wieso du hier bist, nicht wahr? Das kann ich dir verraten. Dein ehrenwerter Mister Hunt ist ein absoluter Scheißkerl!«

Ich schnaubte. »Erzählen Sie mir etwas Neues.«

Gerade als ich die Worte ausgesprochen hatte, stand er plötzlich neben mir und riss mich an den Haaren nach hinten.

»Ich wäre nicht so vorlaut, wenn ich du wäre«, meinte er. »Ich habe eine Rechnung mit ihm offen und du bist der Schlüssel dazu.«

»Was meinen Sie?« Ich versuchte, mir den Schmerz nicht anmerken zu lassen, und schluckte. Ich spürte den Atem des Mannes nah an meinem Hals und unterdrückte ein Würgen.

»Eric wird genauso leiden, wie ich gelitten habe und immer noch leide. Verstehst du? Er wird vor mir auf den Knien rutschen wollen. Wobei …« Er lachte. »Das geht ja überhaupt nicht, weil er ein Scheißkrüppel ist.«

Ich runzelte die Stirn und langsam konnte ich wieder sehen. Orientierungslos sah ich mich um. Es wirkte, als wären wir in einer Lagerhalle, wo weit und breit keine Menschenseele zu sehen war.

»Wo haben Sie mich hingebracht?«

Der Mann trat wieder einen Schritt zurück und grinste dann. »Es hat mich Monate gekostet, doch dann habe ich den perfekten Ort gefunden.« Er breitete seine Arme aus und ich glaubte, dass er vollkommen irre war. Irre … und unberechenbar. »Das hier ist der perfekte Ort, um zu sterben.«

Die Angst schlich sich langsam in jeden einzelnen meiner Knochen und ich hatte nicht die leiseste Ahnung, wer dieser Mann war, was Eric ihm angetan hatte und zu was er imstande war. Was sollte Eric in seiner Verfassung auch gegen ihn ausrichten?

»Und wieso haben Sie mich entführt? Was habe ich damit zu tun?«, stellte ich die Frage, die mir gerade in den Sinn kam.

»Weil dieser Bastard dich liebt.«

Obwohl ich schreckliche Angst empfand, konnte ich es nicht verhindern, dass ich lachte. »Da liegen Sie aber falsch.«

»Ich weiß, dass er dich von sich gestoßen hat, aber das natürlich nur aus einem einzigen Grund. Er wollte mich zum Narren halten und mich für blöd verkaufen. Eric dachte, dass er mir so zeigt, dass du ihm nichts bedeutest.«

Dieser Kerl hatte seinen Verstand verloren, anders ließ es sich nicht erklären. Ich glaubte ihm kein Wort. »Und was hat Eric getan, dass Sie ihn derart hassen?«, fragte ich leise und wenn ich ehrlich war, wollte ich die Antwort überhaupt nicht hören.

»Er ist ein Mörder. Eric hat jemanden getötet, der mir nahestand, und dann geglaubt, dass er mit seinem beschissenen Geld alles retten kann. Er hat sich freigekauft, und ich? Ich leide jeden verfluchten Tag darunter.«

Ich schüttelte den Kopf, denn selbst wenn ich gerade wütend auf Eric war, konnte ich mir nur schwer vorstellen, dass er jemanden getötet hatte.

»Ich glaube Ihnen nicht. Ich kenne Eric und auch wenn er ein Arschloch ist, würde er keiner Fliege etwas zuleide tun können.«

Der Mann vor mir reagierte aufgebracht und zog das Handy aus seiner Hosentasche, um wild darauf herumzutippen. »Hier!« Er hielt mir das Handy vors Gesicht und ich runzelte die Stirn, als ich eine leblose Frau darauf entdeckte. »Das ist meine Schwester. Er hat sie umgebracht und sich dann aus der Affäre gezogen. Er hat sie auf dem Gewissen!«

Ich versuchte, ruhig zu atmen, doch je länger ich darüber nachdachte, umso mehr zweifelte ich. War Eric wirklich ein Mörder? Hatte er einer unschuldigen Frau das Leben genommen? Ich wusste nicht, was ich glauben sollte.

Der Mann fotografierte mich, tippte noch

einmal auf seinem Handy herum und gerade als er es zurückstecken wollte, klingelte es.

Bevor er das Gespräch entgegennahm, knebelte er mich und hielt sich dann das Handy ans Ohr. Ich hörte, wie er mit Eric sprach, und wollte verhindern, dass er herkam. Es war eine verdammte Falle und selbst wenn er ein Mörder war, verdiente er es dennoch nicht, zu sterben. Ich konnte nur hoffen, dass er für mich nicht alles riskierte und zumindest mit der Polizei hier auftauchte.

Ich hoffte es.

ERIC

Ich fuhr über die Rampe aus meinem Van und ließ alles genau so, nur für den Fall, dass wir vielleicht schnell von hier verschwinden mussten.

Die Lagerhalle befand sich im Hafengebiet. Hier würde uns zu dieser Zeit des Tages niemand sehen oder finden. Ich konnte also, wie ich es bereits erwartet hatte, nicht auf die Hilfe von anderen Menschen bauen.

Mit dem Rollstuhl hatte ich Mühe, über den etwas unebenen Weg zu kommen, doch ich biss mich durch, selbst wenn ich einmal fast stürzte. Ich rollte durch den beschriebenen Eingang und bog dann zweimal links ab, bis ich in den Hauptteil der großen Halle gelangte. Dort war noch eine Tür und von meiner Position aus konnte ich Jack bereits sehen. Er erblickte mich ebenfalls, doch eine größere Hürde stand mir noch bevor. Eine größere Unebenheit im Boden machte es mir beinahe unmöglich, durch die Tür zu kommen. Egal, wie sehr ich es versuchte, mein Rollstuhl steckte fest.

Jack beobachtete mich und lachte hämisch. Ich umfasste den Türrahmen und zog mich weiter. So lange, bis ich endlich auf dem ebenen Boden in der Haupthalle angekommen war.

Mein Blick fiel sofort auf Meredith, die mich mit weit aufgerissenen Augen ansah. Sie hatte einen Knebel im Mund und war an den Stuhl gefesselt. Ihre Mascara war verlaufen, vermutlich von den vielen Tränen der Angst, die sie bereits geweint haben musste.

»Na sieh mal einer an. Da ist er ja. Der große Eric Hunt. Ich habe extra ein Versteck ausgewählt, das du auch als Krüppel erreichen kannst. Ich wusste gar nicht, dass du in deinem Rollstuhl so ungelenk bist. Und sieh mal einer an, wie klein du geworden bist!«

Jack lachte hämisch auf, doch ich ließ meine Augen nicht von Meredith. Mit ihrem Blick deutete sie auf eine Eisenstange hinter Jack und ich schüttelte leicht den Kopf. Ich wollte nicht, dass sie irgendwelche Dummheiten machte. Ich konnte nicht riskieren, dass ihr etwas passierte.

»Eric, komm doch noch ein Stückchen näher zu uns, wenn du das schaffst.«

Ich hatte mich getäuscht, denn auch hier waren überall Löcher und Hindernisse, die es mir unmöglich machten, mich frei zu bewegen.

Jack lachte auf und musterte mich kopfschüttelnd. »Weißt du, das ist das einzig Befriedigende. Dass du so ein hilfloser bemitleidenswerter Krüppel geworden bist.«

Ich musste dabei zusehen, wie er zu Meredith ging und ihren Kopf unsanft an den Haaren nach hinten zog, was sie leise aufschreien ließ, gedämpft durch den Knebel in ihrem Mund.

»Ich habe gesagt, du sollst näher kommen! Habe ich mich da so missverständlich ausgedrückt?«

Ich wusste, dass Jack sich an meiner hilflosen Art aufgeilen wollte, dass es ihm eine sonderbare Befriedigung gab, zu sehen, wie ich mich abmühte. Und ich würde ihm diese Befriedigung geben müssen, wenn ich nicht wollte, dass er Meredith wehtat. Also setzte ich meinen Rollstuhl in Bewegung und versuchte, es mit dem unebenen Boden aufzunehmen. Es dauerte nicht lange, bis ich stecken blieb und die Balance verlor. Mitsamt meines Rollstuhls fiel ich um und landete unsanft auf der Seite, was Jack mit einem lauten Johlen und Klatschen feierte.

»Schätzchen, Schätzchen, Schätzchen! Wie sehr wünschst du dir jetzt, einen Ritter in einer goldenen Rüstung statt eines Krüppels in einem schwarzen Rollstuhl als deinen Freund ausgewählt zu haben? Es ist herausragend, wie er dich retten kann, nicht wahr? Willst du jetzt zu uns rüberkriechen und mich dann in die Wade beißen, Eric, oder was ist dein großartiger Plan? Meine Güte, was warst du mal ein stattlicher Kerl. Wahrscheinlich hättest du das alles hier locker mit deinen Fäusten gelöst und jetzt muss ich kommen und dir aufhelfen. Und was passiert erst, wenn ich dir deinen Rollstuhl wegnehme? Würde ich dich nicht so hassen, könntest du mir schon fast leidtun, du erbärmliches, bemitleidenswertes Geschöpf!«

»Wir haben es alle verstanden, Jack, doch ich muss dich enttäuschen. Du wirst es nicht schaffen, mich vor ihr vorzuführen, denn sie kennt das alles schon! Also komm hier rüber und hilf mir hoch, damit wir das alles klären können.«

»Ach, du willst etwas klären? Wie niedlich. Wie willst du es denn klären?«, fragte er, doch ich hörte, wie er auf mich zukam. Von meiner unglücklichen Position aus konnte ich weder ihn noch Meredith sehen. Mit einem Ruck landete ich wieder auf beiden Reifen und Jack schob mich vorwärts, so dass ich Meredith ansehen konnte. Sie hatte Tränen in den Augen.

Eric riss die Klettverschlüsse an meinen Beinen auf und fasste mich dann unsanft unter die Arme. »Na los. Drück die Beine durch und stell dich hin!«, rief er und ließ mich im selben Moment fallen, so dass ich hart auf dem Boden aufschlug.

Meredith schrie laut auf, während ich für einen Moment die Augen schloss, um mich von dem Schmerz zu erholen.

»Oh ja, entschuldige. Ich habe ja ganz vergessen, dass du noch nicht mal stehen kannst. Huch, wie dumm von mir!«, spottete Jack weiter und zog dann einen Stuhl in den Raum, gegenüber von Meredith. Wieder nahm er mich hoch und ließ mich unsanft darauf fallen. Der Stuhl verfügte über keinerlei Armlehnen und mit den Spastiken, die gerade wieder durch meine Beine schossen, würde es wahrscheinlich nicht lange dauern, bis ich auf dem Boden landete. Ich versuchte, mich festzuhalten, denn diese Genugtuung würde ich Jack nicht geben.

»Eric, wie wäre es, wenn du Meredith erzählst, was dich zu diesem Krüppel gemacht hat? Ich denke, sie wird die wahre Geschichte dahinter nicht kennen, nicht wahr? Willst du ihr nicht erzählen, wie du zugedröhnt mit irgendwelchen Drogen in dein Auto gestiegen bist, meine Schwester überredet hast, mit dir zu fahren, nur damit du sie umbringen kannst? Willst du es ihr nicht erzählen?«, schrie Jack lautstark.

»Ich bin nicht gefahren!«, sagte ich nun und Stille kehrte ein.

»Bitte was? Jetzt willst du es auch noch abstreiten?«, fragte Jack mit drohendem Unterton.

»Ich habe der Polizei gesagt, dass ich am Steuer saß, um Emilia zu schützen. Ich wollte die Schuld auf mich nehmen, doch ich bin verdammt noch mal nicht gefahren. Es war deine Schwester! Sie hat die Kontrolle über das Auto verloren!«

»Hör auf, ihren Namen in den Mund zu nehmen! Hör auf, zu lügen!«, schrie Jack und mein Kopf schnellte zurück, als er mir mit voller Wucht seine Hand in mein Gesicht schlug. Blut tropfte aus meiner Nase, doch ich ließ es laufen. Ich konnte den Stuhl nicht loslassen, ohne einen Fall zu riskieren.

Meredith schrie und weinte und versuchte, sich von ihren Fesseln loszureißen, doch sie war gefangen und hatte keine Chance.

Jack tobte, riss sich an den Haaren und beugte sich dann ganz nah zu mir. Meine Nase war so oder so schon lädiert und alles, was ich tun konnte, war, zu versuchen, mich zu wehren. Ich konnte nicht viel ausrichten, aber ich würde nicht kampflos aufgeben.

Jack beugte sich zu mir runter und ich holte aus und schlug mit meinem Kopf gegen seinen. Natürlich verlor ich das Gleichgewicht und stürzte zu Boden. Aus dem Augenwinkel konnte ich die Metallstange sehen, die Meredith mir zuvor gezeigt hatte, und so zog ich mich ruckartig nach vorn und schaffte es tatsächlich, sie zu erreichen, noch bevor Jack die Fassung zurückgewonnen hatte. Er war gerade im Begriff, sich wieder aufzurichten, als ich damit ausholte und sie ihm gegen den Kopf schlug. Ich musste einen Volltreffer gelandet haben, denn Jack fiel direkt wieder zu Boden. Entkräftet ließ ich mich ebenfalls sinken, doch Merediths unterdrückte Schreie drangen weiterhin zu mir durch. Ich würde mit dem Rollstuhl nichts ausrichten können, deshalb würde mir nichts anderes übrig bleiben, als zu Meredith zu kriechen.

»Behalt ihn im Auge. Ich komme zu dir«, sagte ich und zog mich langsam vorwärts über den unebenen Boden. Ich wusste nicht, wie lange es gedauert hatte, bis ich endlich die kurze Distanz zwischen Meredith und mir überwunden hatte, doch ich schaffte es und das war alles, was zählte. Mühsam setzte ich mich auf und versuchte, sie von ihren Fesseln zu befreien. Es gelang mir nicht. Die Knoten waren einfach zu fest. Ich versuchte, nach oben zu greifen, um Meredith wenigstens von ihrem Knebel zu befreien, doch auch das wollte mir nicht gelingen. Die Distanz war einfach zu groß. Entkräftet und frustriert lehnte ich mich gegen ihre Beine und vergrub meinen Kopf daran, um wieder zu Kräften zu kommen. Meredith weinte leise, während ich schwer atmend an ihr lehnte.

»Hat Jack ein Messer?«, fragte ich, was Meredith mit einem heftigen Nicken beantwortete, und so blieb mir nichts anderes übrig, als wieder zu Jack zu kriechen, der noch immer bewusstlos war. Ich konnte nur hoffen, dass er es auch blieb. Ich hatte nichts, mit dem ich ihn fixieren konnte.

Ich fand das Messer in seiner Hosentasche und atmete ein paarmal tief durch, bevor ich mich wieder auf den Bauch drehte und mich langsam voranzog. Die Kraft in meinen Armen schwand mit jedem Meter. Ich setzte mich so weit und so gut wie möglich auf und schnitt zuerst die Fesseln an Merediths Händen durch, so dass sie sich von dem

Knebel in ihrem Mund befreien konnte, während ich an ihren Füßen weitermachte. Meine Arme zitterten und ich ließ mich zu Boden sinken, als ich es endlich geschafft hatte, auch ihre Füße zu befreien. Meredith war frei. Wir würden hier rauskommen! Alles war gut!

Oder zumindest schien es so …

MEREDITH

Als ich sah, wie Eric aus dem Rollstuhl fiel, schrie ich laut auf. Mein Herz raste in meiner Brust und ich ahnte, dass wir nicht lebendig aus dieser Sache rauskommen würden. Gott, wie konnte ich nur in so etwas hineingeraten? Wie konnte es möglich sein, dass ich nichts von dieser Geschichte gewusst hatte?

Erst jetzt erkannte ich, was Eric vorhatte, und blickte schluchzend zu der Eisenstange, die er anpeilte. Es dauerte nur wenige Momente, bis er Jack damit auf den Kopf schlug und dieser bewusstlos zusammensackte. Erneut schrie ich auf, doch der Knebel dämpfte meinen Schrei.

Eric zog sich auf dem Boden bis zu mir und versuchte, mich zu befreien, was ihm jedoch nicht gelang. Erst als er mich danach fragte, ob Jack ein

Messer besaß, und ich nickte, schaffte er es schließlich, meine Fesseln zu lösen. Weinend sackte ich zu ihm auf den Boden und er nahm mich in seine Arme.

»Es ist vorbei«, murmelte er leise und hauchte Küsse auf mein Haar. »Es ist alles vorbei.«

Obwohl ich Stunden zuvor noch geglaubt hatte, ihn für das, was er mir angetan hatte, zu hassen, verspürte ich plötzlich wieder dieses Empfinden, das ich in den letzten drei Tagen unterdrückt hatte. Liebe. Ich konnte kaum beschreiben, wie froh ich war, dass ihm nichts zugestoßen war. Ich hätte nicht gewusst, wie ich weitermachen sollte, wenn Jack tatsächlich geschafft hätte, was er sich vorgenommen hatte.

Eric presste seine Lippen auf die meinen und ich war nie glücklicher gewesen, ihn zu spüren, als in diesem Moment. Es vergingen Minuten, bis wir uns schließlich voneinander lösten und er mich ernst ansah. »Wir müssen die Polizei rufen«, sagte er und ich nickte zustimmend. Ich wollte mir nicht vorstellen, was geschehen würde, wenn Jack aufwachte, noch bevor Hilfe eintraf.

Eric griff nach seinem Handy und wählte den Notruf, dem er in kurzen Sätzen alles schilderte, was vorgefallen war. Als er das Telefonat beendet hatte, nahm er mich wieder in seine Arme und flüsterte, dass alles wieder in Ordnung kommen würde. Doch würde es das wirklich? Konnte ich all das hier vergessen, all das, was er mir an den Kopf geworfen hatte? Selbst wenn es zu meinem Schutz gewesen war, hätte er einfach mit mir darüber sprechen können und wir hätten eine Lösung gefunden. Stattdessen …

Erics Beine zuckten und die Spastiken gewannen wieder die Oberhand. So gut ich konnte, half ich ihm zurück in den Rollstuhl und war erleichtert, als ich seine Beine festschnallte. Er schien völlig entkräftet zu sein.

»Es tut mir leid«, flüsterte er und ich konnte den Schmerz in seinen Augen sehen. »All das, was ich gesagt habe, habe ich nicht so gemeint.«

»Lass uns nicht jetzt darüber sprechen«, flüsterte ich, denn ich hätte nicht gewusst, was ich darauf erwidern sollte. Vergeben und vergessen?

Nein, so funktionierte das nicht. Er hatte mich drei ganze Tage leiden lassen, und wäre das hier nicht passiert, hätte er sich immer noch nicht bei mir gemeldet.

»Aber wir müssen …«, begann er, aber ich unterbrach ihn.

»Nicht hier, Eric.«

Ich beugte mich zu Jack hinunter, um zu kontrollieren, ob er noch bewusstlos war. Als ich mich davon überzeugt hatte, atmete ich erleichtert auf. Ich konnte nur hoffen, dass die Polizei zeitnah hier eintraf, bevor dieser Mann sein Bewusstsein zurückerlangte.

Ich erkannte, dass Eric noch etwas sagen wollte, doch hier war nicht der richtige Ort dafür. Meine gesamte Welt war auf den Kopf gestellt worden und ich hatte keine Ahnung, wie wir das wieder hinkriegen sollten.

»Lass uns von hier verschwinden«, meinte ich und wollte gerade einen Schritt nach vorn machen, als plötzlich alles viel zu schnell ging. Ich spürte eine Hand um meinen Knöchel, die mich mit einem Ruck zu Boden zog.

Ich schrie auf, als Jack mich zu sich zog, und wehrte mich so vehement gegen ihn, dass ich mir dabei auf die Zunge biss. Ich schmeckte den metallischen Geschmack von Blut in meinem Mund.

»Hast du Schlampe geglaubt, ihr könntet jetzt einfach so abhauen? Ich werde meine Rache bekommen, habt ihr gehört? Ganz sicher werde ich das.«

Er versuchte, mich festzuhalten, doch ich schlug, tritt und biss, um mich zu verteidigen.

Meine Kraft ließ jedoch schnell nach und so konnte ich nicht verhindern, dass Jack seine Hände um meinen Hals legte und zudrückte. Panisch rang ich nach Luft, doch es gelang mir nicht. Ich röchelte und tat, was ich konnte, um eine Ohnmacht zu verhindern. Ich wusste genau, dass dies der endgültige Todesstoß sein würde.

Ich schaffte es noch, einen Blick auf Eric zu werfen, der hilflos mit ansehen musste, wie dieser Scheißkerl versuchte, mich zu töten. Würde es hier enden? An einem so einsamen Ort, bevor Hilfe eintreffen konnte? Bevor Eric und ich uns ausgesprochen hatten?

Ich wusste es nicht. Meine Kraft ließ immer weiter nach und ich betete zu Gott, dass er uns aus dieser Situation befreien möge. Doch nichts geschah.

ERIC

Meredith«, schrie ich, als ich sah, wie Jack sich über sie beugte und seine Hände um ihren Hals legte. Ich rollte mit dem Rollstuhl an ihn heran und verpasste ihm einen Schlag mit meiner Faust, so dass er wenigstens von Meredith abließ. Doch Jack schubste mich mit dem Rollstuhl einfach nur ein Stück zurück, so dass ich mich mit meinem Rad wieder in einem der Löcher befand.

»Komm doch, großer Kämpfer! Na komm«, schrie er, um mich zu verhöhnen.

Ich befreite meine Beine von den Klettverschlüssen und stürzte mich nach vorn auf den Bauch. Ich würde Meredith verteidigen, koste es, was es wolle. Mühevoll zog ich mich nach vorn. Es ging zu langsam. Viel zu langsam.

»Lass sie in Ruhe«, schrie ich, während Jack auf

mich zukam. Ich rechnete damit, dass er nun auf mich einprügeln würde, doch da hatte ich meine Rechnung ohne ihn gemacht. Ich sah, dass er sich bereits die Hose geöffnet hatte. Was zum Teufel?!

Jack ging um mich herum und umfasste meine Beine. Das zumindest spürte ich, als er mich unsanft über den Betonboden zurückzog. Immer weiter und weiter weg von Meredith, die sich mittlerweile ebenfalls wieder erhoben hatte.

»Bis du mit deinem erbärmlichen Gekrieche wieder bei uns angekommen, habe ich es ihr wenigstens ordentlich besorgt. Du solltest mir dankbar sein, dass ich mich um deine Freundin kümmere, du Schlappschwanz. In der Zwischenzeit kannst du dir überlegen, wie es damals mit dem Unfall war, denn ich will die verdammte Wahrheit hören!«, schrie Jack und ging dann wieder auf Meredith zu. Sie wehrte sich, doch erfolglos. Und ich zog mich voran, Stückchen für Stückchen, während ich dabei zusehen musste, wie Jack sie wieder auf den Boden drückte. Ich würde ewig brauchen, bis ich endlich bei ihnen war. Ich konnte das nicht zulassen. Das alles durfte nicht passieren!

»Polizei! Weg von der Frau!«, erklang eine Stimme und ich sah von meiner Position auf dem

Boden, wie Jack von Meredith gezogen wurde. Es hatte ein Ende. Meredith war in Sicherheit!

Entkräftet ließ ich meinen Kopf auf den Boden sinken und wahrscheinlich war ich einige Sekunden weggetreten, denn als ich meine Augen wieder öffnete, hatte Meredith mich bereits mit viel Mühe auf ihren Schoß gezogen und hielt mich in ihren Armen fest.

»Geht es dir gut? Ist alles in Ordnung?«, fragte ich, was sie mit einem Nicken beantwortete. Tränen liefen ihre Wangen hinab und sie beugte sich zu mir, damit wir uns küssen konnten.

Eine Polizistin brachte den Rollstuhl zu uns, doch ich brauchte Hilfe, um hineinzugelangen. Mein ganzer Körper schmerzte. Gemeinsam mit Meredith hob mich die Polizistin wieder in den Rollstuhl und erklärte mir, dass der Krankenwagen gleich da sein würde. Ich sah die blutigen Stellen an meinen Armen, die ich mir im verzweifelten Versuch, Meredith zu befreien, zugezogen hatte.

»Jetzt ist es vorbei. Es ist vorbei«, flüsterte ich leise und zog Meredith auf meinen Schoß. Ich umfasste ihr Gesicht mit meinen Händen und streichelte sanft über ihre Wange, die ein kleines Veilchen zierte. Wahrscheinlich hatte er sie geschlagen. Allein beim Gedanken daran zog sich mir bereits wieder der Magen zusammen. Ich würde nie wiedergutmachen können, was sie durch mich hatte erleiden müssen.

Im Krankenwagen bekamen Meredith und ich unsere Wunden versorgt, bevor uns die Polizisten weitere Fragen stellten. Bei ihnen war auch der Detective, der den Fall von Anfang an kannte, so dass ich den Sachverhalt nicht von Grund auf erklären musste.

»Sollen wir Sie nach Hause fahren?«, fragte eine Polizistin, doch ich schüttelte nur den Kopf. Ich brauchte meinen Van zu Hause und hatte definitiv keine Lust, mich wieder von A nach B heben zu lassen. Das alles war schon erniedrigend genug für mich gewesen. Meredith rief Andi an, damit diese Bescheid wusste und sich keine Sorgen machte.

»Bist du dir sicher, dass du fahren kannst?«, fragte Meredith, nachdem ich selbst für den lausigen Transfer von meinem Rollstuhl auf den Fahrersitz drei Anläufe gebraucht hatte.

»Mach dir keine Gedanken«, sagte ich lächelnd. »Darf ich dich mit zu mir nehmen?«

Sie nickte leicht und so setzte ich den Van in Bewegung, in Richtung Apartment.

Wir sprachen nicht auf der Fahrt, denn es gab

wahrscheinlich genug, was wir beide erst einmal verdauen mussten. Im Apartment schenkte ich uns einen Drink ein, den nicht nur ich in einem Zug runterspülte.

»Mer …« Ich verstummte und seufzte laut. »Dass du dort mit reingezogen wurdest … Ich … Das werde ich mir niemals verzeihen!«, sagte ich leise, doch sie schüttelte nur den Kopf.

»Nicht du hast mich entführt, sondern dieser kranke Psychopath. Allerdings schuldest du mir die Wahrheit. Was ist damals passiert? Ich will alles wissen, wirklich alles!«

Ich holte tief Luft, bevor ich zu sprechen begann. All diese Bilder, all diese Erinnerungen, die mich jede Nacht heimsuchten …

»Emilia war meine Freundin. Wir waren fünf Jahre lang ein Paar und zusammen haben wir wirklich nichts ausgelassen. Ich war gerade im Begriff, megareich zu werden, und so verhielt ich mich auch. Wir haben gefeiert, getrunken, Drogen genommen. Wir waren die Größten. Vollkommen unbesiegbar auf der Überholspur des Lebens! Niemand konnte uns das Wasser reichen oder uns aufhalten. An jenem Abend haben wir ziemlich hart in einer Disko gefeiert und natürlich kamen wir auf die glorreiche Idee, selbst nach Hause zu fahren. Emilia nahm mir die Schlüssel ab, denn sie war heiß darauf, den Sportwagen zu fahren. Sie war viel zu betrunken, viel zu stoned, und so passierte der Unfall. Ich kann mich noch nicht mal mehr erinnern, was geschehen ist. Wir sind wohl von der Straße abgekommen. Ich weiß nur, dass ich irgendwann aufgewacht bin und im Gras lag. Ich war natürlich mal wieder nicht angeschnallt gewesen, denn warum auch? Ich habe sofort gemerkt, dass etwas nicht stimmte. Unterhalb von meiner Hüfte war alles taub. Ich war gelähmt. Emilia war ebenfalls aus dem Wagen geschleudert worden und ich bin zu ihr gekrochen, obwohl ich mir beinahe alle Rippen in meinem Brustkorb zertrümmert hatte. Als ich bei ihr ankam, wusste ich sofort, dass sie tot war. Sie starrte mich mit leeren Augen an.«

Ich schluckte und schüttelte den Kopf. Ich konnte mich noch daran erinnern, dass überall Blut gewesen war. Ich hatte es an meinen Händen.

»Im Krankenhaus wurde diagnostiziert, dass ich nie wieder laufen können würde. Meine Welt schien zusammenzubrechen. Ich wusste, dass es für Emilias Eltern ein unglaublicher Schock war, deshalb nahm ich alle Schuld auf mich. Ich wollte, dass sie mich für das hassen konnten, was passiert war, denn es war meine Schuld. Ich wollte unbedingt, dass wir das Auto mit nach Hause nehmen, weil ich die teure Karre nicht in einem verdammten Parkhaus eines lausigen Clubs stehen lassen wollte. Das ist die ganze Wahrheit«, sagte ich und blickte in Merediths Augen, die sich mit Tränen gefüllt hatten. »Ich wollte …«

Ich verstummte, als eine Welle von Spastiken unmenschliche Schmerzen durch meinen Körper schickte. Für einen kurzen Moment schloss ich die Augen und versuchte dann, weiterzusprechen, doch statt eines Satzes entfuhr nur ein lautes Stöhnen meinen Lippen.

»Eric?«

»Ich muss …« Ich konnte den Satz nicht zu Ende bringen, denn die Schmerzen ließen mich beinahe ohnmächtig werden.

»Eric!«, wiederholte Meredith und ich sah die Sorge in ihren Augen. Sie fuhr mich zum Schlafzimmer, wo sie mir ins Bett half und mich mit den Medikamenten versorgte, die ich so dringend brauchte. Dass sie meine Beine streckte, bekam ich schon nur noch am Rande mit, denn die Medikamente gaben mir den Rest. Ich wollte nicht schlafen, es gab so viel, was wir zu bereden hatten. Ich wollte für Meredith da sein, doch ich war einfach zu müde …

MEREDITH

Ich legte mich neben Eric und atmete tief durch. Wenn ich daran dachte, dass ich noch heute Morgen mit verweinten Augen im Bett gelegen hatte, konnte ich nur den Kopf schütteln. Manchmal wurde man vom Leben selbst überrascht, alles konnte sich innerhalb weniger Sekunden so verändern.

Erics gleichmäßige Atmung beruhigte mich und ich wagte es sogar, mich noch ein Stück näher zu ihm zu legen, so dass mein Kopf auf seiner Brust ruhte. Wie viel ich für diesen Mann empfand, konnte ich kaum in Worte fassen, und jetzt, wo die Wut verraucht war, wünschte ich mir nichts mehr, als dass wir neu beginnen könnten. Ich wusste aber, dass mir das klärende Gespräch noch bevorstand, und auf eine gewisse Art und Weise ängstigte es mich. Was, wenn er doch alles nur gespielt hatte?

Ich seufzte und schloss die Augen, während ich Erics Herzschlag lauschte. Eine unglaubliche Wärme breitete sich in meinem gesamten Körper aus und ich wusste, dass es sich so wahrscheinlich anfühlte, wenn man den Menschen gefunden hatte, der einen wirklich glücklich machte.

Ich schlief nur wenige Stunden und als bereits die ersten Sonnenstrahlen das Zimmer erhellten, musterte ich Eric, der immer noch seelenruhig schlief. Wie weich seine Gesichtszüge waren, wenn er nicht zwanghaft versuchte, den Harten zu spielen. Alle Sorgen schienen von ihm abgefallen zu sein und ich sah zum ersten Mal wirklich den Mann, der er war, ohne all den Ballast.

»Beobachtest du mich?«

Seine tiefe, raue Stimme, die plötzlich zu mir sprach, ließ mich laut aufschreien. Mein Herz raste so schnell in meiner Brust, dass mir kurzzeitig schwindelig wurde.

»Verdammt, Eric! Du hast mich zu Tode erschreckt«, sagte ich zu ihm und er schüttelte lachend den Kopf. Erst dann öffnete er seine Augen.

»Du bist geblieben«, stellte er das Offensichtliche fest und ich konnte ihn nur ansehen. Er zog mich enger an sich und hauchte mir einen Kuss aufs Haar. »So könnte ich jeden Morgen aufwachen.«

»Was das betrifft …« Ich setzte mich langsam auf und hielt einen kurzen Moment inne, um mir darüber klar zu werden, wie ich beginnen sollte. Ich hielt es nicht länger aus, zu warten. »Das, was vor ein paar Tagen in deinem Büro passiert ist, das, was du gesagt hast …«

»Meredith …«

»Nein«, unterbrach ich ihn. »Lass mich bitte ausreden.« Ich biss mir auf die Unterlippe. »Hast du all das, was du gesagt hast, ernst gemeint? Ich meine, ich stand vor dir und du hast mir nicht nur sprichwörtlich das Herz aus der Brust gerissen, um darauf herumzutreten. Du hast es geschafft, dass ich zusammengebrochen bin … dass ich nicht wusste, wie es weitergehen sollte, weil der Mensch, von dem ich dachte, dass wir eine gemeinsame Zukunft hätten, mir so widerwärtige Dinge an den Kopf geworfen hat.«

Eric zog an meinem Arm, sodass ich halb auf ihn fiel. Er strich mir mit beiden Händen meine Haare aus dem Gesicht und sah mich dann ernst an, bevor er seine Lippen auf meine legte. Zunächst wollte ich protestieren, denn das hier beantwortete nicht meine Fragen. Im Gegenteil.

»Wie fühlt sich das denn für dich an?«

Er löste sich von mir und ich zuckte mit den Schultern. »Lass uns darüber reden. Ich weiß nicht, was ich denken soll. Hast du gewusst, dass ich in Gefahr bin, und mich deshalb von dir gestoßen? Ich brauche eine Erklärung, Eric.«

Er seufzte und nickte dann. »Ich hätte das niemals getan, wenn ich nicht davon überzeugt gewesen wäre, dass dir etwas zustoßen könnte. In dem Moment, als ich dir all diese Dinge gesagt habe, habe ich mich selbst verachtet. Aber ich wusste, dass es überzeugend sein musste, damit du auch wirklich akzeptierst, dass es vorbei ist. Ich kenne doch deinen kleinen Dickkopf und wusste, dass du nicht gehen würdest, wenn ich dir nett erkläre, dass es nicht mit uns funktioniert.«

Ich schnaubte. »Du hättest auch einfach die Wahrheit sagen können. Ich bin ein großes Mädchen, wir hätten schon gemeinsam eine Lösung gefunden. Aber so, wie du es getan hast, das war …« Mir fehlten die Worte.

Eric blickte schuldbewusst zu mir und presste seine Lippen zusammen. »Ich weiß. Es tut mir unglaublich leid. Aber es musste echt wirken. Jack hätte sofort verstanden, dass etwas faul ist.«

Verwirrt hob ich die Augenbrauen. »Und das hat ja auch so wunderbar funktioniert, findest du nicht? Er hat mir gesagt, dass er dein kleines Spielchen sofort durchschaut hat.«

»Ja, das habe ich dann auch gemerkt.«

Ich beugte mich so weit zu Eric hinunter, dass ich seinen Atem in meinem Gesicht spüren konnte. »Und du meinst es auch wirklich ehrlich?«

»Ich liebe dich, Meredith«, war alles, was er sagte, und diese Worte ließen mich dahinschmelzen. Ich musste zugeben, dass ich immer noch misstrauisch war und mein Herz sich noch nicht ganz von dem Schmerz, den er mir zugefügt hatte, erholt hatte. Dennoch war ich guter Dinge, dass wir auch dieses Kapitel gemeinsam durchstehen würden.

»Ich liebe dich auch«, flüsterte ich und plötzlich veränderte sich etwas in seinen Augen. Es trat eine Wärme hinzu, die ich selbst vor unserer kurzen Trennung noch nicht gesehen hatte. »Ich hoffe, dass wir einen Weg finden, neu zu beginnen. Ohne den ganzen Mist, der passiert ist. Und ganz besonders hoffe ich, dass ich wieder eingestellt bin.«

»Weißt du eigentlich, dass du mich damit zum glücklichsten Menschen machst?«, erwiderte er.

Ich schnaubte, konnte dann mein Grinsen jedoch nicht unterdrücken. »Du übertreibst.«

Eric hob eine Augenbraue. »Willst du mir etwa sagen, dass ich lüge?«

Ich kicherte und zog eine Grimasse. »Vielleicht.« Dann wurde mir jedoch bewusst, dass er auf meine Frage nicht eingegangen war. »Was ist mit meinem Job? Ich bin arbeitslos und so sicherlich keine gute Partie für einen Mann deiner Größe.«

Nun war es an ihm, zu lachen. »Gott, das ist das anregendste Vorstellungsgespräch, das ich je geführt habe. Und zu deinem Glück kann ich dir sagen, dass du den Job hast. Du hast mich überzeugt.«

Lächelnd setzte ich mich auf ihn und war nicht überrascht, als ich etwas Hartes zwischen meinen Beinen spürte. »Das hat dich jetzt tatsächlich angemacht«, stellte ich fest und blickte ihn tadelnd an. »Dagegen sollten wir was unternehmen, oder?«

Eric zog mich zu sich herunter. »Das sollten wir in der Tat. Lass uns deinen neuen alten Job feiern.«

»Nichts lieber als das.«

EPILOG

»Du bist aber nicht eingeschlafen, oder?«, hörte ich Meredith neben mir und lachte. Ich war wahrlich nicht weit davon entfernt gewesen, während ich hier mit geschlossenen Augen saß und die Sonne genoss, die den Central Park nach einem schier endlosen Winter endlich einmal wieder verwöhnte.

»Ich bin natürlich hellwach«, erwiderte ich und blickte sie zwinkernd an. Meredith saß neben mir auf einer Parkbank und hatte den Kopf ebenfalls in Richtung Sonne gereckt. Selbst nach vier gemeinsamen Jahren war ich noch immer vollkommen überwältigt davon, wie schön Meredith war.

»Wie sieht es aus, Mister Hunt? Müssen wir zurück zur Arbeit oder können wir noch ein bisschen länger Mittagspause machen?«

»Mister Hunt könnte das, garantiert sogar. Aber Mrs. Hunt muss den Termin noch vorbereiten, von daher sollten wir uns wohl besser auf den Weg machen.«

Meredith seufzte laut. »Das einzig wirklich Schöne an diesem Satz war mein Name«, sagte sie und lachte, als ich sie auf meinen Schoß zog.

»Ich könnte es den ganzen Tag sagen«, gab ich zu und hauchte einen sanften Kuss auf Merediths Lippen. Seit exakt neun Wochen waren wir verheiratet und ich könnte nicht glücklicher sein.

Mein Leben, das ich immer als so kompliziert, so einengend und ungerecht angesehen hatte, war durch Meredith endlich zu einem ganz normalen Leben geworden. Ich igelte mich nicht mehr ein, ich versteckte mich nicht mehr hinter meinem Schreibtisch oder in meinem Penthouse. Ich war ein ganz normaler Mann, ein extrem erfolgreicher CEO, nur dass meine Beine nicht mehr funktionierten und auch nie wieder funktionieren würden.

Wenigstens hatten die Ärzte es durch eine neuartige Therapie endlich geschafft, meine Spastiken in den Griff zu bekommen, zumindest größtenteils, so dass mein Leben um einiges einfacher geworden war.

Das Outing vor den Mitarbeitern meiner

Firma, vor den Geschäftspartnern und schlussendlich auch vor der Welt hatte mich viel Kraft gekostet, doch Meredith und auch mein Bruder John waren stets an meiner Seite. Und ja, jetzt, wo es raus war, konnte ich endlich ein normales Leben führen, ohne die ständige Angst, entdeckt zu werden. Und meinem Geschäft hatte es ebenfalls nicht geschadet. Nicht einmal im Entferntesten. Mein Imperium war noch weiter gewachsen und aktuell arbeiteten wir an einem zweiten Standort in den USA, der schon beschlossene Sache war.

Zu unserem Glück fehlte uns jetzt nur noch ein Baby, doch auch hier übten wir kräftig und ich hatte keinerlei Zweifel daran, dass wir es schaffen würden.

Mein Name ist Eric Hunt. Ich bin siebenunddreißig Jahre alt, groß, dunkelhaarig, gut aussehend, Millionär, Inhaber einer großen Firma und somit CEO. Ich bin mit der wundervollsten Frau verheiratet und lebe ein glückliches Leben, selbst wenn mein Unfall vor acht Jahren mich in den Rollstuhl gezwungen hat.

Meine Welt ist dank Meredith wieder einladend und ich habe endlich wieder Freunde um mich herum, auf die ich mich jederzeit verlassen kann. Es gibt jetzt keine Geheimnisse mehr und auch keinen Grund, mich weiter vor der Welt zu verstecken. Ich habe das Leben so angenommen und ich werde es genießen, in vollen Zügen, denn alles andere wäre pure Verschwendung.

Manchmal schafft es die Liebe, Berge zu versetzen. Mich hat sie wieder zum Leben erweckt. Dank Meredith, der wundervollsten Frau an meiner Seite. Für immer.

25139497R00218

Printed in Poland
by Amazon Fulfillment
Poland Sp. z o.o., Wrocław